7
I GOT A CHEAT and moved to another world,
so I want tolive as I like.

せっかくチート
を貰って異世界に
転移したんだから、
好きなように生きてみたい
7

人物紹介

ライトニング

タウロを尊敬する若き騎士操縦士。雷光の如く動きで相手を穿つ実力者。

タウロ

商人ギルドの騎士操縦士。裏業界では『ドクタースライム』と恐れられている。

黄金の美食家《グルメ・オブ・ゴールド》

王国騎士団の団長。数々の娼館から出入り禁止となっている。その理由とは……。

コーニール

王国騎士団の下級操縦士。タウロと同じく裏業界では『串刺し旋風』で知られている。

Cast Profile

クールさん

初物喰らい《ユニコーン》の称号を持つ死ぬ死ぬ団団員。表向きはジェイアンヌで働く娼婦。

教導軽巡

タウロと再戦すべく旅に出た、ジェイアンヌの影のリーダー。

ツインテ

教導軽巡の同僚であり理解者。タウロとの再戦を心配してる。

死神

帝国の騎士操縦士。口数も少なく不気味な雰囲気を漂わせているが真性のドM。

CONTENTS

プロローグ

『エリクサー』

　それは治療系ポーションの最高峰。怪我治療、病気治療、状態異常回復の三種を高いレベルで備える事から、『トリプルB』とも呼ばれている。

　また三種の他に、『寿命を大幅に延ばす』効能があるとも言われていた。

『エリクサーなど存在しない』

　しかし、世間一般での認識はこれである。

　今現在この世になく、作り出す事も出来ず、登場するのは『真贋不確かな記録か御伽噺《おとぎばなし》のみ』だからだろう。

『いい年をして、まだ信じているのかい』

　ゆえに真面目に話をしたりすれば、冷たく笑われるのが常であった。ごく最近までは。


　時は現在、場所は王国の王都。中央広場の北に聳《そび》える王城の東側には、急な勾配の屋根を持つ白亜の建物がある。

　その二階の窓から、二人の男性が外を眺めていた。

「やれやれ」

　肩をすくめたのは、髪を油できっちり固めたロマンスグレーの紳士。ここ、王立魔法学院の学院長である。

視線の先にあるのは、学院の正門。そこには貴族の使用人とおぼしき者達が集まり、門衛と押し合っていた。

「エリクサーは渡せない。そう何度も言っているのですが、わからん連中ですな」

口の曲がった中年の痩せ男が、うんざりした様子で頭を左右に振る。

彼の名はテルマノ。魔法学院の教授にして、王国最高と呼び名の高い薬師《くすし》だ。

彼の知識と技術がなければ、エリクサーを作り出す事は出来なかっただろう。

「聞く耳を持たぬとは、まさにこの事だ」

学院長もテルマノと同じように、大きく口を傾けた。

『エリクサーの製造に成功』

その報が発せられて以来、この状況なのである。

『成功したといっても微量です。服用しても、トリプルEの効果も期待出来ないでしょう』

そして残念ながら、材料入手の目途が立っておらず、これ以上の製造は不可能。当初、学院長は、訪れた使用人達にそう説明した。

しかし彼らは納得しない。いや、彼らの主が頷かないのだろう。

『エリクサーをよこせ』

何度顔を合わせても、変わらぬ要求を繰り返すばかりだった。

学院長は説得を諦め、現在すべての面会要求を拒否。力ずくで押し返している。

そこに音高く、ノックの音が響く。

「学院長！　侯爵家の使いの方が、どうしても学院長に会わせろと」

扉の向こうに姿を見せたのは、門衛の隊長である。

「誰も通すな、そう言ったはずだが」

振り返り、やや険しい表情を作る学院長。

それを見て困った表情をするも、隊長は戻らない。立ったまま、口をもごもごさせている。

「脅されたか？」

その問いに、隊長はやや背を丸め首肯した。

「汚い真似を」

眉根を寄せ、吐き捨てる学院長。

隊長個人の名前を聞き出し、後での報復をチラつかせ要求を通そうとする。貴族の使用人がよく使う手だ。

「私が必ず守る。心配しなくていい」

隊長は引き下げるも、完全に安心した様子ではない。閉じられた扉に目をやりつつ、テルマノは斜めの口から吐き出される息に言葉を乗せる。

「公表したのは、間違いだったのでしょうか」

返答しようと口を開く学院長だが、テルマノは止まらない。

「エリクサーはこれまで、言い伝えの中だけのものでした。それが今回、現実に存在しうる事が証明されたのです」

ここで一旦切るも、目で学院長にうながされ言葉を継ぐ。

「私は、それこそが最も重要な事だと思っていました。製造方法を記した論文と、証拠となる現物。この二つが人族の宝たりうると」

しかし、世の反応は違いました、とテルマノは首を振る。

「欲しがられるのは、ポーションとしてのエリクサーのみ。そこに学術的な価値など、いささかも求められておりません」

押し黙り、沈痛な表情を浮かべる口の曲がった教授。その姿を横目に、学院長は眼下の門を見やりつつ静かに話し始めた。

「そう悲観的になる事もあるまい。ここに押し掛けている連中の主は、皆老人だ。これを世間一般とみなしてはいかん」

落ち着いたやさしい声音は、思い詰め視野の狭くなった学生を、指導するかのようである。

「テルマノ君。君はまだ四十代半ばの若さ、それに自身が高位の回復系術者だ」

視線がこちらに向くのを感じつつ、言葉を継ぐ。

「気力も体力も溢れているだろう。それに怪我を負ったり病になったりしても、自らの魔法で治す事が出来る」

自分が若いとは思わないが、魔法の件はそのとおり。テルマノは無言で耳を傾ける。

「だから実感が薄いのかも知れんな。老人の生への執着というものは、凄まじいのだよ。年を取れば取るほど、それは強くなる」

「年を取れば取るほど、ですか。あまり建設的な感じはしませんが」

小首を傾げる様子に、学院長は口の端で小さく笑う。

「長い休みを貰った学生を、想像してみたまえ。残りの日数が少なくなった者ほど、一分一秒にしがみつくのではないかね？」

休みを人生に置き換え、今まで指導して来た学生達の事を思う。すると、思い当たるものがあった。

「言われてみれば、若い者ほど生死に淡白な気がします」

伸び悩む学生との進路相談。時に彼らは、次のようなセリフでテルマノを困らせる。

『夢をかなえるためなら、野たれ死んでも構いません』

それは、その場の勢いではない。この瞬間において、学生達は完全に本気なのだ。

夢を実現可能と思える実力。それを備えているのなら止めなどしない。出来うる限りの応援もしよう。

しかし、彼らが人生を乗せようとする賭けのほとんどは、テルマノから見て分が悪い。

(制止を振り切り、薬師としての道に踏み出した者もいたな)

夢はあったが、力が足りていなかった。

他の薬師と同じ材料を用いても、出来上がるのはジャンクポーションばかり。そして『試用した材料に対する、まともな完成品の割合』、いわゆる歩留《ぶど》まりの悪さは採算に直結する。

結果、借り集めた初期の資金が尽きると同時に、薬師の間から姿を消していた。

(何としても止めるべきであった。たとえ力ずくでも)

テルマノの顔が歪みを増し、苦しみに似た表情を作り出す。

少しばかり前、王都花柳界に質の悪い媚薬が出回った事がある。

若干の効果はあるものの、ほとんど毒物と言えるしろもの。何人もの女性達が、深刻な体調不良に陥り苦しんだのだ。

『このような物を人に用いるとは、何たる事か！』

怒りに震えたテルマノは、全面的に協力。媚薬の解析、女性達の治療にと力を注いだものである。

幸い犯罪組織は摘発され、事件は解決。多くの者が捕らえられた。

（まさかあの名を、ここで聞こうとは）

その中に、かつての教え子がいたのである。

製造に手を染めたとしてすでに処刑されていたが、あの時の後味の悪さは、今も心の奥底に澱《おり》のごとく残っていた。

目の光を暗くしたテルマノを見やりつつ、学院長が慰めるように言う。

「君達のなし得た事は、人族の魔法技術を大きく前進させるものだ。胸を張りなさい」

その表情は、気難しい子供を眺める大人のもの。

学院長にとってテルマノは、優秀だが手の掛かる、目の離せない生徒のままなのだろう。

「アムブロシアさえ手に入れば、問題は解決するのですが」

そのような思いに気づく事もなく、テルマノは目を閉じ息を吐く。

『アムブロシア』

それはエリクサーを作る上で欠かせない、『神の果実』とも呼ばれる果物。遥か昔に絶滅したと言われているが、そもそも存在自体が信じられていなかった。

エリクサーが空想上の産物とみなされていた、一因でもある。

「所持していたのは死神、帝国最強とも言われる操縦士だ。陛下のお力をもってしても、何ともならん」

ここ最近、いく度となく繰り返されるその言葉に、いつもと同じ返答をする学院長。

誤解のないように述べておくが、爆発着底お姉様は、アムブロシアの出所を口にしていない。しかしそれが死神である事は、今や王国上層部では周知の事実だった。

(名前さえ出さなければ、秘密は守られる。そう思ったのだろうが)

微笑ましい思いで、学院長は爆発着底お姉様の姿を思い出す。

『娼館に勤める者として、そのような質問にはお答え出来かねます』

教授と学院長を前にして、凛とした態度でそう告げた彼女。若者らしい真っ直ぐさは、学院長の好むものだ。

(だが少し調べれば、簡単にわかる事よ)

幼子の嘘など、親にはお見通し。気づかぬふりをしているだけである。

学院長から見れば、爆発着底お姉様の隠し事などその程度でしかない。

(休戦条約締結の帝国側代表団、その一員として訪れた死神は、彼女の接待を受けている)

しかも、それを強く望んだのは死神の方。正直、それだけでアムブロシアの出所は明らかだ。

(リベンジをしようとしたのだろうな)

経緯を思い、学院長の頬がさらに緩む。

聖都の神前試合で、爆発着底お姉様が死神を打ち破ったのは有名な話である。

世界ランキング上位の死神。無名だった彼女に、負けたままにはしておけなかったのだろう。

(だが、再度敗れた)

激戦の末、果実を手に入れたと彼女は言う。

帝国の武の象徴を、学院の生徒がまたもや打ち負かしたのである。それは痛快であり、学院長は心の中で喝采《かっさい》を送っていた。

（あの死神が、二度も同じ相手に遅れを取ったのだ。とてもではないが、公《おおやけ》に出来まい）

望むものを与え、口外しないよう強く念を押したのだろう。

「幸いなのは、死神本人が果実の価値に気がついていない事だな。しかし帝国内にあるのなら、いずれは発見されるだろう。それまでに何とかしなければならん」

表情を引き締める学院長。その様子を眺めやりながら、テルマノは曲がった口を開く。

「今のところ、種《たね》に期待するしかないでしょう」

爆発着底お姉様から譲り受けた材料。その中には、いく粒かの種子も含まれていた。

現在、植物を専門とする教授に引き渡され、細心の注意を払って栽培が試みられている。

「そうだな、我が国の薬草栽培技術は、他国より頭一つ抜けている。やってくれるに違いない」

頷き合う二人であった。

第一章　踊る人々

　ここで舞台は王都の西、定期ゴーレム馬車を使って二日の位置にある、地方都市アウォークへと移動する。

　中央広場に面して建つ、王都の本部よりは大分小さい商人ギルドのアウォーク支所。その一階ロビーを、一人の女商人が歩いていた。

　後ろへたなびく栗色の長い髪は、手入れの行き届いたストレート。胸は薄いながらも背が高く、モデル体形と言っていいだろう。

「手紙？　ありがとねえ」

　職員から封書を受け取り、微笑みを返す彼女。

　中年の男性職員の顔に浮かぶのは、緩みきった笑顔である。勿論、手渡す時に、さりげなく手を重ねる事も忘れない。

　去り行く女商人と入れ替わるようにカウンターへ来たおっさん商人は、中年職員に声を掛けた。

「すっげえ美人だな」

「スタイルもいい。見ろよ、ケツの位置なんかここだぜ」

　中年職員は、両手を自分の腹の高さへ上げて見せる。

　振り返ったおっさん商人は、まさに外へ出て行こうとする女商人の後ろ姿を見やると、口笛を小さくひと吹き。感嘆の息と共に言葉を漏らす。

「やっぱり、エルフは凄え」

「あの長い耳、実は性感帯って話だぜ。つまめばメロメロとか」

得意顔で披露された豆知識に、『触りてえ』と身をよじる商人。

これは『そうあって欲しい』という男達の妄想から生まれた噂であり、実際は違う。しかし正される事なく巷《ちまた》に流れたままなのは、いかにエルフとプレイする機会が少ないかの証拠だろう。

王国におけるエルフの娼館は、王都の一軒のみしかない。実はその一軒もすでに店を閉めているのだが、まだ広まってはいなかった。

「ちくしょう、やりてえなあ」

「給料日が近いじゃねえか。休みを取って、王都に行って来いよ」

店の名を思い出そうと眉根を寄せ、『フロイだった』と手のひらを拳で打つ商人。言われた職員は大きく顔をしかめると、肺の底から息を吐き出す。

「往復するだけで四日だぞ、取れるわけねえだろ。旅の出来るお前が羨ましいよ」

この後の行先は王都だったよな？　と続けられた問い掛けに、今度はおっさん商人の顔が苦く歪む。

「機会があっても金がない。最近はファストフード娼館か、チケット娼館ばかりだ」

どちらも『業界の風雲児』が経営する、超低価格店である。悪いとは言わないが、やはり普通の店とは趣が違う。

カウンターを挟んで肩をすくめ合う、同年代の馴染みの二人。たまたま客がいなかった事もあり、下品な笑い声をともなった雑談は、後少しばかり続いたのだった。

一方、商人ギルドを後にした栗色の長いストレートの女商人は、広場のパラソル下の椅子に座り、飲み物を注文。

世界樹の刻印のある封蝋《ふうろう》を眺めると太陽へかざし、中身を透かし見ようと目を細める。

「何だろねえ」

勿論、それでわかるわけなどない。アイスティーが届いた後、ナイフで封蝋を破り、手紙を取り出した。

「……アムブロシアだってえ？」

難解な上位古代文字が並ぶ紙面を一読し、呟く。

彼女も聞いた事はある。神の果実とも言われる、ほとんど伝説上の果物だ。

『ランドバーンへ向かい、アムブロシアについての情報を極秘裏に集めろ。鍵は帝国の操縦士、死神にある』

手紙の内容は、そのようなもの。

「行くのは、問題ないよお」

次の予定は、久しぶりの王都。そこで同族の経営する娼館を訪れ、我が身を男エルフに慰めさせようと考えていた。

だがそれは、ランドバーンの後でもいい。

「店は逃げないからねえ」

手紙の指示に従う事に、否はない。『里からの依頼は、何をおいても優先すべき』という意識が、里外へ出ているエルフ達にはある。

「そして何と今回は、ハイエルフ様直々のご依頼でございい」

一人おどけ、口笛を軽く吹く。

エルフの里にいてすら、滅多に見掛ける事のない上位の存在。世界樹の幹に設けられた館に集う、高位のエルフ達だ。

彼らからの頼み事など、あまり耳にした事がない。

「恐悦至極。張り切って参りますか」

そこでニヤリと笑う、栗色の長い髪を持つエルフの女商人。

「死神の大鎌《デスサイズ》。出来れば味わってみたいねえ」

商談のついでに、人族と寝る事もしばしばの彼女。しかし彼らでは、いかに頑張ろうと突き当たりまで届かない。

彼女が定期的に同胞の店を訪れるのは、男エルフの長物に癒しを求めての事である。

「満足させておくれよお、お代はいらないからさあ」

飲み終え立ち上がると、頭の後ろで両手を組み、軽い足取りで広場を横断して行くのだった。


さらに舞台はアウォークから南へ移動。

ここは岩と礫《れき》だらけの荒れた土地。いく種類かの魔獣は生息しているが、人族で住む者はいない。

そのような場所の地面に今、音もなく亀裂が発生した。それは一本に留まらず、次々と現れては思い思いの方向へと延びて行く。

「ギャアッ！　ギャアッ！」

異変を感知した鳥達は、たかっていた獣の死体から頭を上げ、大地を踏み切り空へと逃げる。

理解したかはわからない。しかし鳥達の視界には、亀裂という線で荒く塗り潰された巨大な円が映っていた。

「……」

鳥の声も止み、辺りを不気味な沈黙が支配する。

少しの間を置いて地を揺らしながら重低音が鳴り響き、地面は円の中央から内側へと、ゆっくり落ち込み始めた。

その範囲、直径にして千メートル、深さ数百メートルはあるだろう。

あまりの規模の大きさに、地中へと崩れ落ちる様子は、さながらスローモーションのようであった。

「何だい、この揺れは？」

森の中に切り開かれた道を進む、幌付きの小さなゴーレム馬車。その御者台に座る老女が、いまいましげに舌を打ち馬車を止める。

左右に車輪を取られるせいで、思った方向に進めなくなったのだ。

「落ちちゃいないだろうねぇ」

心配した様子で、皺くちゃの顔を荷台の方へ。

積まれているのは、袋に入れた木の実や、紐でくくった草の束。いずれもこの辺りで採取したものである。

積み荷の無事を確認し、前へと向き直った老女は、遠くに現れた見慣れない光景に首を傾げた。

「ありゃあ雲かい？　だけど随分汚いねぇ」

南の方角に湧き上がりつつある巨大な、しかし濃い黄土色の雲。

それが土煙であり、しかもこちらへ急速に迫りつつある事を悟ると、慌ててフードを深くかぶり直し、首のスカーフで鼻と口を押さえる。

次の瞬間、砂まじりの突風が南から到来。その強さは、森の中にいてさえ吹き飛ばされそうなほどだった。

(ふう)

風は十数秒で通り過ぎ、砂煙で失われた視界も、徐々に回復して行く。

老女は手綱を強く引き、ゴーレムの馬首を煙の方へと巡らした。地の揺れはとうに収まっている。

(好奇心で身を危険にさらす。そんな年じゃないけどさ)

ある期待を胸に、心に思う。頭に浮かぶのは、ゴブリンに似た小柄な老人の姿。

(いいネタがあれば、ご褒美を貰えるかも知れないからねえ)

最後に味わってから、何年経つだろう。味を思い出し、下腹部を期待に震わせる。

(やばいね、もよおしてきちゃったよ)

年甲斐のなさに苦笑するも、気持ちは変わらない。手綱を振るわれた馬車は、南へと進み始めたのだった。


王立魔法学院の一角にある、テルマノ教授の研究室。そこでは数名の学生達が、それぞれ実験を行なっていた。

これは教授が取り組んでいる課題を、次のステップへ進めるための下準備。前提となる理論が間違っていないか、一つ一つ検証しているのである。

(手際がいいよなあ)

一人の男子学生が、金属製の大鍋を棒で掻き回しつつ思う。

視線の向かう先は、白衣を着てなお曲線が美しい女子学生、爆発着底お姉様である。

彼女は左手の指の間に一本ずつ、計四本の試験管を挟み、右手のスポイトで液体を垂らしていた。

(丁寧なのに速い)

試験管をスタンドへ戻すと、並びの四本を新たに取り、液体を垂らしてまた戻す。

その動きは、音域の広い曲をピアノで弾くかのよう。手や指の動きは目で追えないほどなのに、すべてが正確。ガラスのぶつかる音一つしない。

『実験の名手』

その評価は、研究室においてすでに不動。おそらく王立魔法学院内でも、一、二を争う技量だろう。

(娼館でも同じなのだろうなあ)

客ごとに仮説を立て、実験。それを繰り返し結果を集積する事で、内面まで丸裸にしてしまうに違いない。

(自分の体の事を、自分より知られてしまうのだものな)

そのような存在に、勝てるはずなどない。客の心は、気化され天へと昇って行ったはずだ。

(だからこそその、御三家のナンバーワンか)

顔立ちとスタイルだけではない。知力も備えていたからこそ、今の地位へ上れたのだろう。

(いいなあ。俺も徹底的に分析されてみたいなあ)

貧乏学生ではかなわぬ夢に、溜息をつく青年。

だが、妄想するのは自由である。知的な白衣の研究者と、露出の多いジェイアンヌのサイドラインの姿が、視界の中で重なって行く。

(あっ)

心に呻いたのは、己の股間の試験管と感覚をリンクさせてしまったから。

爆発着底お姉様はすべてを戻した後、新たな試験管を一本だけ、右手の人差し指と中指で挟み取ったのだ。

(うっ)

試験管を回すように振る光景に、またもや背骨に甘い信号が走る。

(何だよその笑み、エロ過ぎるだろう)

それは試薬の色が変わったのを目にした、爆発着底お姉様の嬉しそうな表情。

しかし男子学生の中では、『客から思いどおりの反応を引き出す事に成功した時の、妖艶な笑み』に変換されてしまったのである。

(……ちょっと、ちょっと待って)

続いて彼女は試験管にしっかり蓋をし、手首を使ってやさしく上下へ振り始める。

試薬の反応を窺う興味深そうな眼差しもあって、妄想世界の彼は『お姉様にリードされる客』の役どころにはまってしまった。

「うっあー!」

いよいよというところで、青年は絶叫。彼にしか聞こえなかったが、腰下からはジュウッという蒸発音もした。

内圧が高まり突き出してしまった彼の試験管が、掻き回していた鍋に押し付けられたのである。火に掛けられ中身が煮えたぎっている、肉の厚い金属製の器。音がしたのは、先端が濡れ始めていたからだろう。

「薬品が掛かったの？　大変！　すぐに服を脱いで」

驚き駆け寄って来る、王立魔法学院一の美人女子学生。手伝おうというのか、手を伸ばして来た。

「大丈夫！　ただの火傷《やけど》だから。自分で対処出来るから」

床に座り込んだ青年は、両手を前に突き出し必死に拒む。

彼が目を向けるのは、膝を突き心配そうな表情を浮かべる彼女ではなく、その背後。ニヤニヤと笑う男子学生達である。

何が起きたのかを、察しているに違いない。

「鍋を頼む！」

言葉と同時に研究室を飛び出す、股間を火傷した青年。シャワールームに駆け込むと服を脱ぎ捨て、生まれ持った試験管に水を浴びせた。

（ふう）

ポーションを使うのは、最低限の処置を済ませてから。その方が効果が大きく、ランクが一つ下で済むかも知れないのである。

（しっかし、あの反応。わかってないふりじゃないのだよなあ）

粗熱が取れ、徐々に落ち着いて来た青年は思う。

『豊かな胸に絞ったような細い腰、さらに大きくも上を向いた尻』

それが発散する魅力は、男子学生を掻き立てずにはいられない。しかし問題は、彼女本人が意識していない事だ。

(切り替えているのだろうけど、あそこまでとは。さすがとしか言いようがない)

娼館で姫をしている時は、男性客の目の動きひとつ、わずかな挙動からでも心を見通しただろう。

しかしポーションの研究者の立場になった瞬間、感性から性的なものが抜け落ちてしまうらしい。

(普通だったら、俺のあからさまな視線に気がつくはず)

己を試験管に見立て、舐めるように見ていたのだから。

だが、ここにいる爆発着底お姉様は、そのような事をまったく考えない。

『ハサミでズボンと下着を切られ、患部に直接、ポーションを手ずから塗られていた』

あのまま研究室に留まっていたら、その可能性すらあったのだ。

(そうして欲しいのは山々だけれど、やられたら社会的に死ぬ)

研究室だろうが皆の前だろうが、火傷をしていようが関係ない。自分は間違いなく、彼女の顔面に思いを浴びせ掛けただろう。

『顔に生物由来の白い液体が掛かり、目を丸くする王立魔法学院一の美女』

その姿が目に浮かんだせいで試験管が膨張し、青年の顔が激痛に歪む。

もし指で拭い取った後、糸引くそれを凝視し、臭いを嗅いで舌で舐め取ったりしたら、もうたまらない。即、彼女の顔に上塗りしたはずだ。

(一緒にいられるのは嬉しいし、周りから羨ましがられている。だけれど)

実際に身を置く者としては、辛いところもある。

そうは思うが、だからといって、今の位置を他の学生に譲るつもりなど毛頭ない。娼館と違ってサービスを受ける事は出来ないが、あの輝きの近くにいたいのだ。

（……効果が薄い）

冷水のおかげでかなり落ち着いた青年は、気持ちを切り替えシャワーを止め脱衣所へ。そこでシャワールーム備え付けの怪我治療ポーションを、股間へ使う。

だが少しの間を置き、口が恩師のように大きく曲がった。

（誰だよ、作ったの）

これらはポーション学を受講している学生達が、実習で完成させた物。質が低いため外へは出せないが、自家消費用に置いてある。

青年はその中でも、かなりのハズレを引いたらしい。

（仕方がない、自分のを使うか。確かロッカーに、この前作ったのがあったはず）

テルマノ研究室に入れるだけあって、彼の腕は悪くない。市場で出回っている品には及ばないが、それなりの効果は出せる。

軽く頷いた青年は、患部を刺激しないよう静かに服を着始めたのだった。


一日ここで物語は、その語り手を一人の若者へと譲る。

彼の名は『ビンス』。王都を拠点にした冒険者であり、今は郊外で仕事の真っ最中であった。

「そっちへ行ったぞ！　逃がすなよ」

叫んだのは、チームリーダーの渋いおっさん。

僕は即座に爆発の呪文を詠唱。眼前で炸裂した魔法に驚いた小型魔獣達は、真後ろへと向きを変え逃げ戻る。

「うおっしゃー！」

渋いおっさんを中央に三人の親父共が剣を振るい、猪に似た魔獣が次々に倒されて行く。

「魔術師がいると、やはり違うねえ」

「いろいろ応用が効くってのがいいよな」

すべてが終わった後、汗臭い親父連中から笑顔で背中を叩かれた。実は僕、最近になって所属するチームを変えたのである。

（王都から動きたくはないからね）

依頼が減ったという理由で、以前のチームは王都を離れる事を決めた。僕も同行すると思われていたらしく、残ると告げた時は仲間達に驚かれたものである。

『分け前を増やす方向で考える。だから一緒に来てくれないか』

魔術師の冒険者はわりと貴重な存在なので、手放しくなかったのだろう。口々にそう言い、慰留してくれた。

だけど僕は頷かない。ここにはそれだけの理由がある。

（ツインテさんに、会えなくなってしまうじゃないか）

それはジェイアンヌで働く、僕の心を捕らえて離さないダンジョンの持ち主。

敏感過ぎてすぐに終わり、達成感も満足感も薄かった僕。だけど彼女のダンジョンは、そんな僕に本気で反応してくれた。

そして女性の素晴らしさを、これでもかと教えてくれたのである。

「よう、お疲れさん」

現在のチームのリーダーである渋いおっさんの声で、我に返る僕。

魔獣を倒してすぐドロップ品の確保へ向かっていたので、手にしている袋の中身は戦利品だろう。

「いるかい？」

白い革袋を目の前に掲げ片目を閉じてみせる、苦み走ったナイスミドル。

「何ですか？　それ」

「魔獣の睾丸」

無言の僕。

「珍味、生でもいける」

ぐいっと袋を眼前に突き出して来るが、気持ちだけいただく事にした。

(食の好みはともかく、いいチームに入れてよかった)

王都で仕事が減っているのは事実である。いかに魔術師が少ないとはいえ、仕事がないのでは受け入れ先もない。

『どこか、いいチームはないかなあ』

これは移籍前、ツインテさんとのプレイ後に同じ枕で口にした言葉である。独り言の延長だったのだが、彼女は少し考えるような表情をした。

「もしかしたら、紹介出来るかもよ」

好きな女性が力を貸してくれるというのだ。乗らないわけにはいかない。

頷きお願いすると、数日後に連絡が来た。

『魔術師がいると助かる』

そう言って現れたのが、今のチームリーダー。やたら渋いおっさんである。

冒険者ギルドに所属してはいるものの、最近は商人ギルドから直接仕事を貰っているそうだ。

『問題はないんですか？』

僕の問いに、動じる様子はまったくない。

『冒険者ギルドで斡旋《あっせん》出来ないのなら、自分で探すしかないからな』

そう言って渋いおっさんは、大きな声で笑う。僕は心を決め、このチームにお世話になる事にしたのだ。

ちなみに仕事内容は、商人ギルド騎士の補助や、街道の魔獣退治。一回当たりの報酬は高くないが、途切れず仕事が続くので、実入りは以前よりよいくらいである。

「今日も行くのか？」

王都に到着し商人ギルドへ報告した帰り、大広場で解散となった時に、リーダーではないおっさんが僕へ問う。

「勿論です！　このために働いてますので」

「独り者はいいねえ」

もう一人のおっさんが、羨ましそうに口にする。おっさん達はリーダーも含めた三人で、これから飲みに行くのだそうだ。

「食えよ。精がつくぞ」

リーダーは、再度白い革袋を掲げてみせる。どうも飲み屋に持ち込むつもりらしい。

僕は再び丁重にお断りし、小走りに広場を西に進む。目的地は大通り沿いにある、白の大理石とレンガを組み合わせた超高級娼館だ。

銀細工の文字で『ジェイアンヌ』と書かれた重い樫の扉を、力を込めて押し開く。

(いるといいな。頼む、いてくれ)

今晩は予約をしていない。祈るような気持ちで雛壇を探す。

(いた!)

髪をツインテールにした胸の大きな女性を見つけた僕は、コンシェルジュへ走り寄ると名を口に。

僕も結構常連だ。ツインテさん一本やりなのを知られているので、すぐにカウンターへ通される。

「指名ありがと。今日もよろしくね」

腕を絡ませ、いつものように階段を二階へ。そして今日も、ソロでのダンジョン探索が始まった。

(よおし、頑張るぞ)

ツインテさんの洞窟。正直、何回来たかわからない。

すっかり僕のホームダンジョンだ。それだけに、トラップの場所などすべて知り尽くしている。

(この壁の右側、ここをこすると発動するんだよね)

スライムにまみれた洞窟の壁。僕は短杖《ワンド》の先端をあてがい、力を込めた。

即座に『大音響の罠』が動作し、僕の聴力を奪いに来る。

(対策済みさ)

事前に耳を、ツインテさんの口元から離しておいたのだ。これで罠の大音響は、逆に気持ちを高めてくれる歌になる。

僕は、洞窟をさらに進む。

(これ以上行くと、『ワームの罠』が発動するはず)

壁、床、天井がスライムに覆われた、天然の洞窟。ゆっくりと表面を移動するスライム以外、動くものはないように見える。

だがそれは、見せ掛けなのだ。

「行くよ」

ごくりと唾を呑み込み、一歩踏み出す。ビクンと地面が揺れた後、壁面から突如として大量のワームが現れる。

そして僕へと、襲い掛かって来た。

(ここが難所だ)

何百匹、いや千匹はいるかも知れないワーム達。僕を圧殺しようと殺到している。

この罠を解除しない限り、ここで倒れる事になるだろう。

(罠外し、開始)

緊張しつつも口の端に笑みを浮かべ、目の前の大きな膨らみの先端にある、桜色の小さな二つのダイヤル錠へ手を伸ばす。

何度もこの場所で腰を抜かしてしまった経験、それが僕の技量を向上させていた。

(右に二回、左に二回、そして弾く)

やわらかくも硬いダイヤルの突起をつまみ、左右にひねった後、ピンと弾く。これを何度も繰り返す。

(始めの頃は、数十回掛かったなあ)

僕の方が保《も》たなかった事もしばしば。しかし今では約八回。自分の成長を実感する。

「あれっ？」

突如、洞窟は大きく振動。奥から大量のスライムが溢れ出し、ワームの集団を押し流した。

身を硬くした僕は、何とかその刺激をやり過ごす。

「今日は五回か。いつもより早いんで驚いたよ」

苦しげな様子で、浅い呼吸を繰り返すツインテさん。その髪をやさしくなでながら、耳元でささやく。

(後少しだ)

息を吐きながら、さらに奥へ。

ツインテさんの両手が、僕の胸を強く押す。まるで、これ以上の侵入を拒むかのようだ。

しかしその程度では、僕の前進は止められない。

(よおし、ここがモンスターハウス)

洞窟の突き当たり、ボス部屋の扉の前の空間。

僕は武器を構え直し、無茶苦茶に振り回す。ここにいるスライムをすべて倒さなくては、部屋の扉は開かないのだ。

「うおおっ！」

腰の入った連続の突きに、『拘束の罠』が発動。

僕の腰は太腿にがっちりと挟まれ、背中側にふくらはぎが押し付けられる。

洞窟にさらに踏み込む体勢になるが、逆に後ろへは下がれない。これでは効果的な突きを放つのは無理だろう。

ダンジョンマスターによる、捨て身の防衛策だ。

(だけど、対処法はあるんだよね)

歯を食いしばりつつも笑みを浮かべ、腰を時計回りに、次に反時計回りに動かす僕。

錬金術師が釜を棒で掻き回すような動きに、次第に弱くなるスライム達の抵抗。そしてついに、僕の拘束が解けた。

(ここからは、ボス部屋の扉を連打だ!)

もうダンジョンマスターを守るモンスターはいない。自由を取り戻した僕の腰は、体重を乗せて突きまくる。

(今日は、いつもより順調だなあ)

ツインテさんの洞窟の主は、ボス部屋から出て来ない。だから倒す手段は、遠距離攻撃のみ。

僕は扉が開くのを、激しくノックしながら待ち続ける。

(開いた!)

突きに耐え切れず、開け放たれる扉。僕は武器である短杖《ワンド》を向け、爆発の呪文を詠唱。

「行っけえ!」

短杖《ワンド》の先端から発射された魔法は、扉の隙間からボス部屋の中へ。そして奥の壁にぶち当たると、ボスを巻き込み大爆発した。

「くううっ」

激しく上下に揺れる洞窟。

ダンジョンマスターが倒れると同時に洞窟も崩壊、僕を生き埋めにし、きつくきつく押し潰す。残りをすべて搾り取られた僕は、いつもここで倒れてしまう。

ダンジョンマスターと相打ちの形だが、不満はない。一緒というのはいいものだ。

(あれっ？)

だが今日は、いつも違う。僕は生き残れそうなのである。

(もしかしたら、扉が開いた後も冒険が出来るのかも知れない)

揺れと圧力に、歯を食いしばりつつ思う。

(よし、何とか耐え切った)

確認すれば、目の前に開け放たれた扉がある。ツインテさんの洞窟のさらに奥、その魅力に僕は抗えないし、抗う気もない。

「行くぞ！　新たな地へ！」

僕の宣言に、ツインテさんは驚愕の表情で絶叫。だが僕の歩みは止まらない、悦び勇んで突き進む。

しかし開いたとはいえ、ボス部屋の扉はとても狭かった。

(突き崩す！)

僕は全力での連続突きを開始。ダンジョンが狂ったように揺れ動くため、三回に一回しか扉に命中しない。

それでも懸命に狙いを定め頑張り続けていると、ツインテさんが手を、ベッドのヘッドボードに刻まれた小さな魔法陣へ伸ばすのが見えた。

(新たな罠？)

予想は正解。それは今まで経験した事のない種類のもの、『召喚の罠』だったのである。

魔法陣が展開してすぐ、それは僕の背後に出現した。

「お客様！　そこまでです」

ノックもせずにプレイルームへと飛び込んで来たのは、僕より年下の見習いコンシェルジュである。

手にしている複雑な形状の鍵は、多分マスターキーだろう。

僕を背後から羽交い絞めにすると、強引に洞窟から引き抜く。

「えっ？　えっ？　何これ」

コツがあるのか、うまく抵抗出来ない。

事態が飲み込めず混乱状態にある僕へ、見習いコンシェルジュは申し訳なさそうな声を出した。

「ご説明しますので、一度別室にお移り下さい」

相手は一流娼館のコンシェルジュである。見習いであろうとも、怒鳴りつけるような度胸はない。

腰にバスタオルを巻いた僕は、言われるがままに階段を下りた。

「大変申し訳ございません。緊急処置でございまして」

案内されたのは、カウンター奥の控え室。そこにいた威厳あるコンシェルジュは、慇懃に頭を下げた。

「あの魔法陣は、彼女が限界を感じ、助けを呼ぶ時に使用されるものなのです」

「限界ですか？」

頷くコンシェルジュ。

「一言で申せば、彼女はお客様の責めに耐えられなくなった、という事です」

僕の責めに耐えられない。その響きが『本当に？　信じられない』という思いと共に、心へと浸み込んで行く。

沸き上がるのは、誇らしさと喜び。敏感系男子の僕がそう評価されるなど、夢想だにしていなかったからだ。

「今日を含め最近、手応えをお感じにはなりませんでしたか？」

そう聞かれ考える。

知り尽くし、対策を完全に整えた、ツインテさんの洞窟。確かに攻略は、来るたびに容易になっていった気がした。

頷く僕へ、コンシェルジュは感慨深げに言葉を継ぐ。

「お客様は、卒業の時を迎えられたのです。次は、もう一つ上を目指すべきでしょう」

その言葉に、声が出ない。

僕はあの洞窟が大好きだ。探索の心地よさと、攻略のノウハウを身をもって教えてくれたホームダンジョン。

『卒業とか上とかではなく、ずっとこの洞窟に潜っていたい』

その意思を伝えるも、コンシェルジュは首を横へ振った。

「申し訳ございませんが、それは出来かねます。一旦始めたなら、お客様もご自分の意思では止められないでしょう」

　確かにそのとおりである。

「彼女の心と体が持ちません。どうかご理解下さい」

　深々と頭を下げるコンシェルジュ。こうして僕は、ジェイアンヌの初級ダンジョンを卒業する事になったのだった。

（今度から、どうしようかなあ）

　帰り際、ロビーを出口へ向け縦断しつつ周囲を眺める。

（あれは無理だ）

　壁際に座る、ダイナマイトバディのサイドライン達。最高難易度のダンジョン群だ。

　どれだかわからないが、帝国の死神ですら攻略に失敗したという、伝説のダンジョンもあるらしい。

　そんなところ、僕は近づいただけで命を落としてしまうだろう。

（コンシェルジュのお薦めは、確かあの人）

　雛壇の中央最前列に、腕を組んで堂々と座る小柄な女性。

　華奢な体つきで、胸も尻も薄い。一見すると、若過ぎるのではと思うほどだ。

（ツインテールなんだ、いいな）

　卒業してしまったツインテさん。彼女と同じ髪型をしている。

　様子を窺うと、明るく活発な人らしい。隣の人と話をしながら、よく笑っていた。

（うん、次は彼女にしよう）

　頷き、次回の資金がいつ頃貯まるかを考えるビンス。彼の『ツインテさんの洞窟』での冒険譚《ぼうけんたん》は、ここで幕を下ろすのであった。

語り手はビンスから離れ、場所も王都から西へ、アウォーク経由の定期ゴーレム馬車で四日の位置にあるランドバーンへ向かう。

王国領から帝国領となって、まだ日の浅いこの地方都市。その周囲を、高さが十メートルはあろうかという城壁が囲っていた。

「到着う」

城門前で脚を止めたのは、個人所有と思われる一頭立てのゴーレム馬車。その御者台で、栗色の長い髪をしたエルフ女性がのんびりと言う。

値の張るものを運んでいるのだろう。荷台は幌ではなく硬い木と金具で作られ、しっかりと塗装されていた。

「街道に魔獣が出ないってのは、本当にいいねえ。ギルド費を払う甲斐があるってもんだよ」

魔法に長じたエルフ族は、個人でも槍と剣だけの護衛隊より強い。そのため人族より楽に旅が出来るのだが、苦にしないわけではないのである。

ゴーレム馬車ごと列へ並び、待っている間に帝国商人ギルドのカードを取り出すエルフの女商人。身元がしっかりしているからだろう、簡単な検査で入場が許された。

(では騎士にお乗りの操縦士様方の所へ、向かいましょうかね)

活気のある街路を眺めやりながらゴーレム馬車でゆっくり進み、出来たばかりと思われる兵舎の塀外で脚を止める。

「お偉いさん達にね、エルフの里の物を売りに来たよ」

門衛に声を掛け、栗色の髪が掛かった片目を閉じてみせるエルフ女性。整った顔立ちから狙って繰り出される微笑みは、かなりの破壊力であろう。

門衛の一人は顔を赤面させると兵舎へ向かい、すぐに戻って来た。

「どうぞお入り下さい」

彼女は商人。しかもエルフの里の品という、地方では手に入りにくい品を扱う者。通常通してはもらえない場所でも、扉が開く事は多い。

容姿がどれくらいの威力を発揮したかはわからないが、今回も多分に洩れなかったようだ。

「ありがとね」

手をひらひらと振ると馬車停まりまで進み、荷物の入った宝箱を降ろす。そして箱を乗せた台車を押し、建物内へと入って行く。

「ほーらお兄さん、これなんかどうだい？　彼女にプレゼントしたら、いちころだよう」

その後すぐに大会議室で開かれた、エルフの里の品の販売会。突然もいいところだが、それでも多くの者達が集まっている。

このような高級品を目にする機会など、ランドバーンのような田舎町では滅多にないからだろう。

「悪くねえな」

そして今回の主役は、操縦士達。

金を持っている彼らは、一桁違うと言われるエルフの里の品、世界樹のロゴが付いた商品を買うだけの力があった。

「おいお前、本気の奴がいるんだろ？　こいつ片手にプロポーズして来いよ」

悩む男の隣で、冷やかし半分で焚《た》きつける同僚達。

「相手は一般市民っていうじゃねえか。こうしている間にも、他の男に取られちまうかも知れねえぞ」

その言葉が効いたのか、男は銀細工のネックレスを手に顔を上げた。頑丈な顎のラインに、決意が満ちている。

「お姉さん、これの男物ってないの？」

その問いも、当然であろう。彼らは薔薇騎士団《ローズナイツ》の面々、恋人にプレゼントするのなら男物だ。

「あるよお。これなんかどうだい？」

エルフ女はまったく気にせず、笑顔で品物を見せる。

「……貰うよ」

「毎度」

散々吟味した後、お買い上げ。

彼女にとっては、男同士で愛のこもった品を送り合おうと、どうでもいい。唯一の不満と言えば、自分にまったく興味を示さない事くらいだろうか。

(死神もこの手だとしたら、あたしじゃなく男の商人の方がよかったんじゃないかねえ)

そんな事を一瞬考えるが、すぐに長い髪を横へ振る。攻めはともかく、受けに問題がありそうに思えたからだ。

長物持ちのエルフ男性を受け入れるため、エルフ女性は井戸のように深い。しかし後ろは、男女共に人族と変わらないのである。

（だったらあたしが、後ろの門じゃなくて正規で相手をした方がいいかあ）

思いを巡らせながらも、客の相手を続ける彼女。

やがて大盛況の内に販売会は終了。彼女は金貨の入った宝箱を台車に載せ兵舎を出る。

（うーん、それらしいのはいなかったねえ）

残念ながら、販売会に死神は現れなかった。客達の噂話に聞き耳を立てもしたが、アムブロシアを匂わせるような話題もない。

（まっ、初日で収穫があるはずもない。数日、うろうろしてみましょうかねえ）

鼻歌を歌いながら馬車に乗り込み、手綱を一振り。宿屋へと脚を向けさせたのだった。


しかし翌日も、何の情報も得られない。

町の有力者や帝国から来た文官相手に商売をするも、手応えがまったくなかったのである。

（鍵は死神。だけど姿も見掛けないんじゃ、話にならないよお）

宿の一階にある食堂で夕食を食べながら、次の手をぼんやりと考える彼女。

ランドバーンの領主である辺境伯のそばにならいる可能性は高いだろう。

しかしエルフであろうと、一介の商人でしかない。押し掛けて会えるとは、とてもではないが思えなかった。

（さて困った。どうするかねえ）

溜息をつきフォークで料理を突っついていると、心配そうに声を掛けて来たのは宿の親父。

「エルフさんにゃあ、口に合わなかったかい？」

どうやら誤解を与えてしまったようである。彼女は笑顔を作り、声を大きくして否定。

「ごめんごめん、考え事しちゃっててさあ。食事はおいしいよ、凄く」

その言葉にほっとする親父。一方、人族の目から見て絶世の美女は、首を傾げ言葉を継ぐ。

「でも、帝国風の味付けだねえ。ランドバーンって、もともとそうだっけ？」

「おっ？　わかるかい。もとは王国風のしっかりした味付けさ。帝国領になってから変えたんだよ」

少しばかり得意げである。どうやら、この親父が作っているらしい。気分がよくなったようで、困り事があるなら相談に乗るぞ、などと言って来た。

上から覗き込むように薄い胸元を見て来るが、彼女は気にしない。

それどころか服をたるませ、下着が少し見えるよう調整する。武器は使ってこそなのだ。

「死神さんに会いたくてさあ。あたしファンなんだよ」

「なるほどねえ。死神の大鎌《デスサイズ》は、エルフさんまで魅了しちまうって事かい」

腕を組み、納得顔の親父。彼女は、やだよお、と言いながら軽く腕を叩き、なでてから離す。

「死神は、ここで娼館の経営をしているぜ。もしかしたら、そこで会えるかもな」

触られて嬉しかったのだろう、料理人の親父は顔をほころばせた。

「娼館の経営？」

驚きの情報である。彼女の下調べした死神は、戦い以外に興味のない、面白みのない男だったはずだ。

（どういう風の吹き回しだい？）

耳に掛かった長い髪を片手で後ろへ流し、首を傾げるエルフ美女。

「ただよお、一風変わった店だから、どんなもんかねえ」

親父はその光景に目を細めつつも、腕を組み眉根を寄せてその先を渋る。

「いいから、教えておくれよう」

息が掛かるほどの距離へ意識して顔を近づけられ、親父はあっさりと口を開いた。

「シュリンプフィールドって名の店だ。売りは『罪と罰』。最近王都ではやっているらしいが、俺はちょっとな」

半年以上、王都を訪れていないため、彼女は『罪と罰』を知らない。何がどう変わっているのか、続きをうながす。

「客をさ、女が鞭で打つんだよ」

「はあ？」

意味がわからない。

「それに罵って足で蹴ったり、極めつけは蝋燭《ろうそく》で火傷させたりするんだぜ」

馬鹿な種族だとは思っていたが、ここまで愚かとは思わなかった。理解不能の生き物を見る目で、疑問を口にする。

「そんな店に、客が来るのかい？」

それがなあ、と親父は彼女と同じ表情を作った。

「いるんだよ、多くはねえけどな。まったく何が楽しいんだか」

そして体をかがめ、声をひそめる。

「俺はな、ここの『罪と罰』はまがい物だと思っている。こんなものが王都で流行するわけがねえ。死神の店だから言えないけどな」

彼女は、とりあえず頷いておいた。

(どれ、一服したら行ってみようかねえ)

どうせ宿にいてもする事などない。暇なだけである。

金さえ出せば、女である彼女にも見物ぐらいさせてくれるだろう。

(もしかしたら、死神に会えるかも知れないし)

お礼代わりに親父の腕へ厚みのない胸を押し当て、そう考えるのだった。


ここで舞台は大きく東へ、ランドバーンから王国を越えた向こう、東の国の司教座都市へと移動する。

時刻は、夕食を終えたエルフの女商人が歓楽街へ足を向けたのとほぼ同じ。とある修道院の礼拝堂は、驚愕のざわめきに満ちていた。

「なっ、何者なのよ、あいつっ」

「三人の修道士が、秒殺?」

円形の部屋の壁際に沿って、床に横座りする修道女達。

彼女達が囲んだ中央の空間には、一人の女性の立ち姿と、冷たい床に倒れ伏す三人の男の寝姿があった。

「終わりました」

静かな微笑で立つ、長い黒髪に細身の若い女性。それは何日か前にジェイアンヌを旅立った、教導軽巡先生その人である。

両手のひらは白濁した粘液に濡れ、口元も同じ。顎へ向けて垂れ始めたそれを、右手の甲で拭う。

「見事です」

輪の中から立ち上がったのは、一人の女性。年の頃は三十代後半だろうか。

周囲と同じ修道服姿だが、高価そうなロザリオを身につけている点が違う。

「両手と口で同時に相手をし、一分を切るタイムで天上へと送っていますね」

そこで目を伏せ、息を吐き出す。

「秒殺せよとは言いましたが、三人同時とまでは求めませんでしたよ？」

やや責めるような口調だが、教導軽巡先生は反応しない。穏やかな笑みをたたえるだけである。

その姿に首を左右に小さく振る女性。やれやれ、といった感じだろう。

「いいでしょう。約束のとおり、大教会への推薦状を差し上げます。口と手を洗って院長室へ来なさい」

背を向け、出口へと歩き出す女修道院長。教導軽巡先生は聖水盤で口をすすぎ手を洗い、後ろへ続く。

二人の姿が見えなくなると、礼拝堂内では沸き上がるように私語が交わされ始めた。

「どういう事なの？　一体、何が起きているのよ」

事情を知らない修道女が、隣に座る友人の両肩をつかみガクガクと揺らす。友人はそれを手で撥ねのけながら、説明を口に。

「王国にある有名な娼館、そこの紹介状を持って現れたのよ。私達の技を学びたいって」

ふんふんと頷く、小柄で気の強そうな修道女。

「だけど見たでしょ？　教えられる事なんて何もないわ。そうしたら今度は、先の試合に出場した人に会わせてくれって」

「先の試合？」

疑問符を浮かべる彼女に、友人は言葉を足す。

「聖都で行なわれた、神前試合よ」

あっという表情を作る修道女。

「でもあれって、大教会の」

「そう、舌長様よ」

頷く友人に、彼女は怒りで顔を赤らめた。

「舌長様に会わせろなんて、何様のつもりなの！」

大教会に籍を置く、舌長様と呼ばれる修道女。彼女は男性に留まらず、女性達の間でも大変に人気が高い。

その長い舌から繰り出される技は、百戦錬磨の修道女達をして、男より上と言わしめていたのだ。

「そうよ、身のほど知らずよね。だから院長様はおっしゃったの。修道士三人を、すべて一分以内で幸せにしなさいって」

すべてを理解した修道女は、大きく頷く。

「それで試合が行なわれ、院長様は推薦状を書かざるを得なくなったのね」

そして目つきを厳しくし、修道士達を見つめる修道女。三人の男達は、幸福感溢れる表情をしながら、起き上がるところだった。

「全部、あんた達がだらしないせいじゃない！」

叫び、周囲を見回す。

「皆！　こいつらに修業をつけてやって！　二度と院長様に恥をかかせたりしないように！」

おう、と声が上がり、立ち上がり輪を狭める修道女の群れ。一方、修道士達は怯えた顔で絶叫した。

「もう出ないって！　無理だって！」

「一回しか出してないじゃない」

周囲からぶつけられる声に、焦った様子で言い返す。

「見ただろ？　確かに一回だけだったけど、量が凄かったんだって。自分でも、信じられないくらい出たんだから」

しかし、気の強そうな修道女は頷かない。腕を組み顎を上げ、鼻を鳴らす。

「いいわよ。駄目だったら、指を突っ込んででも出来るようにしてあげるから」

その言いざまに、彼らの顔から血の気が引く。

乾いた状態で昇り詰めるのは、大変危険だ。心が焼け付いてしまう恐れがある。たとえそれが、一度だけであったとしても。

（二十人近くいる）

取り囲む輪を見回し、絶望に顔を歪める修道士達。

後ずさるも、他の二人の背中とぶつかり、逃げ場がない事を悟る。確実に狭まる包囲網に、彼は顔の前で両手を組み目を閉じた。

「天にましますわれらが神よ！」


その叫びに、『おそばまで連れて行ってあげるわよ』と返しながら襲い掛かる修道女達。折り重なる女性達の山の間から男達の脚が伸び、いく度も震えながら天井を指す。

一方、その上の階にある修道院長室では教導軽巡先生が、応接セットのソファーに背筋を伸ばして浅く座っていた。

「出来たわ」

奥の重厚な机で、推薦状を書き上げた院長が筆を置く。

乾くまでの間、雑談でもしようというのだろう。軽く肩をすくめ、突然の襲撃者へ顔を向ける。

「結局、あなたは何が目的なの？　腕試しとも違うようだけれど」

名の知れた人物を倒し、自分の名を世に知らしめる。最もわかりやすい動機だろう。

しかし院長には、どうもそうとは思えない。

『目立ちたい、注目を浴びたい、あるいは富に対する強い欲』

それらが、まるで感じられなかったからだ。

「自分を磨きたい、でしょうか。より上の人と技を競い、己を高めたいのです」

納得半分、疑念半分で目を細め、三十代後半の院長は鼻を鳴らし頬杖をつく。

「それはご立派ね。だけど大教会のあの方は別格よ。心を折られてしまうかも」

脅しを込めて忠告したが、教導軽巡先生の表情は変わらない。

(存じ上げています。だって、神前試合でタウロ様を破った方ですもの)

ひるむどころか、逆に闘志が湧き上がる。その様子に、言葉ですら一矢報い得なかった事を悟った院長は、肺の底から大きく息を吐き出した。

「せいぜい頑張りなさい。応援はしないけれど」

封筒に入れ、突き出された推薦状。ソファーを立つと歩み寄り、大切そうに受け取った襲撃者は、笑みを浮かべ頭を下げた。

「ありがとうございます」

そのまま踵《きびす》を返し、部屋を出て行く背筋の伸びた後ろ姿。それを見やる院長の背に、一瞬だが寒いものが走る。

（もしかしたら、舌長様ですら危ういかも）

即座に頭を強く横へ振り、そんな事はないと己に言い聞かす院長。しかし気持ちは晴れず、重いままであった。

一方、教導軽巡先生の心は軽い。

（うふふふ）

封筒で口元を隠しながら、踊るような足取りで階段を下りて行く。

（あら）

礼拝堂の脇を通り掛かったところで、片頬に熱気を感じ足を止めた。

顔を向ければ、三人の修道士を取り囲んでいる修道女達が見える。どうやら集団戦の最中らしい。

（敗れた方へのお仕置き、なのかしら）

男性の顔は真っ赤で、見開かれた目はうつろ。だらしなく開けられた口からは、切なげな声が涎《よだれ》と共に垂れ流され続けていた。

（あれでは、駄目になってしまうわ）

いわゆる空焚き。焼け付いてしまうのは時間の問題だろう。

痛ましげな表情を浮かべ、手で十字を切る教導軽巡先生。頭を上げると歩みを再開し、静かに大扉を押し開け建物の外へ出る。

（今日はここまで。明日も頑張らなくちゃ！）

大きく伸びをし気持ちよさそうに夜風を吸い込むと、澄んだ星空の下、宿へ足を向けたのだった。


強い日差し降り注ぐ、帝国の国境の都市ランドバーン。『シュリンプフィールド』という名の娼館の休憩室では、二人の男が向かい合ってソファーに腰を下ろしていた。

一人はオーナーである死神、もう一人は店を切り回す雇われの中年コンシェルジュである。

深刻そうな表情で報告するコンシェルジュだが、聞き手の死神は頬の筋肉一つ動かさない。コンシェルジュの言葉が切れたところで、視線を上げ口から静かだが低い声を出す。

「数日前に来たエルフの女。それが店の前で、営業を妨害しているだと？」

長身で猫背の体を深く座らせ、組まれた長い脚の先端にはごついブーツ。そして顔にあるのは、暗い双眸《そうぼう》。

眼の下にある病的なまでに濃い隈もあいまって、初対面なら剛の者でも怯えるだろう。

（以前よりは慣れたが）

コンシェルジュは頷きつつも唾を呑み込み、言葉を続けた。

「興味があるから見せてくれ、金は払う。そう言うので、見学させたのですが」

言いにくそうにするコンシェルジュを、続けるよう顎でうながす。

「よさがわからなかったらしく、理解出来ないを連発しておりました」

死神の顔に変化はない。

『罪と罰』が合わなかった客が残して行く捨てセリフ、それと同じである。今さら気にするようなものでもなかったのだ。

「そしてその日の夜から、店の前でうちの常連を寝取るようになりまして」

「寝取る？」

汗をハンカチで拭き、頷く中年男性。

「やっと通ってくれるようになったお客様。それを宿に引っ張り込んで、エルフの虜にしてしまうのです。それですっかり客足が落ちました」

ここにきて、死神の片頬が歪む。

もともと採算度外視で始めた店、客足が落ちても経営が揺らぐ事はない。しかし常連客の関心が奪われてしまうのは、大問題である。

（『罪と罰』の炎は、やっと人の心に灯ったばかり）

腕を組み、目を閉じる死神。その動きだけで、慣れたはずのコンシェルジュでもビクリとしてしまう。

（たった一吹きで消えてしまいかねない、まだ幼くはかない炎。今は、大切に育てねばならぬ時期だ）

未来へ続く希望の灯火。エルフの女は、それを無神経に踏みにじっている。

それも、自分の好みに合わないという理由だけで。

(許せんな)

冷え切った怒りが、胸の内に広がって行く。

「今もいるのか」

その問いに、静かに顎を引く中年コンシェルジュ。死神は無言で立ち上がり、裏口へと向かう。

「あっ、あの」

何か言いかけたコンシェルジュを無視して、そのまま建物の外へと出る。

その背を見送りつつ、コンシェルジュは自らに問うた。

(自分は今、何を言おうとしたのだろうか)

穏便に？　それとも、これからどうなさるおつもりで？　どちらも違うような気がする。

(これでは、言葉が出て来ないわけだ)

コンシェルジュは肩をすくめ、ソファーに腰を下ろす。

オーナーの事は心配していない。ここランドバーンは帝国領。死神は、領主である辺境伯とも対等に口がきける身分である。

相手がエルフだろうが、揉め事で不利になる事はない。

(ここは、お任せするところだろう)

再度、ハンカチで顔を拭うコンシェルジュ。一方の死神は、長いコンパスに律動的な歩調で、あっという間に店の表へ到着。

エルフの女は、捜すまでもなく見つけられた。

(あれか)

目に付いたのは、栗色ロングストレートの長身女。店向かいの日陰で、壁に背中を預け立っている。

その姿はまるで、路上で客を取る立ちんぼのようであった。

(ほう、俺と知った上でやっていたようだな)

向こうも、こちらに気がついている。

しかし怯む様子は見られない。不敵な表情で背を預けたままだ。

「耳長《みみなが》。何のつもりだ」

厚い靴底で音高く石畳を叩きつつ、道を横断。エルフ女の正面へ。蔑称とも言えるその呼び方は、死神の不快感を強く表していると言えるだろう。

「別にい、気に入った男に声を掛けていただけだよう」

とぼけた顔で答えつつも、エルフの女商人は心の中で拳を握った。

(掛かった)

数少ない常連だけが訪れる店。それを店先で妨害すれば、オーナーである死神はきっと姿を現すはず。

そう考えて実行に移したのだが、すぐに結果が出たようだ。

「やめろ、迷惑だ」

「ここは店の外だよう? 自由に恋愛して、何が悪いって言うんだい」

飄々《ひょうひょう》とした様子で喋っているが、内心は緊張で汗を掻いている。エルフである彼女にしても、死神の暗く冷たい迫力は恐ろしい。

(問答無用で、殺されるかも知れないからねえ)

何せ相手は、帝国の武の象徴の一人である。ここで旅のエルフ一人を殺める事など、あり得ない話ではない。

(見極めるんだよ)

相手がそのような行動に出ない、ギリギリの線。そこを絶対に越えず、かつ最大限の譲歩を引き出す。

これこそ商人の腕の見せ所であろう。

「ちょっと死神さんにさ、聞きたい事があってねえ。それさえ教えてくれれば、すぐにでも町を出るよう」

無言で背中を見せる死神。

(えっ？　ちょっと)

まさかの交渉拒否。決裂以前の問題である。焦りつつ背中を壁から離そうとしたその瞬間、ゾクリと背筋が震えた。

(っ！)

次の瞬間、回し蹴りの体勢で放たれた死神の蹴り。

無骨なブーツの靴底がエルフ女の鼻先を掠め、通り過ぎた足の負圧で栗色の髪が横へ流れる。

「次は、顔を潰す」

一回転した死神は、元と同じ立ち位置にして同じ表情。ただ、口から出た言葉の内容だけが違う。

（やっぱ。予想以上に話が通じないよう）

壁で後ろに下がれない彼女は、額に汗を浮かべつつじりじりと横へ移動。必死に頭を働かす。

「へえ、世界ランカーの死神様が、いきなりの足技かい？」

極度の緊張下でも口が動かせたのは、お喋りと言われる自分の性質《たち》のおかげだろうか。小さな感謝を抱きつつ、さらに言葉を継ぐ。

「聖都でぽっと出に負けてから、試合にも出ていないようだし。心も自慢の大鎌《デスサイズ》も、折れちまったのかねえ」

完全に壁から横へ抜け、腰を低くするエルフ女。後ろへ下がれる位置にまで来られたのは、時間を稼げたおかげだろう。

死神はそれを眺めながら、心にぽっと出の新人、爆発着底女王様を思う。

『お前、耳長一匹、屈服させられないクズなの？』

ボンデージファッションに身を包んだ、彼の女王様。鞭で床を叩きつつ、馬鹿にした表情でそうのたまう。

その幻に、喜びを含んだ寒気が走った。

（後ろへ逃げる算段のようだが、無駄な事。蹴り潰すのはたやすい）

しかし、と双眸を暗くし考える。

（それを望んではおられまいな）

男女の喜びを司る女王の戦場は、常に娼館。ならば『罪と罰』にあだなす輩との戦いにふさわしいのも、街路の石畳ではなくベッドの上だろう。

(我が麗しの女王陛下は、耳長が喜びの中、ベッドにひれ伏す事をご所望だ)

死神は小さく頷き、エルフ女に向け言葉を発する。

「では勝負をするか？　お前が負けたらただちに町を出て、二度とランドバーンに立ち入るな」

細く鋭い顎で、背後の『シュリンプフィールド』を指し示す。

(何だい、何だい？)

死神の態度の急変は、エルフ女を驚かす。だがその提案は、願ってもない。

「いいよう。その代わりあたしが勝ったら、言う事を一つ聞いてもらうからねえ」

「いいだろう」

死神は指でついて来るよう合図をすると、裏口へと向かう。エルフ女は額の汗を腕で拭いながら、それに続いた。

(何だかよくわからないけど、いい方に転がったねえ。何でも言ってみるもんだよ)

半分以上、諦めかけていたのである。僥倖《ぎょうこう》以外の何物でもないだろう。

そして二人は死神の店、シュリンプフィールドの二階への階段を上がって行ったのだった。

(うわあ)

鞭の音と、興奮した男女の声。それに時折響く、哀れな男の悲鳴。それらを耳にし、エルフ女の顔がわずかに歪む。

一方の死神は、まったく気にせず一室へ。エルフ女が入室するのを確認し、扉を閉め施錠した。

「やれやれ、飲み物一つ出してくれないのかい？」

死神は、その言葉を完璧に無視。エルフ女は諦めて、夏の暑さで汗ばんだ服を脱ぐ。

（ふん、エルフか。久々だな）

それを見る死神の目に、感情の揺らぎはない。彼はエルフが、いまひとつ好きになれなかったのだ。

（美形なのは認めるが）

帝国で高い地位にある死神は、接待で高級娼館へ行く事も多い。その中にはエルフ女性も、値が高いゆえに当然ながら含まれる。

だが死神は、他の者のようにのめり込みはしなかった。

（反応が不自然）

理由はこれに尽きるだろう。胸が薄く手脚の長い美姫達の嬌声に、偽りの響きを感じていたのである。

（まあよい。これからそれを確かめてやる）

エルフ族は試合に出ない。なので会う場所は、娼館に限られる。

当然ながら、無理無茶無体は行なえない。そのため彼女らの示す喜びが、真なのか偽なのか、確認出来ないでいたのだ。

「こっちは準備オーケーだよう」

下着姿の、すらりとした長身の美女。それが栗色の長い髪を、両手で掻き上げている。

エルフ好きなら、たまらないだろう。

一方の死神も、ばさりとばかりに服を脱ぎ捨てた。猫背で痩せ型だが、鞭のようにしなやかに鍛え上げられた体である。

「いいもん、持ってんじゃん」

口笛を吹くエルフ女。

その視線の先は大鎌《デスサイズ》。マンモスの牙のように、大きく上へ向けて反りながら、力強く屹立《きつりつ》していた。

(まあ、エルフほど長くはないけれど、あの反りは期待出来そうだねえ)

緩みそうになる口元を手の甲で拭うと、ベッドの上に飛び乗るエルフ女。少し遅れて死神も踏み上がる。

同時に前進した二人は、ベッドの中央で武術の試合のごとく睨み合う。

「へえ、何それ？　おしゃれのつもりかい」

有利な体勢を確保しよう、と互いに手を振り払い合う長身の男女。

エルフ女は大鎌《デスサイズ》を見ながら、笑い声を上げた。大鎌《デスサイズ》の中ほどに、喪章のごとく黒のリボンが巻かれていたからである。

エルフ女は知らないが、これは死神が自らに課した戒め。試合以外、決してこれより深く入れる事はない。

(やはりな)

怯える様子を見せないエルフ女を見やり、死神は心に頷く。

(大鎌《デスサイズ》を、恐れていない)

思い出されるのは、娼館でエルフを相手にした時の事。心に引っ掛かるものがあったのだ。

『長過ぎる。ここまでで許して』

リボンぴったりの深度でそう訴えて来たのだが、腰の動きが裏切っていたのである。

それは、自らより深くへ導き入れようとするもの。一瞬だけであったが、気のせいではないだろう。

「これは勝負事。よってこれは不要だな」

一度距離を取りリボンをほどく死神と、足元に落ちる黒い細布を見てケタケタと笑うエルフ女。

「かわいかったのにい、残念だねえ」

死神は答えず、大きく踏み込み一瞬で背後を取る。

エルフ女に武芸のたしなみはないらしく、隙は多い。そのため回り込むのは容易だった。

(む?)

躊躇せず大鎌《デスサイズ》を真下から突き刺し、カブトムシのようにエルフ女を宙に浮かす。

そこで死神は、わずかに表情を変えた。

(天井がない)

リボンのあった場所を通り過ぎ、大鎌《デスサイズ》は根元まで入っている。

しかし、ぶつかるはずの突き当たりが感じ取れない。信じられない深さだった。

「あはははは、気持ちいいよお、もっともっと」

笑い声を上げながら、脚をばたつかせるエルフ女。ベッドの上という柔らかな足場では踏ん張りが利かず、バランスが崩れた二人はシーツの上へと倒れ込む。

(そうはさせん)

マウントポジションを取ろうと膝で立つエルフ女。その足首をつかんで引き倒し、死神は覆いかぶさり、再度刺す。

そして即座にピストン運動を開始した。

(効かぬか)

ヘソの裏を狙ってこすり上げる、前後の動き。だがエルフ女は余裕である。

歪な笑い顔で、口を開く。

「じゃあ、今度はこっち。あたしの技、見せちゃおうかなあ」

（何っ）

直後、死神は動きを止められた。

「どうお？　エルフ必殺、五段締めだよう」

手前と奥、そこが締まれば二段締め。人族で名器と呼ばれる者でも、中間に一段を加えた三段締めが限界だろう。

（くっ！）

「まあ、死神さんくらい長くないと、五ヶ所全部は掛からないけどねえ」

前にも後ろにも動けない。行動を掣肘《せいちゅう》され、顔をしかめる死神。

「動けないんなら、こっちから行くよう」

エルフ女は飲み込んだまま上下を入れ替え、跨《また》がった体勢で激しく前後左右に動き出す。

「ねえ、気持ちいい？　気持ちいいよねえ」

動けないほど締め上げながら、腰を振り続けるエルフ女。

その刺激は大鎌《デスサイズ》の五ヶ所に集中し、脳髄へ甘い信号を送り込む。

「今度は回転だよう」

右に左にと回転運動を加えた上に、合間合間に上下の動きも入れて来る。

（まずい）

戦士としての本能。それは始まったばかりであるにもかかわらず、敗北の予感を告げていた。

（負けるだと？　この俺がか）

敗北の可能性が現実味を増し、敗れた場合について想像が働く。

（負ければ耳長の言う事を一つ、聞かねばならない）

そこで背筋が凍りつく。

（もし、『罪と罰』をやめろ、というのであればどうだ？）

『罪と罰』を見学した後、激しく罵り店の営業を妨害し始めている。

であるならば耳長の望みはただ一つ、『罪と罰』の抹消。それは充分に考えられる事だった。

（馬鹿な！　『罪と罰』は将来に残すべき大いなる文化遺産。ここで絶えさせるなど出来はしない）

ならばどうする。

その時、心の中に爆発着底女王様の幻が出現。平手で死神の横面を張り飛ばすと、蔑むような表情で言葉を発した。

『好きなもの一つ守れなくて、何が帝国屈指の武人なの？　ほんっと使えない男ねえ』

直後にハイヒールが顔面を捉え、床に倒して踏みにじる。その痛みは幻でしかない。しかし鮮烈であった。

女王様のお言葉が、死神の何かを大きく動かす。

（仰せのとおりだ）

騎上位で乗られた状態のまま体を起こし、立ち上がる。

「きゃはははは！　どうするつもりなのお？」

エルフ女は駅弁状態になっても、激しく腰を振り続けていた。

（『罪と罰』は俺が守り、後世に残す）

そこから再度膝を突き、前のめりに体を倒す。自然、エルフ女の背はベッドに押し付けられる。

「正常位でフィニッシュかい？　もうちょっとは、楽しませてくれると思ったんだけどねえ」

エルフ女は余裕の表情。構わず死神は、体を前に倒して行く。

エルフ女の尻は浮き、死神は真下に突き下ろす体勢へと移行する。

「何だい何だい？　随分面白い体位だねえ」

体をくの字に曲げられながらも、下のエルフは薄笑いを絶やさない。

構わず死神は、体のバネを生かして一気にベッドを踏み切った。

「地震《アースクエイク》！」

叫び、空中でヘリコプターのローターのように回転する死神の長身。当然ながら大きく反り返った死神の大鎌《デスサイズ》は、エルフ女の中を掻き回す。

『軸が偏芯しているがゆえ、激しく振動する人の形をしたモーター』

それがもたらす地震のような揺れが二人を襲い、互いの輪郭すらブレさせる。

（くおおおお）

死神の大鎌《デスサイズ》にかかる負担は、想像を絶するものであろう。五ヶ所できつく締め上げられた偏芯軸を、力任せに回転させているのだから。

（俺は、負けぬ）

これまでの死神なら、途中で技を止めるか、刺激に耐えかね鎌から噴き出させていたに違いない。

だが、そうはならなかった。

(守るべきものがあるのだ)

戦場に生きて来つつも、本心からは一度も手にした事がない守るべきもの。

今の死神にはそれがある。『罪と罰』の存在は、彼の力に大きなブーストを掛けていた。

「地震《アースクエイク》！」

回転が落ち始めたところで、再度踏み切る。体の下からは、エルフ女の悲鳴が上がった。

(ちょっ、ちょっと。やばいよ、何これ)

声音に、これまでの余裕はない。

五段締めの状態で、大人のウエイトが乗った偏芯運動。締まりのよさは、相手だけでなく自分へも大きなダメージを与えていたのだ。

その様子を上から眺め下ろす死神。

(その表情。これまで耳長共が見せていた、感じているふりではない)

口の端で薄く笑う。

(真の反応を、見せてみろ)

そして大きく息を吸い込み、再度踏み切る。

「地震《アースクエイク》！」

(来た！　来た来た来た！　まずい、来ちゃった)

体の奥底から湧き上がる衝動が、恐怖心を刺激する。

(やばいよ。このままじゃ天国の門《ヘヴンズゲート》が開いちゃう)

人族に開けられた話など、聞いた事がない。もしここで開けてしまえば、エルフ族初の事象になってしまうだろう。

（それは駄目、それだけは絶対に駄目）

全身全霊をもって耐えようとするが、湧き上がる熱く甘い感覚は、神経を溶かして行く。

「やめてやめてやめて！」

「地震《アースクエイク》！」

「参った！　降参！　もうやめて！」

だが死神は止まらない。

「地震《アースクエイク》！」

「地震《アースクエイク》！」

エルフ女の視界が白い光に包まれる。そして彼方にある一層強い白い光が、ゆっくりと左右へ開いて行った。

（門が……開く）

天国の門《ヘヴンズゲート》が開いた事を知った直後、意識を失うエルフ女。その様子を見て、死神は踏み切るのをやめる。

回転は遅くなり、やがて静かに停止した。

「恐ろしい敵よ」

音を立てつつ、ゆっくりと大鎌《デスサイズ》を引き抜く死神。体がよろりと揺らめき、後ろに尻餅をつく。

（これがエルフの本性か）

エルフの男の事は知らない。しかし女がこの深さならば、男も当然長いだろう。

（やはり人族相手に見せた嬌態は、すべて演技）

長命の種であるエルフ。

その長い人生の中、男エルフの超ロング棒による耐久試験。それがいく度となく行なわれたに違いない。

（並大抵の使い込まれ方ではなかった）

今の真剣勝負による反応。歴戦の士である死神は、相手のレベルを理解したのである。

エルフ女の防御力は、人族の女の数十倍。その圧倒的な深さの縦深陣を突破出来る人族など、まずいまい。

（親に感謝しなくてはな）

心からそう思う。長さこそエルフに劣るものの、曲がりは上。その武器があったればこそ技が生き、勝ちを拾えたのである。

（エルフには、かかわらぬ方がよい）

よろめきつつも立ち上がり、シャワーを浴びる。

五段締めを無理やり回転させたせいで、大鎌《デスサイズ》は満身創痍《まんしんそうい》。シャワーの刺激が骨にまで響く。

（だが、この爽快さ、満足感よ）

自分は守りたいものを、この手で守り切った。その初めてとも言える感覚に、死神は酔い痴れたのである。

「終わったぞ」

身嗜みを整えた死神は、階下の休憩室に姿を現す。勝敗に気をもんでいた中年コンシェルジュは、椅子から飛び上がり駆け寄った。

「案ずるな。私の勝ちだ」

心からホッとした表情を作る、中年コンシェルジュ。

ネームバリューから言って、死神が負けるとは思えなかった。そのはずなのだが、階段を上がって行く二人の姿を見た時、言いようのない不安を感じたのである。

エルフ女の様子が、あまりに自信ありげだったためであろう。

「適当に体を洗って、服を着せろ。後は荷物と一緒に、裏口にでも捨てておけ」

こうして十数分後、耳の長い栗色の髪の長身美女は、ゴミ置き場の隣に放り出されたのである。勿論意識は、まだ回復していない。

「やれやれ、振り出しに戻ったか」

疲れた様子の死神は、ソファーに深く腰を落とす。

やっとこの地に芽を出した『罪と罰』。だがその幼い芽は、心ないエルフによって摘み取られてしまった。

また種を植え、水を撒くところから始めなくてはならない。

「オーナー、自分が頑張りますから、心配しないで下さい」

目に力を込め、強い口調で告げる中年コンシェルジュ。その様子を無言で見つめる死神の表情は、いつになく穏やかだった。

日が落ちたランドバーンの裏通り。そこで、もそりと動く影があった。

(……ここは)

夏の生ゴミの臭いに顔をしかめ、栗色の長い髪を振って周囲を見回す。

どこかの建物の裏の、ゴミ置き場のようであった。

(負けたねえ)

徐々に記憶が戻り、深い溜息をつく。

(なんてこったよ。エルフのあたしが、人族相手に天国の門《ヘヴンズゲート》を開いちまった)

そのような話は、これまで聞いた事がない。おそらく自分が、史上初めてだろう。

(どうしよう)

可能ならば隠し通し、その恥を墓場まで持って行きたい。

(だけど、無理だよねえ)

今回は状況が違う。

死神の相手をせよというのは、ハイエルフからの命令だ。黙っていてもいつかはばれる。

ならば、自分から報告した方がいい。

(そうだ、精霊獣)

エルフ女は、改めて周囲を見回す。

その種族で初めて天国の門《ヘヴンズゲート》を開いた者には、召喚された精霊獣と、称号が与えられるという。

理由はわからないが、それがこの世界を覆う大いなる規律、大憲章《マギ・カルタ》が定めた事らしい。

(今さら、聞きには行けないねえ)

自分のこの状況を見れば、死神は即刻立ち去る事を求めている。のこのこと姿を現せば、問答無用であの蹴りが飛ぶだろう。

顔を砕かれるのは、ごめんだった。

(まいったよ)

人族に天国の門《ヘヴンズゲート》を開けられた上に、与えた称号も精霊獣もわからない。やったのが自分でなければ、何たる無能と吐き捨てるだろう。

(なんて報告すりゃいいんだろ)

のろのろと立ち上がり、ふらふらと表通りを目指す。

彼女は知らなかったが、死神に称号は与えられてはおらず、精霊獣も召喚されてはいない。

理由は、死神が最初ではないから。半年以上前に、タウロがソバージュ美女の天国の門《ヘヴンズゲート》を開けていたのだ。

(あたたたた)

腰の奥に鈍いダメージを感じ、前屈みの姿勢で腰をさするエルフ女。そのまま壁を手すり代わりに、狭い道を進む。

ちなみに死神は、二番目に開けた者でもない。変装したタウロに豆皮を剥かれたエルフ達は、人族相手に何度も屈服し天国の門《ヘヴンズゲート》を開けてしまっていたのである。

(正直に言うしかないかなあ)

その事を知らぬ彼女は、うなだれつつ街路を歩くのだった。

同じ夜空の下。王都のダウンタウンの北の外れ、屋上に庭のある建物の三階。

俺は黒い革表紙の本をテーブルに置き、ページをめくっていた。

「わからんなあ」

眺めているのは、亀から貰った謎の本である。

昔、亀の背中に住んでいた人族の魔術師。その持ち物だったらしい。

「図書館に行っても、手掛かりはなかったし」

謎の文字で書かれた本。その文字が、俺の脳内にある本とよく似ていたのだ。

「あの石像の謎に、近づけると思ったんだけど」

転移時に石像から与えられ、今も脳内にある実体を持たない本。それの読めない部分が読めるようになれば、あの依頼の意味する事がわかるのではないか。

そう意気込んだのだが、今のところ成果はまったくない。

「何か、おっかないんだよな」

『好きなように生きよ』という依頼は、ありがたい。しかし都合がよ過ぎて、警戒してしまうのである。

本の向こう側に手を伸ばす俺。そこにいるのは、共同研究者たるイモスケだ。

アゲハ蝶の五齢幼虫そっくりのその姿の、顎下をちょいちょいと指先でなでる。

「変に詮索しない方が、いいんだろうか」

上体を起こし、首を傾げるイモスケ。俺の真似をしているのだろう。

本を熱心に読んでいるようにも見え、少し微笑んでしまった。

「えっ？」

そこで、言いようのない胸騒ぎが発生。

「ちょ、ちょっと待てよ」

立ち上がった俺は、急ぎイモスケの背後へ。この位置からだと、本が上下逆になる。

不思議そうに振り向くイモスケに、軽く頷きつつ文字に目を走らす。

「……こんなのありかよ」

俺は自分の間抜けさに力が抜け、意図せず膝から床へ崩れ落ちた。

「ん？　ああ、大丈夫。ちょっとショックな事があっただけだ」

心配するイモスケにも、説明を躊躇《ためら》ってしまうその内容。実は何と、俺は今まで上下逆に見ていたのである。

「似た字が多いんだから、しょうがないだろ」

自分自身へ釈明しつつ、肩を落とし息を吐く。

同じ文字のせいか、逆さにしても雰囲気は同じ。だから俺は、『同じ系統の近い言語』と思ったのである。しかし引っ繰り返して見てみれば、すべてが同じ文字だった。

「やれやれ」

俺は馬鹿だ、と思った事など数知れないが、今回はその中でもランキング入りしそうである。

「どうりで出だしに、妙な空白があると思ったんだよ」

それは数十ページの白紙の後、十数行空けてから書き始められていた件。

今ならわかる。あれは最後のページの書き終わりであったと。

ぶつぶつと言いながら、真の最初のページをめくる。逆さにしていた時は、まだそこまで読み進んでいなかった部分だ。

「……読めたよ、おい」

嬉しいはずなのに、嬉しくない。またもや肩を落として息を吐き出す。

「最初のページだけだけどな」

俺の脳内の本と同じく、『人族の一般的な公用語の能力（D）』で読む事が出来た。

我は、当本を貸与された者に、左記の力を貸与する。

当本は、貸与された者の命が失われた時点で、力と共に返却される。

貸与する力

　根源魔法《アカシック・マジック》のうち、以下の物

　すべての魔法（D～F）

一日に使用可能な回数は、以下のとおり。

　D　一

　E　三

　F　六

　違うところを並べればこんなところで、後は俺の本とほぼ同じ。二ページ目以降はまた違う言語で書かれているらしく、人族の一般的な公用語で読めないところまで一緒である。

黒い革表紙の本の持ち主は、俺と同じく石像に会ったと見て間違いないだろう。

「しかしこれは、何と言うか」

本当に、何と言えばいいのだろうか。どんな魔法があるのか知らないが、あらゆる魔法というのは凄い。

D～Fしか使えないのも、気にならない。

「Cを使うなんて、まずないからな」

これまで使ったのは、教導軽巡先生とライトニング、その治療に一度ずつだけだ。

「ただ、数が少ない」

そうなのだ。俺の場合、Dランクは日に十五回発動出来る。

「……贅沢の言い過ぎだろうな」

一日に一度Dランク魔法が使えれば、高位の魔術師と呼ばれるこの世界。それを、あらゆる分野で使用可能。しかも無詠唱でだ。

時代を代表する魔術師になれるのは、間違いないだろう。

「範囲を広げたせいで、ランクが下がって回数が減ったとか」

あの石像を思い浮かべる。

暗い空間に浮かんだ、本に浮き出た巨大な顔。俺は魔法を貰う時、交渉らしい交渉をしなかった。

『文句ある？　ありません』

それだけのやりとりだったはず。もしかして粘れば多少、意見が通ったのだろうか。

「まあ、いいか」

健康でいられ、金を稼げ、騎士を動かす魔力にも不自由しない。今の生活に、俺は満足している。

「じゃあちょっと、この本についてまとめるぞ」

イモスケと一緒に、黒革表紙の本に目を落とす。

もう一匹の眷属であるダンゴロウは、庭で地面に潜っていた。何やら、気になる事があるらしい。

「俺の頭の中にも似たような本があるんだが、これはその写本だ。本物ではないと思う」

印刷物のような脳内の本に対して、これは明らかに手書きである。

「おそらく、他人に見せられるようにしたんじゃないかな。協力して研究するためとか」

俺は、イモスケ達以外に話すつもりはない。しかし黒革本の持ち主には、また別の考えがあったのだろう。

「だからこれは、魔法の書じゃない。普通の本だ」

本物の本は、持ち主が死んだ時点で返却されるとある。貸与された力も一緒にだ。

だが念のため、本に手をあて何か魔法っぽいものをイメージしてみる。

「……うむ、俺の予想は当たったようだな」

手応えは皆無。イモスケからの視線を感じたので、咳払いをしてそう答えた。

それでもちょっとばかり、攻撃魔法を手にした自分を想像してみる。

「魔術師のローブをひるがえし、指先一つで敵が炎に包まれる」

口にしながら右手を突き出し、パチンと指を鳴らす。

「敵って何だよ」

そこへ思い至り、肩をすくめた。俺は自称賢者様ではない。

コーニールから聞いたのだが、東の伯爵領で魔法陣を作っていたのは、賢者と名乗る魔術師だったそうな。

東の国で魔法にものを言わせて好き放題やった後、流れて来たらしい。

「んー」

胸に何かもやもやが引っ掛かり、考える。

「賢者って、実は俺や黒革表紙の人と、同じだったりとか？」

あの魔力量は、尋常ではない。だがすぐに、頭を振って否定した。

「いや違うな。根源魔法《アカシック・マジック》なら、詠唱はいらない」

そうなのだ。願っただけで発動する。であるのなら『発動までの時間に付け込みキャンセルさせる』ような事は、不可能だったろう。

「世の中は広い。いろいろな人がいるって事か」

うんうんと、一人頷く俺。そこで思考を、亀の背に住んでいた魔術師、黒革表紙の本の持ち主に戻す。

亀いわく、かなり前に亡くなっているという。

「あらゆる魔法が使えても、寿命は何ともならなかったんだな」

Dランク以下とは言え、毎日使えるのだ。その蓄積はかなりのものだろう。だがそれでも、死は免れなかった。

老いと死は、万人へ平等に降り掛かる。貴賎も貧富も関係ない、そういう事なのだろう。

「与えられた寿命を、精一杯生きて行くしかないって事か」

そう口にしながら、イモスケを見た。わかっているのかいないのか、頭を上下に振っている。

「お互い、健康で長生きしような」

笑いながら俺は、眷属筆頭を指でなでるのだった。


そしてほぼ同時刻。東の国の司教座都市。

その大教会の礼拝堂に、冷たい表情で立つ一人の女性がいた。

「……失望しました」

目の前の床には小さな池が広がり、その中で倒れ伏す修道服の女性。浅い呼吸を繰り返している。

見下ろす教導軽巡先生の瞳には、何の感情も浮かんでいない。ただ両手から、透明な液体を滴らせるだけである。

(?)

何かを感じ取ったのか、その瞳が斜め上へと動く。

そこに二階の回廊からこちらを見下ろす、修道服姿の女性の姿を捉えた。

「申し訳ありませんわね。うちの者が勝手に」

穏やかな表情の若い女性はそう言いながら、滑らかな足取りで螺旋《らせん》階段を下りる。

一階に降り立つと、教導軽巡先生の前へと進み出た。

「あなたが本物の舌長様ですね？」

問われた修道女は口元に笑みを浮かべると、『おわかりになります？』と返す。

「雰囲気で、ある程度の実力は見て取れますので」

答えながらも、教導軽巡先生の表情は冷たいまま。

その様子を面白そうに眺め、修道女は膝を曲げて礼をする。カーテシーという奴だ。

「推薦状をお持ちになったのに、私までその報が入りませんでしたの」

床で意識を失っている女性は自分の名をかたり、独断で教導軽巡先生を迎え撃ったのだという。

「私の手をわずらわすほどではない、そう考えてしまったのでしょう。下の者がとんだ失礼を」

しかし教導軽巡先生は、謝罪の言葉を受け入れなかった。

「勝手に名を使われたにしては、ご不快な様子がありませんね」

その瞳は、舌長様の目を離さない。

「あなたご自身の指示、あるいは黙認があったというところでしょうか」

その言葉に、舌長様は驚いたように目を大きく見開く。そして口に手をあて、笑い声を漏らした。

「想像力豊かでいらっしゃる」

教導軽巡先生は首を振り、言葉を続ける。

「彼女が敗れるとすぐに、あなたは姿をお見せになりました。どこからか見ていらしたのでしょう？　豊かと言えるほどの想像力ではありませんわ」

舌長様は楽しげにコロコロと笑う。そして唐突に顔を近づけると、表情を消し低い声を発した。

「ランク外のくせに、調子に乗ってんじゃねえぞ」

これは世界選手権ランキングの事。

舌長様は二桁の中で上位だが、教導軽巡先生は試合に出ていないため順位なし。ちなみに死神は一桁だが、欠場が続いているため下降中だ。

すぐに顔を離し、舌長様は表情を微笑みへと戻す。

「お詫びと言っては何ですが、今からでよろしければお相手致しますわ。明日の方がよいとおっしゃるのでしたら、確約は致しかねますが」

口調は丁寧だが、目には傲慢な光がある。教導軽巡先生は、ここで初めて静かに微笑んだ。

「そのようなお話でしたら、是非これからお願い致します」

頭髪の頂上から靴の先まで、値踏みするように視線を往復させる舌長様。片方の口の端を上へ曲げると、右手で廊下の奥を指し示す。

「では私の私室へご案内しますわ。日が昇るまで、たっぷりと技を競い合いましょう」

舌がチロリと唇を舐め、先に立ち歩き出す。

「気が触れないよう、お気をつけあそばせ」

すれ違いざま、教導軽巡先生の耳はその言葉を拾う。目をやや細めた彼女は、一言も発する事なく修道女の後に続いたのだった。


翌日の昼近く。朝の祈りにも、午前の奉仕職にも舌長様は姿を見せない。

ゆえに二人の修道女が部屋へ赴くが、それは確認のためであり心配ではなかった。あえて心配するならば、不敬にも戦いを挑んだ来訪者であろう。

「始まると長いから、まだ続いているかもよ」

廊下を歩きながら、にやにやと笑う背の低い修道女。長身のもう一人も、下品な目で口の両側を吊り上げる。

「昨夜の相手は女でしょ？　止まらなくなっているのじゃない」

「あり得るわねえ。狂ってなきゃいいけど」

舌長様のプレイは、蛇の交尾にたとえられるほど長かったのだ。

相手が男性なら、弾切れという物理的な限界がある。しかし女性の場合は、それがない。

中途半端に強い相手だと、心を壊してしまうおそれすらあった。

「どう？」

部屋の前に到着し、背の低い方が扉に耳を当てる。

「やってるやってる。呻き声が聞こえるもの。きっと、蛇みたいに絡み合っているのよ」

上下で顔を見合わせ、グへへと笑う二人組。

「ちょっとだけ、覗いてみようか」

「熱が入っているみたいだし、わからないわよね」

背の高い方の言葉に低い方が頷き、期待を込めて扉をそっと押し開く。隙間の上と下から様子を窺う二つの目は、あり得ざるものを見て限界まで広がった。

「舌長様！」

慌てて踏み込み、ベッドへ走り寄る二人。

舌長様は両手それぞれでシーツを握り締め、苦悶の表情で身をよじり、呻き声を上げていたのである。

なお室内にいたのは舌長様一人だけで、不敬者の姿はなかった。

「大丈夫ですか！　舌長様！」

背の高い方の修道女が、舌長様の両肩をつかむ。

その瞬間、絶叫し腕を振り払う舌長様。反動で床へ尻餅をついた背の高い修道女は、驚愕に声を震わせた。

「こ、これ、ずっと神に召されたままなんじゃないの？」

背の低い修道女は、口を両手で押さえつつ言葉を漏らす。

彼女の言うとおり、舌長様はずっと迎え続けていた。迎えても降りて来ず、上に上がったままなのである。

全身の感度も鋭くなっているのだろう。だからこそ舌長様は、背の高い修道女に触れられる事を拒否したのだ。

「司教様、司教様を呼ばなきゃ！　早く！」

二人は転がるように廊下に走り出て、実際何度も転びながら奥を目指す。

一方その頃、司教座都市から北に向かうゴーレム定期馬車の席に、教導軽巡先生の姿があった。

(私、以前より強くなりました)

今回の旅で、それを実感している。

(これも、タウロ様のおかげでしょうか)

出会う前、彼女が感じていたのは成長の頭打ち。

自身では鍛錬を欠かしていないつもりでも、維持するだけで伸びてはいなかったのである。

(でも今、もう天井はありません)

己の体について、詳細に説明をしながらのタウロとのプレイ。すぐに相手は好敵手へと成長し、自分でも知らなかった弱点を執拗に責め立てて来るようになった。

そして限界を超えてしまい、出入り禁止としたあの日。

(うっ)

思い出すと、ぞくりと甘い戦慄が走る。両腕で自分を抱きしめた先生は、震えが過ぎ去るのを待った。

大きく息を吐き、思考を再開する。

(待っていて下さい。今度は、私が勝ちます。極楽浄土に送って差し上げますから)

車窓から外を見やる澄んだ瞳。それは遠く西の方向を向いていたのだった。


王都歓楽街の大通り沿い、一等地に建つジェイアンヌ。御三家と呼ばれる、超高級娼館である。

ちょうどその玄関を、年若い冒険者がくぐり抜けたところだった。

「うわあ、さすが週末。混んでるなあ」

ロビーに足を踏み入れ周囲を見回し、声を上げたのは『ビンス』。王都を拠点にする若き冒険者である。

物語は再び、一時的なれど彼の語りになるのだった。

(曜日感覚が薄くなっていたから、すっかり忘れていたよ)

それなりに通っているつもりだが、こんなに人が多いのは久しぶりだと思う。

冒険者という仕事柄、曜日はあまり関係ない。ここに来るのは、来られるだけのお金が手元に集まった時である。

今日はたまたま、大きな仕事の終わりと週末が重なってしまったのだ。

（明日から泊まりで仕事だし、混んでいても遊んで行こう）

僕のランクはE、いわゆる中級冒険者である。

この店は、正直なところ敷居が高い。僕以外の中級冒険者は、慶事でもなければ来ないだろう。

しかし僕は遊びをこれ一本に絞る事で、通い詰めていた。

（世の中に、ツインテさんより素敵な女性はいないよ）

心の底からそう思う。

（だけど、卒業しちゃったんだよなあ）

ツインテさんが卒業したのではない。僕が卒業させられてしまったのだ。

敏感過ぎて、それまで女性と楽しめなかった僕。だけど彼女は同じような敏感さで接してくれ、女性の素晴らしさを、これでもかと教えてくれたのである。

すっかり虜になってしまった僕は、それからというもの、まとまった収入があるたびにツインテさんを指名。彼女の洞窟を、ソロで探索し続けて来たのだ。

『お客様は成長されました。今は、もう一つ上を目指す時です』

コンシェルジュの言葉が思い浮かぶ。

ツインテさん相手に挑み続けた結果、いつしか彼女を、限界以上に責め立てられるようになっていたらしい。

『彼女の心と体が持ちません、どうかご理解を』

早さが持ち味の敏感系魔術師。そんな僕へ告げられたコンシェルジュの言葉は、人生の勲章であろう。

しかし同時に、大好きな洞窟へ潜る事を諦めろと告げるものでもあった。

(それで、コンシェルジュのお薦めが彼女)

雛壇中央最前列に視線を向ける。

小柄で華奢な体つきにツインテール。今は客相手に、猛アピールの真っ最中。

(……)

観察を続けているが、なかなか彼女は呼ばれない。両隣や後ろの女性だけに指名が入る。

薄い胸を反らし、小さな尻を振ってしなを作るのだが、どうも効果は逆方向に現れているようだ。

(うん、決めた)

決して哀れんだわけではない。

彼女は超一流娼館の雛壇。しがない中級冒険者の僕より、社会的地位は遥かに上だ。

ただ、先に席を立つ女性に向けた笑顔の中に、ほんのちょっとだけ見えた影。それが僕の心を突き刺したのである。

(番号は何番かな)

胸札の文字を読むため、雛壇前へ。途中、壁際に並んで座るサイドライン達を横切る形になった。

(怖いなあ)

ジェイアンヌの誇る、ダイナマイトバディなお姉様達。いつもながら、その存在感は凄い。

からかっているのだろう。ウインクを飛ばしたり脚を組み替えたり、中には舌舐めずりしてみせる人までいる。

僕は極力目を合わせないよう、前だけを見て通り過ぎた。

「あたしを選ぶなんて、わかってるね君ぃ」

指名してすぐ、受付前に出て来た彼女。僕の顎下までしか身長がない。

スタイルも凹凸が少ないので、ボリュームを求める人には好まれないだろう。

(わあ、綺麗だなあ)

だけど僕は、そう思う。

胸を張り、下から見上げて来る二つの瞳。それが生き生きと輝いていたからだ。

「絶対に後悔させないから、任せといて」

明るい笑顔で、片目を閉じるミニツインさん。釣られて僕の顔にも笑みが浮かぶ。

彼女の元気が、こちらまで伝わって来るようだ。

「こちらこそよろしく」

言い終えたところで、ロビーがざわめき出したのに気づく。

ミニツインさんを見ると、彼女は表情を消し、僕の背後を窺っていた。

(何だろ?)

静かに振り返ると、入口付近に一人の男性の姿。どうやらこの人物が原因らしい。

おそらくは二十代後半。結構体格がよく、服の上からでも筋肉で鎧われているのがわかる。

客なのだろう、雛壇へと近づきつつあった。

(うわあ)

週末で混んでいるロビー。にもかかわらず、男性は真っ直ぐ進んでいる。

押しのけているのではない、自然に道を譲られているのだ。

（……大物だ）

王都御三家の一角であるジェイアンヌ。ここのロビーに詰めているのは、それなりの人物が多いはず。

その中でも別格なのだろう。見れば、何人かは腰低く挨拶をしていた。

「誰だかわかる？」

僕の問いに、ミニツインさんは頷く。

「串刺し旋風ね」

（串刺し旋風！）

その名を聞いて、僕の心に衝撃が走った。

女性に限らず、美少年をも腹の上で回転させる名高き紳士。

王都花柳界広しといえど、二つ名を持つ者はそう多くない。言い換えれば、一流の証でもあるのだ。

「やっぱり凄いんだろうなあ」

思わず漏れた僕の感想に、肩をすくめるミニツインさん。

「どうかな。名前は売れているけれど、実力はうちのサイドラインの方が上よ」

ロビーの壁に列を作る、女性の魅力溢れる高難易度ダンジョン群。

お姉様達に臆する様子はなく、逆に挑むような視線を送ったり、片目を閉じて挑発したりしている。

「いや、やっぱり凄いよ」

冷やかし返す筋肉質の男、その姿を見ながら思う。サイドラインなど、僕には目を合わす事すら不可能だ。

「……まずいわね」

ミニツインさんの呟きに意識を戻すと、眉を寄せ険しい表情を作っている。

「串刺し旋風がさ、指名しないでウロウロしているでしょ。こういうのって、あれが現れる前兆なの」

「あれ？」

重ねて問おうと口を開き掛けた時、ロビーに重く静かなどよめきが広がって行く。

玄関へ目を向けると、扉が開けられたらしくそこは逆光。昼の明るさの中に、中肉中背の人影が見て取れた。

（客達が、二つに分かれて行く？）

花柳界の名士達や、腕に自信のある猛者達が集う大海原。しかし今、その海が割れ道が出来ているのだ。

驚愕する僕をよそに、恐れを含んだ溜息が両側の客達から吐き出される。

（えっ？）

僕が目を疑ったのは、たまたま視界の端に入ったサイドライン達の様子のせい。

先ほどまで串刺し旋風すら煽っていたお姉様達が、顔を背けうつむいていたのである。

何事かとミニツインさんへ視線を移すが、彼女も目を合わせないよう必死に横を向いていた。

（静かにして！　ドクタースライムよ）

聞こえるか聞こえないかの音量で、僕の耳にささやくミニツインさん。

その名は僕の魂を、冒険者用の魔法の杖でぶっ叩いた。

(あれが!)

王都花柳界の最高峰。個人の戦闘力だけではなく、『親子丼』、『罪と罰』、『スライムゲーム』と次々に新機軸を打ち出している才人。

その創造力は、『業界の風雲児』など足元にも及ばない。

(確か対等に戦えるのは、黄金の美食家《グルメ・オブ・ゴールド》ぐらいだったかな)

その事を口にすると、ミニツインさんは露骨に顔をしかめてささやき返した。

(君、黄金の美食家《グルメ・オブ・ゴールド》がどんなのか知ってるの?)

首を左右に振る僕。知っているのは、恐るべき人物だという風評だけ。

(知っちゃ駄目)

厳しい口調である。しかし距離が近い事もあり、耳奥が音でくすぐられ心地いい。

(ここは危険よ、二階へ上がろ)

僕の冒険者としての本能も、同じ事を告げている。僕はミニツインさんに手を引かれ、早足で階段を上るのだった。


舞台は変わらずジェイアンヌ、しかし物語の視点は別の人物に切り替わる。

Eランク冒険者の魔術師ビンスから、タウロへだ。

「タウロさん!　こっちです」

ジェイアンヌのロビーに足を踏み入れると、目に入ったのは奥で手を振る男の姿。笑みを浮かべた、少々不細工なマッチョマンである。

俺は歩調を速めつつ、笑い返す。

「コーニールさん、お待たせしましたか？」

「いえ、時間ぴったりです。自分も、ついさっき着いたばかりですよ」

本日開催の『大人のグルメ倶楽部』、待ち合わせ場所はここなのだ。メンバーはまだ俺達二人だけなので、全員揃った事になる。

「いやあ、タウロさんのオーラは凄まじいですねえ。見て下さいよ、この状況」

面白がるコーニール。その言葉に渋い表情を作りつつ、周囲を見回す。

サイドラインや雛壇だけでなく、客達まで俺を避けている。

「オーラじゃなくて、単なる悪評のせいだと思いますけど」

店の主力を行動不能に追い込んだせいで、女性陣から『お断り』されていた俺。出入り禁止が解けた今でも、相手をしてくれる女性は数少ない。

目が合えば指名される、そうとでも考えているのだろうか。女性達は皆、露骨に顔を背けていたのだ。

（結構傷つくよなあ）

自業自得と言えばそれまでだが、小さな溜息は出てしまう。

コーニールは気づかぬ風で、さすがはタウロさん、などと感心するように唸っていた。

「今日はここでスライムゲームという話でしたが、ちょっと無理なんじゃないですか？」

続けて口から出たその言葉に、またしても歪む俺の眉。

キャサベルで始まった、スライムゲームという名の野球拳。それがジェイアンヌでも始まったという。

コーニールが未経験との事なので、せっかくだからと来たのである。

(セレブ美女と、爆発着底お姉様に負けた件を、女性陣は知っているはず。警戒も、少しは緩んだんじゃないかな)

どんなに細かろうとも、一縷《いちる》の望みに託したい。

「一応、聞いてみましょう」

サイドラインに歩み寄り、見事なプロポーションのおっとりした美女の前でしゃがむ。

「一緒にスライムゲームをしませんか？」

自身の膝へ視線を落としていた彼女の顔を、下から覗き込むようにして問い掛けた。

一瞬目を見開いたおっとり美人は、次の瞬間きつく目を閉じ身を硬くする。よく見ればわずかに震えており、返事すら貰えない。

「……駄目のようですね」

肩をすくめ呟く俺と、さもありなんと頷くコーニール。

周囲の客から『やべえ』や『凄え』という言葉が発せられたが、正直、言っている意味がわからない。

「残念ですが、店を移しましょうか。コンシェルジュに挨拶だけして来ますので、待っていて下さい」

俺はコーニールをそこに残し、奥のカウンターへと向かうのだった。

ここで視点は一階ロビーのタウロから、二階のプレイルームにいるビンスへと戻る。

「はい、これお金」

二階の個室に到着した僕達。

テーブルの上には二つのソフトドリンク。運んで来た少女は、たった今チップを受け取って出て行った。

部屋にいるのは、僕とミニツインさんの二人きりである。

(緊張するなあ)

ミニツインさんは小柄で華奢だが、難易度はツインテさんより上なのだ。何がどう上なのかはわからないが、コンシェルジュが言うのだから間違いない。

「さて、まずはお風呂に入ろうか」

立って立ってと、手で合図をするミニツインさん。

ソファーから腰を上げると、彼女は僕の前でしゃがむ。そして服に手を掛けた。

「ほっほう」

しかしズボンを下ろす前に、ミニツインさんの手は止まる。

「もう準備出来てるね」

下から見上げる瞳には、からかうような笑みが浮かぶ。

「……うん」

赤面する僕。恥ずかしながら、腕を組んで階段を上る時からこの状態だ。

今日に限った事ではない。昔からそうなのである。

「あたしの魅力に対する、正直な反応。大変よろしい」

ミニツインさんはご機嫌だ。鼻歌を歌いながら作業を再開、手際よく服を脱がして行く。

だいたい脱ぎ終えたところで、強い視線を武器に感じた。

「うーん、ちょっと大きめってとこかな」

(えっ？)

その言葉に耳を疑う。僕の武器は短杖《ワンド》、はっきり言って細く短い方である。

今までこんな評価は、貰った事がなかった。

(まてよ)

自分の事だけを見ていては、真実はわからない。

丈の短いドレス姿で、片膝を突くミニツインさん。その姿を見下ろし、ある可能性に思い当たった。

(彼女にしてみれば大きい、そういう事なのかな)

決して上背のある方ではない僕の、顎までしかない彼女。

体つきも華奢の一言に尽きる。その可能性は充分にあるだろう。

(もしかしたら、あの言葉が聞けるかも)

無意識に唾液が湧き出し、ゴクリと飲み下す。大きな期待を胸に、いざなわれるまま湯船に向かうのだった。


そして二時間後。

ロビーに降りた僕は、威厳溢れるコンシェルジュへ歩み寄る。そして両手をしっかりと握り、上下に強く何度も振った。

「最高でした！」

その言葉に、コンシェルジュは笑顔を作る。

「そう言っていただけると、コンシェルジュ冥利に尽きるというものです」

思ったとおり、ミニツインさんの洞窟は狭かった。幅と高さは、僕でやっと。そして奥行きもない。

だからこそ、僕の夢は一つかなったのである。

（こんな日が来るなんて）

思わず涙ぐむ。

ミニツインさんの洞窟。そのダンジョンマスターが、何度も唱えた魔法の言葉。

『やだあ、太いっ！』

最初の踏み込みで、耳に飛び込んで来たその呪文。僕はそれで、あっさりと命を落としてしまった。

『ちょっ駄目！　深過ぎっ』

僕の胸を両手で突っ張り、口を歪めて呻いた呪文。次の攻略もこれで失敗してしまう。

『大きい！　壊れるうっ！』

三度目も即死だった。

何度も何度も魔法を放ち続けた僕の短杖《ワンド》は、財布と同じようにすっからかん。出るのは満足しきった溜め息だけである。

（ツインテさんが最高だと思っていたけれど、上のカテゴリには、また違った充実感があるんだな

あ）

ちょっとだけ、心の中でツインテさんに謝った。

「今度は予約して来ます！　ありがとうございました！」

人目を気にせず宣言したため、周囲の客達から温かい視線を向けられてしまう。

だが僕は気にしない。胸を張って出口へ歩いて行く。

こうしてビンスの冒険は、新たなステージへと場を移したのだった。

背筋を伸ばした若者が、ロビーを縦断し玄関から姿を消したすぐ後。

（お客様は満足され、彼女にも新たな常連がついた）

カウンターから見送った威厳あるコンシェルジュは、胸のうちに呟いた。

（うまく収まった、そう見ていいでしょう）

お相手を務めた女性は、Ｓサイズ専門。対応出来ないと判断した時は、返金やチェンジを行なっている。

その事を知る客は少なくなく、彼女の客を減らす一因ともなっていた。

（皆様、プライドがありますからな）

実はベストフィットであったとしても、見栄が指名を躊躇わせる。

雛壇から呼び出した時点で、『あいつのサイズはミニサイズ』というのが露見してしまうからだ。

先ほど若者へ微笑ましげな視線が集まったのも、そのためだろう。

（喜びに、大きさは関係ないと思うのですが）

相手と自分、あくまで相対的な問題。そのはずなのだが、何とも人の心は難しい。

(あの方なら、どう思われるでしょうか)

浮かぶのは先ほど訪れた、中肉中背の冴えない三十路男の姿。王都花柳界の至宝とまで呼ばれる、ドクタースライムである。

残念ながら今日は相手が見つからず、すでに店を離れていた。

(一度、飲みながら語り明かしたいものです)

目を細め、頷く。

そして気持ちを切り替え、仕事へ戻るのだった。


オスト大陸西部、そこに帝国の首都、帝都がある。

古い歴史を持つこの街は、遥か以前からあるがゆえに無秩序に広がった。

『平野に身を広げた、巨大な砂色のヒトデ』

空を舞う鳥が見れば、そう思ったかも知れない。

ちなみに色調が砂色で統一されているのは、付近で豊富に産出する石材のためである。

帝都中心に聳え立つ、同じく砂色の宮殿。そこから歩み出た豪奢なゴーレム馬車の中では、えらの張った中年女が頭を抱えていた。

(まずい、まずいぞ。何とかしなければ)

彼女の担当は帝国鍛冶ギルド。王国の幽霊騎士《ゴーストナイト》に対抗するため、同等以上の騎士を作り上げる事を求められている。

しかし思うような成果は報告出来ず、皇帝からの視線も厳しさを増していた。

「……これより鍛冶ギルドに向かう。準備をしろ」

円卓会議より屋敷に戻ってすぐ、えらの張った中年女は側近達に命じる。

現場に乗り込み、直接指揮を執る心積もりであった。

(もはや、あの男に任せてはおけん)

頭に浮かぶのは、でっぷり太った中年の男。帝国鍛冶ギルドのギルド長である。

何度申し付けても、汗を滴らせ言い訳を重ねるだけ。その姿に彼女の不満は、ついに限界を迎えたのだ。

「準備が整いました、いつでも出立出来ます」

報告を受け部屋を出る、えらの張った中年女。二名の側近と共に乗り込んだ黒塗りのゴーレム馬車は、大通りの中央を蹄《ひづめ》と車輪の音高く駆け抜けて行く。

庶民達は自分のゴーレム馬車を路肩に寄せ、何があったのかと見守るのであった。


一方こちらは、帝国鍛冶ギルド。帝都の中にあるも、宮殿からはやや距離がある。

円卓会議のメンバーの突然の来訪を受け、現場は大騒ぎになっていた。

「とにかく掃除と整頓だ！　色の薄くなった標識も付け直せ！」

抜き打ちの視察と思われたため、とりあえず巡視ルートの整備を始めている。

先のランドバーン会戦で鹵獲《ろかく》した、王国の旗騎である『箱入り娘』。その解析作業も中断させ、人手を回す。

「副ギルド長、閣下がお呼びです」

手すりや床板の状況を見回っていた働き盛りの男性は、背後から声を掛けられ振り返った。

「わかった、すぐに行く」

顔をタオルでひと拭きすると、職員の後に続く。

（ギルド長がいるのに、なぜ俺まで呼ばれるのだ？）

そう思いつつ職員の開けてくれた扉を通り、ギルド長室へと足を踏み入れる。

中央奥の、無駄に豪奢なギルド長の重役机。そこにいつもの肥えた中年男はいない。代わりに閣下と呼ばれる、えらの張った中年女の姿があった。

「聞きたい事がある」

副ギルド長の姿を見るなり、閣下はきつい口調で質問を飛ばす。

「どうして鍛冶ギルドは、幽霊騎士《ゴーストナイト》を超える騎士を作り出せていないのだ？」

あまりに唐突な問いに、言葉が詰まる副ギルド長。必死に質問の意図を探り、何とか答えらしきものを見つけ出す。

（俺が呼ばれたという事は、技術的な話が聞きたいのか？）

ギルド長は事務方出身。予算管理や資材の発注には強いが、騎士についての詳細な話は出来ないだろう。

そのように理解した副ギルド長は、自分なりの見解を述べる。

「――以上のように、『箱入り娘』に用いられている魔法陣の技術的レベルは、決して高いものではありません。魔力の汲み上げも、おそらくは強引な力業でしょう」

わかっているのかいないのか、えらの張った中年女は、頷きもせずにこちらを見ていた。

両側に立つ側近と思われる青年達も、反応を示さない。

「操縦士を潰すような実験は行なえません。そこで我々は、従来型の省魔力を推し進めました。すでに何点かで効率化の可能性が見え始め――」

「そのような事を聞いているのではない！」

えらの張った中年女は机の天板を叩き、話をさえぎった。

「皇帝陛下は、幽霊騎士《ゴーストナイト》を上回る騎士を作れ、そうお命じになった。なのになぜ、いまだに出来ていない？」

意味がわからず、黙り込む副ギルド長。

答えが返らぬ事に、苛立たしさを感じているのだろう。えらの張った中年女の顔が醜悪に歪む。

「わからぬか？　陛下に対する忠誠心、それが不足しているのではないかと言っているのだ」

副ギルド長は思わず口を開け、そのまま閉じずに立ちすくんだ。その彼を両脇の側近達は、厳しい目で見つめている。

(何だ？　こいつら)

事務系のギルド長も、こちらが技術的な話をし過ぎると嫌な顔をしたものだ。しかし前にいる三人は、根本的に何かが違う。

(ギルド長には、現場に対する敬意があった)

自分に手が出せない部分は任せた上で、予算と納期と要求仕様、その三つを吠え立てながら牧羊犬のように追い回して来たものである。

あまりにうるさく面倒なため、飲み会での話題は常に悪口。中には本気でギルド長を嫌う者もいたが、少なくとも副ギルド長は理解していた。

(あのデブがいなければ、鍛冶ギルドは回らなかった)

でっぷり太った汗掻き中年、その姿を思い浮かべる。あのようにされなければ自分達は脱線し、袋小路に迷い込んでいただろう。

(……まさか)

内臓を冷たい手で鷲づかみされたような、嫌な感覚。違う事を願いながら、かつ気持ちを読まれないよう注意し、閣下と側近達の瞳を覗いて行く。

己を曲げない。そう感じさせる強い光に、副ギルド長は確信した。

(ここに来て来るのか。しかも一番上の立場で)

心に絶望が広がって行く。

それは時折、技術系の職場に出現する化物《モンスター》。

『実験の結果は、神の言葉より重い』

それが共通認識である場に身を置きながら、理解しない者達の事である。

彼らにとっては『事実』よりも『上司の言葉』が上であり、下の者の声に耳を傾ける事はない。

「三日以内に成果を上げ、報告しろ。いいか、これは命令だ。不服従は懲戒の対象となる」

高圧的な物言いで告げると睨みつけ、『わかったな?』と念を押すえらの張った中年女。反論も許されず、副ギルド長は部屋を追い出されたのだった。

(出来るはずがあるか)

王国の旗騎であった『箱入り娘』の解析は、すでに終盤。

しかし目ぼしい新技術は見当たらない。大喰らいの従来型魔法陣を、狭いスペースに無理やり詰め込んだだけだ。

魔力を受け取る事を目的とした術式。それも確認されたが、少し読み込んだだけで効率の悪さがわかる。

汲み上げる術式はまだ未発見だが、他がこれでは碌《ろく》なものではないだろう。

（嘘はつけない。積み上げた成果を示す事しか、俺には出来ん）

仕事に対する矜持を胸に、強く思う副ギルド長。そして三日後、彼は怠慢を理由に職を失ったのだった。


舞台は帝都から大きく東南東、王都へと戻る。

「王都でえ、遊ぶならあ、こういうゲームにしやさんせ」

歓楽街の大通りから、やや外れた場所にある中級娼館。その一室に、音程の微妙な俺の声が響く。

「よよいのよい！　よっしゃー！」

じゃんけんに勝って、拳を突き上げる俺。今やっているのは、『スライムゲーム』と名を変えた野球拳である。

「じゃあスカートを脱いでね」

目の前にいる、整った顔立ちの黒髪ロングの女子高生。衣装は、最近この店が取り入れたブレザー風だ。

黒っぽいスカートを床に落とさせた俺は、現れた白シャツ姿に目を細める。

「いやあタウロさん、本当に次から次へとアイディアを出しますねえ」

感心した声を出したのは、がっちりした体つきの青年。王国騎士団で、A級騎士の操縦士を務めるコーニールだ。

スライムゲームは初めてというこの男。ショートカットの女子高生の肩を抱きながら、ソファーで俺達の勝負を見学中である。

「そんな大げさな。ただ脱がし合うだけですよ」

アイディアなどという大層なものではない。前世で好きだった遊びを、こちらでもやっているだけだ。

本日の『大人のグルメ倶楽部』の題目は、スライムゲーム。最初はジェイアンヌで行なう予定だったもの。

(俺の悪評のせいで、誰も相手をしてくれなかったからな)

ロビーでの惨状を思い出し、肩を落とす。厳しい現実にプレイを諦めた俺達は、近くの店へと流れて来たのである。

ちなみスライムゲームも発祥の店キャサベルに留まらず、歓楽街全体に広まっていた。

(下級娼館や中級娼館では、普通に遊んでもらえるのだけどなあ)

ジェイアンヌが一番厳しく、御三家、上級娼館と続く。

(まあ、理由の想像はつくけど)

深刻な行動不能に陥った女性達、それを目の前で見ていないからだろう。

教導軽巡先生やツインテール、それに爆発着底お姉様。俺が息も絶え絶えにしてしまったのは、いずれもジェイアンヌの女性達。

俺についての噂も、上級娼館以上で生々しく広まったのだろう。

「いえ、今まではすぐに脱ぎ、シャワーを浴びてプレイでした」

思いに沈む俺に気づく事もなく、感想を口にするコーニール。

「ですがスライムゲームは、裸になるまでの過程に光を当て、それ一つでプレイと呼べるほどに仕上げています」

いつものように、難しい理屈をこね始める親友。それを聞き流しつつ、グーを準備。

「よよいのよい！　しまった！」

頭を抱える俺を見ながら、コーニールは強い口調で主張。

「おおげさではありませんよ。人によっては、こちらがメインだと言うくらいですから」

コーニールいわく、わざわざ厚着をさせる客もいるらしい。

『負けた時は、最後までしない』

そう自らに課す者もいるという。縛りプレイというのだろうか、楽しみ方は人の数だけあるのだろう。

「そうなんですか」

Tシャツを脱ぎながら答えるも、頭は次に何を出すかでいっぱいである。こちらの残りは、後一枚しかないのだ。

「うわっ、負けた」

黒髪ロングのシャツを脱がす前に、自分が全裸になってしまった。さすがはプロ、毎日のようにじゃんけんをしているに違いない。

頭を掻く俺を前に、コーニールが提案する。

「せっかくですから、彼女達を対戦させてみませんか？　時間もまだまだありますし」

隣に座る、ウェーブの掛かったショートヘアーのかわいい子。俺は彼女を眺めつつ、顎に手をあてた。

（ふむ）

ブレザー姿の女子高生が、二人で行なう野球拳。そしてそれをのんびり見物する自分達。

（悪くない）

本日コーニールは非番のため、大人のグルメ倶楽部は昼から始めている。

そのため外はまだ明るい。ここで頑張り過ぎれば、夜がきついだろう。

「面白そうですね、やりましょう」

黒髪ロングも異論はないらしく、脱いでいた服を身につけ始める。そして部屋の中央で、ウェーブショートとじゃんけんを始めた。

「王都でえ、遊ぶならあ、こういうゲームにしやさんせ」

若く明るい声で、歌い出す二人。くねくね踊る姿も、愛嬌があって非常にかわいらしい。

黄色い歓声が上がり、ウェーブショートが上着を脱ぐ。

「勝った方と、コーニールさんが勝負するっていうのはどうですか？　勿論、服は途中のままで」

「それなら初めての自分でも、何とかなりそうです」

楽しそうに笑うコーニール。

徐々に衣服を剥ぎ取られて行く二人。俺達はそれを、雑談を交えつつ鑑賞する。

「服を一枚ずつ失って行くこの姿。これを、スライムに溶かされる事に見立てているわけですね」

コーニールは聞いて来るが、俺にはわからない。スライムゲームなる名は、誰かが勝手につけたのだ。

そうこうしているうちに、決着がつく。勝者は黒髪ロングの女子高生、二連勝である。

「彼女、強いですよ。気をつけて下さい」

何に気をつければいいのか、言った俺にもわからない。だがコーニールはチョキを出しつつ、我に秘策あり、と笑う。

(相手の残りはスカートより下のみ、上半身は裸だ)

じゃんけん初体験のコーニールでも、勝機は充分にある。

俺はそう思いつつ、黒髪ロングの控えめな胸を凝視した。

「よよいのよい!」

「あっ!」

最初の一振りで、黒髪ロングの声が上がる。

(やりやがった)

思わず呻く俺。あろう事か、コーニールのチョキは、桜色の先端をつまんでいたのである。

両手で、コーニールの腕を押さえる黒髪ロング。だが騎士団A級操縦士の剛腕は、その程度ではびくともしない。

挟んだまま、今度は左手を振り上げる。

「よよいのよい！」

またもやチョキ。手の甲で黒髪ロングのガードを弾き飛ばしつつ、もう一つの先端をつまむ。

徐々に力を加えているのだろう。黒髪ロングは両手でスケベマッチョの手首を握りながら、大きく仰け反った。

(もう野球拳じゃないぞ、これ)

呻き声を上げ、膝が折れる黒髪ロング。だがそれにより、さらに高まる胸への刺激。

コーニールの両手首を握りつつ、自らの体重を支えようと、両脚に力を込め震わせている。

「反則負け！」

俺はコールするが、もはや二人には届いていない。

背後のベッドに黒髪ロングを押し倒すと、蟹のように鋏《はさみ》を開閉させて責め続けている。

「……反則負け、ですけれど？」

しかしさすがはプロ、黒髪ロングも負けてはいない。

細い両脚でコーニールの胴を挟み込むと、下敷きになりながらも懸命に腰を上下させ始めた。

(何だか、沢蟹とクワガタの戦いみたいになって来たぞ)

黒髪ロングは苦情を言わず、隣のウェーブショートも手を叩いて笑っている。きっとコーニールのように、途中で脱線する客は多いのだろう。

(野球拳が根付くのは、もう少し時間が掛かりそうだな)

この手のプレイは、ルールを守ってこそ楽しめるもの。途中で始めたのでは、せっかくのフレーバーが飛んでしまう。

互いに挟み合う男女を前に、腕組みして頭を左右へ振っていると、隣のかわい子ちゃんが立ち上がり俺の腕を取った。

「おじさん、あたし達も始めない？」

ベッドに引っ張る全裸の彼女と、一糸まとわぬ自分の姿を確認。少し考える。

「もう一戦、スライムゲームをしないかい？　勝ったらチップを弾むよ」

最終的にやる事は同じでも、勝者には副賞を贈ろう。

その提案に、ウェーブショートの目は輝きを増した。こういう時、金というものは役に立つ。

「あっ、自分の服以外は駄目だって！」

互いに服を身につけ始めたのだが、ウェーブショートは黒髪ロングの着ていた服まで羽織ろうとしていたのである。

小さく舌を出す彼女を軽く睨みつつ、踊り出す俺。彼女も踊り、声を出す。

「王都でえ、遊ぶならあ、こういうゲームにしやさんせ」

時折響くコーニールの咆哮と、黒髪ロングの嬌声。それに邪魔されつつも、俺達はスライムゲームを楽しんだのだった。


さらに舞台は、歓楽街から少しばかり移動する。

そこは王城の北にある騎士団本部。大部屋の隅では、任務を終えた操縦士達が雑談を交わしていた。

「ライトニングさんから貰った野菜、うまかったか？」

問いを発したのは、冒険者ギルドで操縦士を務めていたおっさん。口元に意味ありげな笑みをたたえつつ、同僚たる若い女性を見つめている。

「おいしかったわよ」

テーブルを挟んで座る少しきつめの顔立ちをした少女は、答えつつもポニーテールをまとめ直している手を止めない。

話に出たライトニングとは、ニセアカシア国から出向中の操縦士である。王国騎士団のA級操縦士すら舌を巻く実力の持ち主で、彼ら新規採用組は、いろいろと世話になっていた。

「だから何？」

表情を険しくし、見つめ返すポニーテール。ちなみに野菜とは、おすそ分けされた夏野菜の事である。

「おいおい、何だよその顔は。おっかねえなあ」

ニヤニヤ笑いながら、肩をすくめるおっさん。

ポニーテールにしてみれば、このおっさんが気持ち悪い笑みを浮かべるのはいつもの事。そのはずなのだが。

(何か、落ち着かないのよね)

後ろめたい事があるせいか、見透かされているような気がしたのである。

「で、どっちの方がうまかった？　隠すような事じゃねえだろ」

「……キュウリ」

「ほほう、ほうほう」

元冒険者ギルド騎士乗りのおっさんは、嬉しげに頷き言葉を継ぐ。

「うちの娘と同じだな。嫁の方は、太くておいしいって茄子を喜んでいたが」

ポニーテールの頬が少しばかり赤くなったのは、表現に想像力を刺激されたから。しかしそれが誤解である事はわかっているので、何も言わずに目をそらす。

(かわいいねえ)

こちらは、おっさんの心の声。つい頬が緩み、目尻も下がる。

実のところ、すべてを理解した上で楽しんでいたのだ。

「娘の口じゃ、あの茄子は大き過ぎなんだよ。そっちはどうだ？　切ってから食ったのか？」

「……そのまま食べたわよ」

ぼそぼそと答えるポニーテールの様子に耐えかねたか、大声で笑い出すおっさん。言葉にすれば『うひひひひ』だろう。

「何なのよ！　ちょっとおかしいわよ、あんた！」

爆発するポニーテールだが、妻も子もいるおっさんは大人の余裕たっぷりである。

そこへ姿を現したのは、同じく元冒険者でこちらは独身のおっさんと、短い口髭をたくわえた青年。

任務完了を騎士団長へ報告して来たのだ。

「お褒めの言葉をいただいたぞ。難しい任務だったが、よくやったとな」

独身おっさんが胸を張って告げ、隣に立つライトニングも頷く。

今回掃討して来た魔獣は、さして強くない。しかし場所は、国境となっている川。

対岸は帝国領で村もあるため、刺激しないよう細心の注意を払う必要があったのだ。

「ほら、ちゃんとライトニングさんにお礼を言えよ」

既婚おっさんに言われ、えっ、という表情を作るポニーテール。

「当たり前だろ」

呆れ顔のおっさんに背中を押され、ライトニングの前に出る。若干下を向きながら、夏野菜の礼を口にした。

「喜んでもらえて何よりです。自分で言うのも何ですが、とてもおいしい野菜でしたから」

頷きながら、嬉しそうな笑顔で返すライトニング。

「ライトニング様！　お野菜、凄過ぎでした」

そこへ編み込みおかっぱ超巨乳ちゃんが現れ、ポニーテールを横に押しのけた。

「とくにキュウリは凄かったです」

おいしいとは言わず、凄いを連発する編み込みおかっぱ超巨乳ちゃん。ライトニングは、あいまいな笑みを浮かべるだけである。

(男心がわかってねえなあ。そんなんじゃ気を惹《ひ》くどころか、退《ひ》かれちまうぞ)

それを遠目に、やれやれと肩をすくめる既婚のおっさん。流れを理解した独身のおっさんも、首肯しつつ小声で返す。

(あのおっぱいのせいで、黙っていても男が寄って来てたんだろ。だから下手なんだ)

そんな中、編み込みおかっぱ超巨乳ちゃんだけが、直球アピールを空回りさせていたのだった。

第二章　魔人

オスト大陸北部に広がる精霊の森。その中心に聳える世界樹に設けられた、木造の建物。

今そのハイエルフの館において、会議が開かれていた。

「天国の門《ヘヴンズゲート》を開けられただと？　それも人族にか！」

絶叫するハイエルフ達。怒りを向けられているのは、アムブロシアを探るためランドバーンに送り込まれた女商人である。

ただし本人はここにおらず、報告は手紙。先ほど届いたのだが、あろう事か死神に破れ、天国の門《ヘヴンズゲート》を開けられてしまったらしい。

「何を、何をやっておるのだ！　このエルフ族の面汚しが」

荒れ狂う会議室の中、まだ冷静さをたもっていた太ったハイエルフが、発言を求め手を上へ伸ばす。

「天国の門《ヘヴンズゲート》が開いたのなら、称号を手に入れたはず。それに精霊獣もな。いったいどのような称号を得て、何の精霊獣を召喚したのだ？」

議長は手紙を手に、首を左右に振る。

「それが、わからぬらしい」

「わからぬ？」

「天国の門《ヘヴンズゲート》を開かれた時、意識を失ったそうだ。そして気がついた時には、外に放り出されていたという」

腕を組み目を閉じ、渋面を作る議長。それを睨みつけながら、枯れ木のように痩せたハイエルフが叫ぶ。

「何とも役に立たぬ、いや害になる女よ！　呼び出して罰を与えねば気がすまん！」

議長は顔をさらにしかめ、たしなめた。

「称号持ちを出したのは痛い。だが、そこまでは出来ぬ。調査を依頼したのは我々なのだ」

「何が我々だ！　お前であろうに」

議長はその言葉に顔を歪め、言い返すべく言葉を探す。

その時、精霊探査の班長が挙手。このままでは話が進まぬと思ったのだろう。愛想のない表情のまま、口を開く。

「調査に進展があった。まずは聞いて欲しい」

その言葉に、枯れ木のように痩せたハイエルフも、浮かし掛けた腰を下ろす。わずかに残っていた理性が、『話を聞くべき』とささやいたのである。

他のハイエルフ達も同様であったらしく、会議室は徐々に静まり始めた。

「ランドバーン付近の魔力濃度が、最近高まりつつあったのだが」

いったん言葉を切り、指を鳴らす班長。魔法陣が輝いて消え、直後テーブル上へ大きな地図が浮き上がる。

「風の精霊による精査を行なったところ、地表から魔力が漏れ出しているのを見つけた。場所はここだな」

手を伸ばし、持っていたペンで地図の一点にバツ印を描く。そこはランドバーンの南東、言い換えればアウォーク南の荒野であった。

「そして先日、この場所の地面が広範囲に陥没した。どうも地下に、大きな空洞があったらしい」

誕生した穴は大きく、直径は約千メートル、深さは五百メートル以上という。ハイエルフ達は、テーブルの周囲で大きくどよめく。

「その時空中に吹き上がった魔力と衝撃波で、精霊のほとんどが吹き飛ばされてしまった。お前達でも感じ取れただろう？」

何人かのハイエルフは納得した表情を、そして大部分が面白くなさそうな顔をする。

精霊探査の班長が、上から物を言うのはいつもの事だ。しかし、慣れていても気持ちのいいものではない。

「原因は何だ？」

太ったハイエルフが、地図を凝視したまま問う。

「魔力の由来は、地下深くを走る地脈からだな。滅多にない事だが、地層の亀裂か何かに沿って昇って来たのだろう」

長い耳を傾けるハイエルフ達。

「崩落の原因はゴーレム共だ。魔力の臭いに引き寄せられたこいつらが、周囲の土や岩を食って大発生したに違いない」

精霊探査の班長は、嫌そうに顔を歪め吐き捨てる。土属性のゴーレムは、彼の操る風の精霊と相性が悪い。

「地下が食い荒らされた事で、大空間が誕生。ついに地上部を支えきれなくなり、天蓋が落ちた。そんなところだな」

以上だ、と言葉を切る。その後を継ぎ、議長が顎に手をあてつつ口を開く。

「帝国、ランドバーン、アムブロシア。これらの事を考えれば、この大穴と何らかの関係があると見るべきだろう」

再度、ざわめき始める会議室。地底湖の存在や、ザラタンについても取りざたされる。

しかし、それはあるまいという事で落ち着いた。体長二百メートルの大精霊獣が満足する広さ、それが地中にあるとは、とても思えなかったのである。

「もう一つの世界樹、それもここに絡むのだろうか？」

あるハイエルフの質問に、議長は難しげな表情を作る。

「世界樹は、光と風と水を好む。大地に根ざしてはいるが、地中で育った例などないはずだ」

エルフの好まぬ、土の中の世界。そこにキノコのごとく生育する世界樹があるなど、考えたくはなかった。

「詳しい調査が必要だな」

別の一人が口にしつつ、精霊探査の班長を見る。視線を送られた無口なハイエルフは、眉間に深い縦皺を作った。

「ゴーレムが多過ぎる。風の精霊が嫌がって底まで降りん。これ以上の調査は無理だ」

顔を見合わせ、言葉を交わし合うハイエルフ達。精霊探査の班長に顔を向けると、見解を聞く。

「人族は、気づいていると思うか？」

「あれだけ派手に地面が陥没したのだ。人の住まぬ荒野とはいえ、気づかぬはずはない」

その答えに、皆の表情は険しさを増す。

「精霊を向かわせられぬなら、どうやって調べる？」

「現地へ出向き、目視で確認する他あるまい」

その後、意見が交換され、おおよその合意が形を取り始めた。頃合いを見て、議長は宣言する。

「騎士を派遣し、大穴の調査を実施する」

反対はない。

「数は五騎。すべてB級で行く」

それを聞いて、太ったハイエルフは片手で顔をなでた。

「C級ではなくB級か。事が事だ、出さねばなるまいな」

一方、枯れ木のように痩せた老人は、不満げに鼻を鳴らす。

「国を落とすわけでもないのに、大げさではないのか」

議長は不快げな視線を送るも、口は開かない。いちいち突っかかって来る不平屋など、相手にしていられないと考えていたのである。

「では皆、いいな？」

枯れ木のように痩せた老人他数名が、横を向く。しかし大多数は頷いた。

世界樹やアムブロシア、それにザラタン。いずれも、エルフ族の将来にかかわる重大案件。人族ならば、調査であろうとA級騎士を派遣したであろう。

しかしエルフの里においては、いささか事情が異なる。

『世界樹こそ、この世で最も高貴な存在』

そう考えるがゆえに、身分の高い者ほど里の外へ出たがらない。そしてA級騎士の操縦士は、ハイエルフだったのである。

「準備が整い次第、進発させろ」

押し切る形で、議長は宣言。人族の領地へのエルフ騎士の派遣は、精霊の森大戦以降、初めての事であった。

一方、ハイエルフ達に『エルフ族の面汚し』と罵られた栗色でストレートの長い髪を持つ女商人は、王国の王都にいた。

『死神を敵に回した以上、帝国にはいられない』

そう考えた彼女は、上位古代文字でしたためた手紙を帝国商人ギルドへ託し、急ぎランドバーンを離れたのである。

(里には帰れないよねえ)

中央広場の隅、パラソル付きのテーブルセットに座り、アイスティーをすすりながら彼女は思う。

『人族に大憲章《マギ・カルタ》の定める称号と、精霊の森に住まう精霊獣を与えた』

エルフ族にとって、あり得ざる恥辱。人族に置き換えるなら、家畜に屈服したようなものである。

エルフ社会においての自分の立ち位置は、間違いなく死者より下だ。同族として扱われない可能性が高い。

(今のうちに、味わっておかなくちゃ)

何の事かと言えば、エルフ男性の事。これこそ彼女が、行く先を王都へ定めた理由である。

死神に気を失わさせられはしたものの、好みはやはり同族。話が広まり店に入れてもらえなくなる前に、肌を触れ合わせておきたかったのだ。

(思いっきり、閉店まで遊ぶぞお)

気合いを入れるかのように、グラスを傾け喉に流し込む。

立ち直っているように見えるが、中身はどん底。テンションの高さは、数日にわたって落ち込み続けた反動である。

自棄《やけ》になっていると言っていいだろう。

(人生最後になるかも知れないんだから)

残った氷を噛み砕き飲み込むと、席を立つ。

向かうは勿論、『エルフの店、ケーニ。素敵な男性エルフが、貴女をやさしくエスコート』。ちなみにケーニは女性向けで、男性向けはフロイである。

「あれ?」

しかし少し後、彼女は高級そうなレストランの前で立ち尽くしていた。

ここは男女の客それぞれの入口を持つ、王都唯一のエルフ娼館があった場所。建物に残る面影から見て、間違いはない。

「ちょっとお兄さん、教えてくれないかい」

移転したのかも。そう考え新店舗の場所を尋ねる。

声を掛けられたおっさんは、若く見られた喜びを顔に出しつつ、彼女に目を合わせ肩をすくめた。

「しばらく前に閉店したよ」

想像すらしていなかった返事に、動きを止める長身痩躯のエルフ美女。ただ栗色の長いストレートの髪だけが、風に流され片目を隠す。

その様をおっさんは目を細め眺めやった後、漏らすように言葉を継ぐ。

「本当に残念だよ。とくにフロイは、行列が出来るくらい大人気だったのに」

（……んん？）

違和感が、女商人の時を再開させた。

（エルフのあたしと目を合わせても、気後れしていない）

経験から言えば、大概の人族の男は赤面して視線を外す。そうしないという事は、慣れているのだろうか。

（エルフ娼館に通い詰めていたからかい？　それでもここまで、遠慮なく見て来たりはしないはずだけど）

常連客なら、閉店した事情を知っているかも知れない。心中で首を傾げつつも、彼女はさらに問う事にした。

（ええ？）

しかし答えは、これまた予想外。このおっさんは常連ではなく、閉店直前に一度行っただけだったのである。

そのため口からは、『初めてのエルフ娼館』の感想しか出ない。

「白目を剥いた上に、上と下の両方から泡を吹いちゃってさあ。驚くと同時に感動したよ」

エルフって敏感なんだねえ。あそこまで感じてもらえると、男冥利に尽きるってもんだ。と続けるおっさん。

一方、エルフの女商人の困惑は、聞くに従って度合いを増して行く。

（エルフが敏感？　人族に対してぇ？）

仕事の上での演技だと思いたい。しかし一人ならともかく、店の女性すべてではあり得ないだろう。

それに事実なら、目の前の人族男性が自分と気安く話せる理由も説明がつく。

（精神的優位に立っているからだね。エルフの女を、わからせてやった、と信じているんだ）

自尊心が刺激され無性に腹が立って来るが、無理やり押し殺し礼を口にする彼女。

「もし、お仲間を集めて店を立ち上げるつもりなら、応援するよ。一番に寄らせてもらう」

おっさんは気づく事なく、好色そうに破顔すると言葉を残し、歩みを再開し去って行った。

（この娼館の連中、絶対里には知らせてないよねえ）

今や高級レストランとなった建物を見やり、表情を消して考えるエルフ女。

話を信じるなら、天国の門《ヘヴンズゲート》を自分より先に開けている。ランドバーンのゴミ捨て場に精霊獣がいなかったのも、エルフ族初ではなかったからだろう。

（公になんか、するはずがない）

ハイエルフからの依頼でなければ自分だって秘密にし、墓場まで秘密を持って行く。

そこでこれまで憂いに満ちていた目が、少しばかり嬉しそうな三日月形に曲がった。

（もしかして、ここから挽回出来るかもお？）

屈したという失態は消せはしない。しかし、よりひどい存在をさらせば、印象は相対的に軽くなるだろう。

『エルフ族に、娼館ごと膝を突かせた存在』

さらに、それが誰で何をしたのか、を報告出来たなら。

(里への出入りくらいは、許されるよねえ)

里の空を覆う世界樹の雰囲気を思い、身を震わせる。やはり世界樹は、エルフにとって魂の故郷なのだ。

だがまずは、証拠をつかんでこの事実を確定させる事。そのためには姿を消した同族を捕まえ、洗いざらい白状させなければならない。

(どこへ行ったんだろ?)

エルフ族は、目立つし少ない。王都に残っているのならば、捜せばすぐに見つかるだろう。

しかしだからこそ、その可能性は低いと見る。

では他の都市の、同族が経営する娼館へ身を寄せたのか。

(それもないかあ)

極端に敏感になっているのなら、そしてそれが一過性のものでないのなら、もう花を売るのは無理だ。

『毎回人族に、どちらが上かとわからせられる』

そのようなプレイに、エルフが耐えられるはずがない。

では黙ったまま、里へと帰ったか? 重大な秘密を、職場の同僚達と共有したままで。

(あたしには無理だ)

いつ漏れるかわからない状況で、同族に囲まれ平然と過ごす。

そのような豪胆さは自分にはないし、持っている同族も少ないだろう。

（ちょこっと聞き込みをしたら、おっかない王都は離れますかあ）

息を一つ吐き、とりあえずの結論を出す。もしエルフ族に恨みを抱いている者の仕業なら、同じ目に遭いかねないからだ。

それに、心当たりはある。

（あたし達は、賢く美しく、そして富める者）

憎しみを向けられるには、充分な理由だろう。

ちなみに人族へ洗脳魔法を掛けていた件については、『エルフ族以外になら使用してもよい』と里で定められているため、罪悪感は欠片《かけら》もない。

（逃がさないよお）

それは犯人ではなく、逃げ散った同族へ向けたもの。

おどけるように肩をすくめた栗色の髪の女商人は、来た時より大分軽い足取りで、かつてエルフ娼館だったレストランの前を立ち去ったのだった。


同じ頃、王都の歓楽街の一角にある安宿。

「なるほどのう。アウォークの南に大穴が出現し、ゴーレムが大量に湧いておるのか」

今にも崩れそうな木賃宿。その一室において、ゴブリン爺ちゃんは呟く。

目の前のベッドの上には、年老いた旅の女性がうつ伏せに倒れ、荒い息を吐いていた。

ゴブリン爺ちゃんのマシンガンのような責めに、女性の喜びを満喫したのだが、あまりの刺激と余韻に動けずにいたのである。

「貴重な情報じゃ。これからも頼むの」

そう言ってゴブリン爺ちゃんは老女の痩せた尻に取りすがり、またもや激しく動き出す。

限界まで注がれた器を責めに責め、さらに注ぎ足す早撃ちの絶倫爺ちゃん。老女は喜びに涙を流し、この情報を知り得た事、そして誰よりも早く伝えられた幸運に感謝した。

(たっぷり慰めてやらんとの)

このゴブリンに似た小柄な老人は王国商人ギルドの長で、四つん這いで呻く老女は彼のネットワークの一員。

年齢や容姿、その他様々な要因により、男性からの寵愛を受けられなくなった彼女達。ゴブリン爺ちゃんはその飢えを満たす事で、心と体をつなぎとめていたのである。

「何でもします！　何でもしますから、もっと」

口の端から涎を滴らせ、達したばかりというのになおも欲しがる浅ましさ。それに応えるべく、ゴブリン爺ちゃんの動きは力強さを増して行く。

「おおおおお！」

絶叫と共に仰け反り、グルンと目を上に向かせる老女。そのままベッドへ突っ伏すると、シーツを握り締め再度身を震わせた。

『愛される』

この感覚を得るためだけに、彼女達は必死に情報を集め、ギルド長のもとへと運ぶ。

『商人ギルドの長は、誰よりも耳が早い』

すべてではないものの、彼女達は間違いなくその一翼を担っていたのだった。

数日後の深夜、帝国北部の山間《やまあい》を縫うように疾走する、五騎のB級騎士。

緑と白で塗られた鎧には、繊細な銀細工の装飾が施されている。それが時折、星明かりを反射しきらめいていた。

特徴的なのは、全騎が脚部から噴き出す風魔法によって進んでいる事であろう。

王国商人ギルド騎士、老嬢《オールドレディ》の得意とする移動法と同じであった。

(周囲に人族の里はない)

スキーの回転競技のように、膝をリズミカルに沈ませつつ進む騎士。その先頭の操縦席で、耳の長い操縦士が呟く。

ホストのように髪を立て、腹筋を見せ付けるように胸元をヘソまで開けている。そして首元に光るのは、金のネックレス。

(この分なら、数日で着けるな)

精霊の森とランドバーンの間には、帝国と王国の領地が広がっている。そのため、夜間に荒野を進む事で人族の目を避けていた。

王都を目指した重騎馬《ヘヴィーランサー》とコースが似ているのは、目的が同じだからだろう。

(人族の騎士は、風魔法での長距離移動も出来ぬらしい)

男エルフの操縦士は、その筋の通った高い鼻で笑う。

(まがい物の騎士など目障りだ。許可さえ下りれば、破壊してくれるのだが)

しかし、与えられた命令は調査。現地で遭遇した場合は別として、行き帰りの戦闘は極力避けるよう厳命されている。

(まあいい、大穴にはゴーレムが多くいると聞く。適当に打ち倒して、憂さでも晴らすさ)

口元に笑みを浮かべると、騎士に魔力を流し込む。脚部からの風は強さを増し、騎士をさらに加速させたのだった。


舞台は帝国北部の山間部から、遥か南のランドバーンへ。

この地方都市は最近まで王国領だったが、戦いの結果帝国に編入され、今や辺境伯領の首都である。

そして領主たる辺境伯のもとに、国境警備の兵から報告書が届いていた。

「地面が陥没し、巨大な穴が現れただと?」

椅子に座るハゲた中年男が、報告書を手にした参謀であるハンドル形の髭をした男性へ聞き返す。

「場所はランドバーンの南東。いえ、アウォークの南と表現した方がよろしいでしょう」

岩盤の露出した大地に、散乱した岩と礫。不毛な場所であるため、王国も帝国も手を伸ばしていない。

以前はともかくランドバーンが帝国領になった今、どちらの領土とも言えぬ場所であった。

「住民もおらず、利用価値のない土地なのだろう?」

不毛な地を手に入れても、警備に力を取られるだけ。そう考える辺境伯は、これ以上領土を広げる意志を持っていない。

「防衛上の利点でもあるならば、別だがな」

場所を聞いて、興味を失いつつある辺境伯。そんな上司にハンドルヒゲは、読み進めつつ言葉を継ぐ。

「穴の内部には、ストーンゴーレムの姿が見られるそうです」

「ほう？」

いく分なりとも表情が変化したのには、理由がある。

強力な魔獣であるのは間違いない。しかし同時に身に少なくない鉱物を含む、『動き回る鉱山』でもあるのだ。

「穴周辺には、むせ返るほどの魔力が漏れ出しているそうです。調査の者によれば、深部にはストーンゴーレムはもとより、ヘヴィーストーンゴーレム、もしかしたらメタルゴーレムもいるのではないかと」

口をへの字に曲げ、額なのか頭なのか定かならぬ場所を、ハンカチで拭う辺境伯。しばし考えた後、ゆっくりと口を開く。

「それは、周囲の者にとって脅威であるが、素晴らしく貴重な鉱物資源でもあるな」

ヘヴィーストーンゴーレムには、地中深くでしか採れぬ鉱物が多く含有されている。さらにメタルゴーレムともなれば、レアメタルの塊だ。

「我が領内に、有望な鉱山が誕生するという事か。いいだろう、ただちに騎士を送れ」

そして、傍らのハンドルヒゲに気持ちを漏らす。

「陛下から、周辺の探索を密にせよと命じられた件。意外なところで役に立ったな」

左様でございますな、と頷くハンドルヒゲ。その時、窓辺で外の景色を眺めていた黒服の男が振り返った。

長身猫背の痩せた男、死神である。

「よければ、自分も参加させていただきたい」

その申し出に、辺境伯の目が大きく開かれる。

「いや、とても死神卿に出ていただく案件ではありませんが」

死神と辺境伯。動かせる人員や領土に大きな差はあるが、地位的にはほぼ同じ。

辺境伯領に滞在しているものの、直属の上司は皇帝であり、辺境伯の指揮下にはない。

「体がなまるのです」

幽霊騎士《ゴーストナイト》とやらに、動きは見られない。そしてランドバーンには、精強をもって鳴る薔薇騎士団《ローズナイツ》が駐留している。

正直言って、非常に暇だったのだ。

「そのような理由であれば、お願いしてよろしいでしょうか」

凶相の男の静かな頷きを受け、即座に大穴への派遣部隊が編成される。

内訳は死神のA級一騎に、辺境騎士団のB級が二騎。三騎の騎士は一列となり、南東へ向け石畳の上を歩き出す。

街道では商人達が道を譲り、騎士達に向かって手を振っていたのだった。

帝国領ランドバーンから東へ、国境を越えて定期ゴーレム馬車で四日の位置にある王都。

御三家の一つジェイアンヌの従業員控室では、シフトの合間ごとに女性達が訪れ、入れ替わりで盛り上がっていた。

「あなたの姪？　小さくても人狼《ワーウルフ》なのね。犬耳と尻尾があるわあ」

「丸くてかわいい。それにベビー服がモフモフ」

関心を集めているのは、テーブル上のクッションにお尻で座る人狼《ワーウルフ》の幼児である。

子犬のような愛らしさが母性本能を掻きむしるが、驚かせてはならぬと、王都屈指の美女達は必死に声を呑み込んでいた。

「姉の娘なの。旦那が人族だから、正確にはハーフね」

背中を手でなでながら答える、人狼《ワーウルフ》のお姉さん。非番の日に姉から子守を頼まれた彼女は、仕事場であるジェイアンヌへ連れて来たのである。

「なついていたから、寂しがっちゃって」

それは修業の旅に出た、親友である教導軽巡先生の事。遊びに来てくれなくなって以降、犬耳幼児の元気がないのだ。

『職業柄、似た雰囲気を持つ同僚達。彼女達が集まる賑やかな場所なら、どうだろうか』

そう考えたのだが、姪の様子からして正解だったらしい。無表情でおとなしくしているものの、尻尾だけは揺れている。

「会えないからって泣いて騒ぐのならともかく、部屋の隅で目に涙を溜めて、じっと我慢しているのよ。あれは効くわあ」

クッションの上から、娼館の働き手達を見上げる犬耳幼児。その姿を眺めながら、人狼《ワーウルフ》のお姉さんは息を吐く。

光景を想像したのだろう。同僚達の間から、抑え気味ながらも絹を裂くような悲鳴が上がった。

「じゃあ、そろそろ帰ろうか」

残念そうな声が湧く中、胸に抱き上げソファーから立ち上がる。強く引きとめる声が出ないのは、すでに半日近く滞在していたからだろう。

『次の休憩時間まで、絶対にいてね』

名残惜しげな視線を送りつつ雛壇へ向かう、女神とも妖精とも思える容姿の女性達。その要望に数多く応えたためだ。

タイミングによっては寝ている姿しか見られなかった者もいたが、それでも不満はないらしい。

「ん？　何」

抱えたまま廊下を歩いていると、小さい手のひらがポフポフと豊かな胸を叩いて来る。視線を下げれば、物言いたげに見上げて来る視線。

「もしかして、将来はここで働きたいの？」

頷く犬耳幼児に、眉が下がる。予想以上に、娼館という職場を気に入ってくれたらしい。

「いいけれど、険しい道よ」

叔母であり将来の仕事の先輩になるかも知れない人狼《ワーウルフ》のお姉さんは、少しばかり気取った風で答えた。

『おもてなしの心と高い接客技術を持つ、容姿に優れた者しかなれない』

社会的地位と収入の高い、希望者の多い仕事だからである。

「だけどその前に、やる事があるわね」

幼過ぎる顔に浮かぶ真剣な表情が、またかわいらしく、頬を緩めつつ言葉を継ぐ。

「まずは適度に食べて程よく動き、そしてたっぷり眠って体重を増やしなさい。夢をかなえるために、とっても大切な事だから」

よくわからない様子の姪に、苦笑を浮かべ背中をさする人狼《ワーウルフ》のお姉さん。

幼児へ小さく手を振る見習いコンシェルジュに見送られながら、勝手口から帰路についたのだった。


東の国は司教座都市。そこから川に沿って北へ進む事しばし。深い渓谷の中に、断崖へ張り付くように建てられた修道院がある。

周囲に人里はない。明らかに異質な、殺伐とした雰囲気に満ちていた。

「突然お邪魔しましたのに、すぐに会っていただけるとは。真にありがとうございます」

修道院奥にある調度品の少ない院長室で、教導軽巡先生が立ったまま頭を深く下げる。

対面で椅子に座り脚を組むのは、大柄で筋肉質の老女だ。

「大した事じゃあないさ」

院長である彼女は、片手を目の前で軽く振る。

「あのゴブリン爺《じじい》の紹介とあっちゃ、会わないわけにはいかないからねえ」

王国商人ギルドのギルド長。その人物からの紹介状を手に、老女は笑う。

「随分昔だけど、大分世話になったよ」

一時期、世界ランキング一桁にいた事もあるこの老女。東の国では伝説的な人物である。

現役を引退した今は、この修道院で院長を務め、後進の指導を行なっていた。

(この修道院、噂どおりの『修業場』なのですね)

興味深そうに、ちらりと周囲に目を走らす教導軽巡先生。

『北の修道院』

それは男女を問わず厳しく鍛え上げる場として、広く知られていたのである。

「何だい？　興味があるのかい」

教導軽巡先生の様子を、昔話への関心と思ったらしい。嬉しげに言葉を続けたのは、聞いてもらいたいからだろう。

「あれはねえ、お互いに二十代の頃だよ。その頃あたしは伸び悩んでいてね、順位が頭打ちになっていたのさ」

成長の限界。自分に似た状況を聞き、自然と教導軽巡先生の重心が前へ傾く。

「今思えば、技に頼り過ぎていたんだねえ」

しみじみとした声音で口にすると、大きく息を吐いた。

「酒場で独り飲んでいるとさ、ゴブリンみたいな行商人が声を掛けて来たんだよ」

片目をつむって見せ、口の端で笑う。

「ちっこいくせに自信満々でさあ。『満足させてやるから付き合え』って言うんだよ。随分な大口を叩きやがると思ったね」

筋骨逞しい老女は、たまらくなったのか上を向いて豪快に笑う。

ゴブリンっぽいギルド長との体格差は、大人と子供以上。臆せず挑んだギルド長の勇気に、教導軽巡先生は感心した。

「気分も塞いでいたしね、身のほどを知らせてやろうと思って相手をしてやったのさ」

そこで何かを思い出したのか、ややうつむき頬を赤らめる。

「凄かったねえ、完敗だったよ」

言葉と共に熱い息が吐き出され、教導軽巡先生まで熱量が届く。

「一昼夜、一度も抜かずに責め続けられてさあ。出しても出しても、硬いままなんだよ。あの体力には、もうびっくりしたね」

公式試合なら、先に出した時点で負けである。

しかし、試合と思っていたのは老女だけ。ゴブリンっぽいギルド長の頭には、自分と相手が満足する事しかなかったのだろう。

深い皺の走った顔を両手で挟み、組んでいた脚を解いて内股になる老女。

「こっちも必死で技を放つんだけど、効果があったのは最初の三、四回。後は力でねじ伏せられちまったよ」

白い修道服の下では、太腿がこすり合わされ始めている。火照った体から濃厚なフェロモンが立ち上がり、周囲の空気をわずかに揺らめかせた。

「そうなりゃ抵抗なんて出来っこない、後はなすがままさ」

瞳と服の下を潤ませ、言葉を続ける。

「参ったって言っても聞く耳持たないんだよ。向こうは出しまくるし、こっちは溢れ返るしで、もう互いにベトベトでねえ」

話しながらも、ブルリと震える大柄な体。

「最後は二人共、スライムに食われ掛けた動物みたいになったもんさ」

一旦言葉を切ると深く息を吸い込み、熱い息を大きく吐き出す。気持ちを切り替える儀式なのか、首をぐるりと回しゴキリと音を響かせた。

「あの負けで、技以外の重要さを思い知らされてさ。こうして鍛えて来たんだよ」

白い修道服の袖をまくり腕を曲げれば、荒縄のように盛り上がる筋肉の束。

(なるほど、そうでしたか)

得心する教導軽巡先生。紹介状を書いてくれた時ギルド長は、『のっぽの嬢ちゃん』とこの院長を称したのである。分厚く鍛え上げる前の姿なのだろう。

「おかげで、ランキング一桁に名を連ねる事も出来た。ま、短い間だったけどね」

あいつのおかげだよ、と最後に付け加え、院長は話を終える。そして深みのある表情で、教導軽巡先生をしばし見つめた。

「さて、強くなるための助言が欲しいのだろう？　手助けしてやるよ」

左手を持ち上げ、指を鳴らす。その音を聞きつけたのだろう、奥の扉から男女二人が姿を現す。

「お呼びでしょうか」

年の頃は共に二十代半ば。目つきの鋭い修道士服の青年は、片膝を突き言葉を発する。

隣には同じ姿勢を取る、よく似た顔立ちの修道女。雰囲気からいって、おそらくは双子だろう。

「お前達、客人の相手をしてあげな。順番にじゃないよ、一緒にさ」

命じられた双子は揃って片眉を撥ね上げ、抗議の声を上げる。

「二人同時にですと？　院長様のお言葉ではありますが、さすがにそれは無謀というもの」

「兄も私も、すでにランキング二桁です。手加減をしそこねれば、心に傷を残しかねません」

院長は不快そうに顔をしかめ、次に双子を睨みつけると大音声で再度命じた。

「客人はねえ、舌長を倒して来ているんだ。いいからさっさと全力でやりな！」

震える空気に身をすくませる二人。顔に浮かぶのは、信じられないという思いである。

「舌長様が？」

妹が声を震わせたのも、致し方ないだろう。舌長様もこの修道院で修業を積んだ一人であり、今やランキング一桁の順位すら視界に入る、東の国のヒロインなのだから。

「まさか」

続け掛けた否定の言葉を、呑み込む兄。厳しい表情で見下ろす院長の姿に、嘘ではないと悟ったのだ。

「兄さん」

「ああ」

頷き合った二人は立ち上がり、左右に歩き距離を取る。そして一気に修道服を脱ぎ捨て、下着姿となった。

その様子に教導軽巡先生も服を脱ぎ、畳んで荷物の上へ置く。

「先ほどは失礼した」

兄の言葉と共に、妹も頭を下げる。二人の表情は厳しく、侮るような雰囲気はすでにない。

「格上とみなし、全力で挑ませてもらう」

青年が言い終えると同時に、教導軽巡先生へ走り出す双子。

「地上に描く聖なる印、大十字架《グランドクロス》！」

声を合わせ、高くジャンプしながら叫ぶ二人。天井から見れば、教導軽巡先生を中心にした十字の動きである。

次の瞬間、左右から走り寄った双子は、同時に教導軽巡先生と交錯した。

「……なるほどねえ」

若干の時が過ぎた後、大柄な老女は盛大に溜息をつく。

視線の先は教導軽巡先生、およびその背後に倒れ伏し、いまだ痙攣を続ける双子であった。

同時攻撃を図ったものの、流水のようにいなされ、各個に昇天させられたのである。

「実力を見るつもりだったんだけど、予想以上だよ」

眉間に深い皺を刻みつつ、納得しがたいような声を出す。

「だけどさ、あんたのその実力をもってして、勝てない相手なんて王国にいるのかい？」

言い終えた後、自分で答えを見つけ、顔の半分を歪める修道院長。

『オスト大陸各地で開催される、男女の技を競い合う大会』

その成績で変動するのが、世界ランキングである。

東の国は非常に重要視しているが、王国は違う。そのため無名の強者も、まれにだが存在した。

目の前の女など、その典型だろう。

「ええ、私などでは相手にならない方がおります」

薄く頬を染め、目線をそらす教導軽巡先生。院長の心は、その姿に驚愕を禁じ得ない。

（これより上なんて、世界ランキング一桁だろう？）

だがすぐに、ある考えが目を細ませる。思い当たる節があったのだ。

（そういや、死神を破った女がいたねえ。そいつがこの女の想い人《ライバル》かい？　いや、その時優勝したのも王国の女だったはず）

独り納得し、数度頷く。

教導軽巡先生が頬を染めた事に、違和感を覚えてはいない。帝国で薔薇が珍しくないように、東の国において百合の花は一般的なのだ。

実際、国民的に人気のある舌長など、熱狂的なファンのほとんどは女性である。

「わかったよ、じゃあアドバイスさせてもらおうかねえ」

身を乗り出し、顎下に手を当てる院長。頭頂から足元まで、何度か視線を往復させる。

何やら得心したように頷くと、見透かすような目つきで口を開いた。

「あんたは昔の私と逆。すべてを高いレベルでこなし、欠点らしいものはない」

だけどさ、と言葉をつなぐ。

「一撃で勝負を決めるような大技、それを持っていない。違うかい？」

ビクリと反応する教導軽巡先生。それを見て、院長はニタリと笑う。

「図星のようだねえ。いいよ、あたしの現役時代の技、それを教えてあげようじゃないか」

椅子から立ち上がる、筋骨隆々たる老女。その迫力は、教導軽巡先生をして息を呑ませるものがある。

「あんたは基礎が出来過ぎているくらいだから、すぐだろうよ。付いて来な」

そして部屋の隅にある、古びたキングサイズのベッドへと向かう。決意をこめた表情で、教導軽巡先生は後ろへと続くのだった。

　数日後、教導軽巡先生は一つの技を習得。

「うーん、ここまでかねえ。もう一個は、実戦の中で身につけるしかないよ」

　院長はそのように判断し、修業を切り上げたのである。

　教導軽巡先生にも予定があるため、残念だがそうせざるを得なかったのだ。

「覚えた方の技は、女に対しては使えない。因果なもんだねえ」

　技の名は『断頭台《だんとうだい》』。気の毒そうに口にする院長だが、教導軽巡先生は内心首を傾げるばかりである。

「ま、せいぜい頑張りな」

「ご指導、ありがとうございました」

　きっちりと深く腰を折る教導軽巡先生。その姿に目を細め、院長は言葉を加えた。

「この後はどうするんだい？　王都に帰るのかい？」

「いえ、後一ヶ所、西へ向かおうと思ってます」

　西ねえ、と不思議そうな顔をする院長。名の知れた人物が、思い浮かばなかったのである。

　まあいいさ、と頭を振り、言葉を継ぐ。

「王国に帰ったら、あのゴブリン爺《じじい》に伝えておくれ。たまには遊びに来て、あたしの相手をしろってさ」

「はい、必ず」

花のような笑顔で、頷く教導軽巡先生。こうして彼女の、東の国での修業は幕を閉じたのであった。

物語の舞台は、東の国の北の山中から西へと大きく移動する。

「聞くがいい」

帝都の宮殿にほど近い場所にある、帝国鍛冶ギルド。その騎士格納庫に全員を集め、えらの張った中年女が訓示を垂れていた。

「私は、成果を上げた者を正当に評価する。その代わり、上げられない者には容赦しない。覚悟しておけ」

すでにギルド長と副ギルド長が『職務怠慢』を理由に追放されているため、疑う者はいない。ギルド長と副は空席のまま。今は閣下と呼ばれるえらの張った中年女が、直接の指揮を執っている。

それからいく日かが過ぎたある日。

「お前はよくやった。しかし、お前は駄目だ」

執務室に呼んだ二人の一方には微笑みを、もう一方には怒りの表情を向ける閣下。

厳しい数値目標を与えた彼女は、言葉のとおり結果を出した者を上げ、出せなかった者を下げて行った。

「……やれば出来るではないか。やはり、組織に問題があったのだな」

「仰せのとおりでございます」

机の上の報告書を一読し、満足そうに頷くえらの張った中年女と、追従する側近達。

これまで一向に進展しなかった幽霊騎士《ゴーストナイト》関連の技術に、目に見える成果が現れ出したからである。

「もっと早くに、こうすべきであった」

憎々しげな表情で、ギルド長と副ギルド長を思う。無能なあいつらのせいで、どれほどの時間を浪費した事かと。

「次の円卓会議では、陛下によい結果をお知らせ出来るな」

揃って相槌を打つ側近達を見て、彼女の心は久々に軽くなったのであった。


そしてこちらは、帝国鍛冶ギルドの騎士格納庫。

そこにいる技術者達の間には、不満というより諦めの風が吹いていた。

「評価されるのは、嘘つきばかりだよな」

職場の隅で、集まるたびに出る話題。横たえられた『箱入り娘』の上に座り、いつものように愚痴をこぼし合う。

次々と与えられる、実現不可能と思わざるを得ない課題。

『申し訳ありません、達成出来ませんでした』

正直にそう答えた者達は、降格あるいは大幅減給。出世をするのは、実験結果を取り繕ったり捏造《ねつぞう》した者達だけだった。

始まりは小さな事。

『理屈ではこうなるはずなのに、何で実験結果が違うんだよ』

期限直前でも、結果が出ない。思い余ったその技術者は、自分の行ないに目をつむる。

『間違いなくこうなるのだから、ちょっとだけ数値をいじろう』

もし与えられた課題がこれだけならば、不正はこの瞬間だけで終わったかも知れない。

しかしノルマは右肩上がりで、潰れるまで上乗せされ続ける。白旗を揚げられなかったその技術者は、次も同様に、そしてより大胆に結果を書き換えた。

『俺達もやろうぜ』

実験データは個人が厳重に管理しているものの、同じ職場で働くのはいずれも専門家達である。おかしいという事にはすぐに気づく。

『あいつがやっているのなら俺も』

自分一人ではない状況は、罪の意識を薄めさせる。その後感覚が麻痺するまで、さして時間は掛からなかった。

しかし、全員がそうだったわけではない。

『結果に手を加えている者がいます。調査をお願い出来ませんでしょうか』

何人かは、上へ不正を訴えた。

しかし、それらはすべて不発。かえって告発者が、職場を追われる事態に陥っている。

その事を思い出した一人が、『箱入り娘』の頭に寄り掛かったまま頭を左右へ振った。

「何で相手に直接聞くのかな。馬鹿じゃねえの」

告発を受け取った閣下の側近達は、訴えられた者を呼び出し、直接尋ねたのである。

『このような話があるが、それは真か』

そのとおりです、などと言う者は、最初から不正などに手を染めない。

『成果を上げられない者達が、自分を妬み誹謗《ひぼう》しているのです』

適当な書類を片手に、熱弁を振るう。技術的な真贋を見極める能力のない彼らは、それを鵜呑みにして終わりだった。

『信賞必罰の原則に基づき、そなたに処分を与える』

確たる証拠なく、不要な騒ぎを起こした。そう糾弾され、不正を訴えた者達には、目標未達以上の罰が申し渡された。

離職者を出しながら、何度も繰り返されたこの手の事件。今はすでに落ち着いている。

「もう、どうでもいいか」

諦めた表情で、頷き合う技術者達。

正直者が去り、嘘の上手な者だけが浮かび上がれる職場。末端で残っているのは、何らかの事情がある者達ばかりだ。

「ここを辞めても、今よりいい条件で雇ってもらえるとは思えないからなあ」

「そうなんだよ。給料だけはいいからな、ここ」

部屋の隅で一服しながら、力なく笑う。

帝国鍛冶ギルドに勤めている彼らは、外から見れば選ばれし者達である。しかし全員が、外で戦える技術と知識を身につけて来たわけではない。

ある意味、採用された瞬間が一番のエリートだったのだ。

「そろそろ見回りが来るぞ。仕事を始めるか」

「へいへい」

「あーっ、だりい」

軽く背を丸める者、体を伸ばしてあくびをする者。それぞれの担当する場所へと、面倒そうに歩き出すのだった。


王都歓楽街の南の外れ。そこには二階屋上に庭を持つ、三階建ての建物がある。

庭森と名づけられ、小さな池まで備えた屋上の庭。今、庭で最も大きな木の根元に、体長十五センチメートルほどのダンゴムシが潜っていた。

タウロの眷属にして精霊獣、ダンゴロウである。

大地の変化に敏感な土属性の精霊獣は、最近気になる事があったので、土の中で周囲を窺っていたのだ。

『ふうん』

納得した様子のダンゴロウは、ポコリと土を割り地面へと顔を出す。

その様子に気づいたイモムシは、薬草樹の枝上から地面に向かって呼び掛けた。

『わかった？』

体長二十センチメートルほどの、アゲハ蝶の五齢幼虫そっくりの外観。同じくタウロの眷属にして、『森の賢人』とも呼ばれる精霊獣、イモスケである。

『わかんない』

下を向いたまま、しばし無言のイモスケ。説明が足りない事を理解したのだろう、ダンゴロウは続けた。

『わかんないことが、わかった』

何日か前に、大きな衝撃を感じたという。それでしばらく耳をすませていたのだが、以降は何も伝わって来ないらしい。

とくに問題はないだろう。そう判断したイモスケは小さく頷き、幹を伝って地面へと下りる。

そして地面にある秋の実りを、頭で指し示した。

『はこべる？』

『まかせて！』

頷くダンゴロウ。秋の実りを前へ弾き飛ばしながら、主の待つ部屋へと向かう。

その後ろにはイモスケが続いた。

「ほほう、これが秋の実りか」

眷属達が貢ぎ物を持って現れたので、俺は読んでいた本を脇へ置き、床を見下ろしながら言う。

ダンゴロウが運んで来たのは、数粒の栗。ちなみに今は午前中で、掃除洗濯が終わった後の、する事のない時間である。

「落ち始めたのか。じゃあ、拾いに行かなくちゃな」

イモスケの説明に頷いた俺は、この眷属筆頭にある疑問をぶつけてみた。

「ところで、ダンゴロウのこの姿は何だ？」

隣のダンゴロウは、栗のイガをヤドカリのようにかぶっている。一見すると、その姿は凶悪な魔獣のよう。

明らかに突っ込み待ちである。

「栗を運んでいたら、途中でイガが裂開《れっかい》したのか」

実を吐き出したイガを見て、ダンゴロウが思いついたのだそうだ。

「死ぬ死ぬ団の将軍として、相応しい衣装が必要だって？」

得意そうに、くるりくるりと左右へ身を回転させる栗のイガ。とりあえず、格好いいなと褒めておく。

喜んでいるようだ。

（あれのせいか）

思い当たる節はある。この間読んで聞かせた絵本、その影響に違いない。確か悪役は、棘々しい服を着ていたはず。

「死ぬ死ぬ団は、悪の秘密結社だからなあ」

言われてみれば、もっともである。俺は黄金の仮面を持っているが、副首領たるイモスケも、将軍であるダンゴロウも何も持っていない。

「じゃあ、イモスケも何か必要か？」

そう口にして腕を組むと、本人から提案。

「眼帯？」

どの絵本か、完全に特定出来てしまった。挿絵の悪人は、片目を隠して高笑いしていたのである。

「わかった、ちょっと待ってろ」

イモスケを両手に登らせ、大きさを目測。そして少し悩む。

「小さ過ぎて、俺では作れないな」

こういう時は、技術を持っている人を頼るのが一番だ。一人家を出、階段を下りると、近所の裁縫屋へ。

店にいたおばちゃんは、不思議がりながらも了承し、ルーペを片目に布地を切り出す。

（さすがプロ）

鮮やかな手つきだ。俺が自作すれば、毛羽立ったぼろ紐になるだろう。

切り終えた後は、アイロンみたいなので端部の処理をしている。

「あいよ、お待ちどう」

さして時間も掛からず完成。費用は材料代がサービスで、手間賃は料金表の一番下。

「悪いけど、決まりなんでね」

おばちゃんは、すまなさそうな口ぶりだ。あまりに小さい品のため、最低料金でも気が引けたのだろう。

「いえ、助かります。ありがとうございました」

俺は笑顔で支払い、品物を受け取る。優れた技術には、適正な対価を払ってやりたい。

部屋へ取って返し、イモスケに軽く結ぶ。

「ほれ、どんなもんだ？」

片方の眼状紋。それを隠すような形で付けられた、黒い眼帯。

気に入ったらしく、嬉しそうにダンゴロウと自慢し合っている。

「自分の姿、見てみるか？」

鏡を出してやると、二匹共その前から離れない。

眼帯と棘鎧《とげよろい》を手に入れた副首領と将軍は、どちらも飽きるまで、鏡の前で回ったりポーズを取ったり続けたのだった。


装備を整えた眷属達と共に、俺が栗拾いに出撃していた頃。

商人ギルドのギルド長室では、トップによる打ち合わせが行なわれていた。

「という事での、まだ帝国も知らんはずじゃ。じきに気がつくじゃろうがの」

議題は、『アウォークの南に大きな穴が出現し、内部にゴーレムが多数生息している』件である。

老いたゴブリンっぽい見掛けのギルド長に、サンタクロースのような副ギルド長が頷く。

「鉱物資源は欲しいところです。市場でまったく足りていませんから」

騎士の修復と建造が続いているため、鉱物資源の需要は高い。そして国の方針により、鍛冶ギルド向けが優先されていた。

「そこでの、タウロ君と老嬢《オールドレディ》に、ゴーレムを倒して回収させたいと思うんじゃ」

壁に掛けられた地図のタペストリーを見ながら、副ギルド長は眉根を寄せる。

「しかし、ランドバーンに近いですな。荒野ではありますが、大丈夫でしょうか？」

帝国は、王国商人ギルドの騎士を手に入れたがっていた。

数々の魔獣を遠距離戦で倒して来た老嬢《オールドレディ》と、帝国が言うところの幽霊騎士《ゴーストナイト》に、何らかの関連があると見ているのだろう。

実際に一度、罠に掛け持ち去ろうとしたほどである。

「北部の国籍不明騎の騒動では、ニセアカシア騎士の活躍で事なきを得ました。しかし、次にどうなるかはわかりませんぞ」

白い顎髭をなでる副ギルド長。ギルド長は大き過ぎる椅子の中で、肩と首をすくませた。

「わかってはおるのじゃが、それでもゴーレムは魅力じゃのう」

その点は、副ギルド長も同感である。

「人々の日常品を作る分すら、不足気味ですからね」

農具や工具、建築資材に鍋や釜。そのすべてが値を上げていた。

彼らが国に知らせないのも、先んじて資源を確保したかったからである。

「老嬢《オールドレディ》の機動力に期待して、危険を感じたら逃げ戻る。そういうのではどうじゃろう?」

足をぶらぶらさせながら、ギルド長はサンタクロースを見上げつつ提案。

「そうですなあ」

副ギルド長は指で髭をすきつつ考える。ギャンブルではあるが、それほど分は悪くないと。

前任と違って今の操縦士は、面子を気にして突っ込んで行くタイプではなかった。

「タウロ君にしっかり言い含め、数値目標は与えない。それならなんとか」

無理をする性格ではない。しかし数や種類など具体的な目標を与えると、頑張り過ぎるきらいがある。

そのため、事前に釘を刺しておく必要を感じたのだ。

サンタクロースの同意を得て、嬉しそうに笑うギルド長。

「では早速、具体的な策を練ろうかの」

東の格納庫にいる草食整備士を呼び出し、三人で詳細な検討を開始する。

老嬢《オールドレディ》が王都を出発しアウォークの南へと向かったのは、翌日の事だった。

ここで舞台は、王都から北北西へ。ニセアカシア国へと移動。

最近始まった、王国とニセアカシア国をつなぐ定期便。その小さなゴーレム馬車から、一人の若い女性が降り立った。

(ここが、最後の目的地)

東の国の北の修道院から西へ進み、王国北部を横断して来た教導軽巡先生である。

両手を上へ向けると白いワンピース姿のまま軽く背を伸ばし、思う。

(ギルド長のお話によれば、国王の館に向かえばわかるはず)

肩掛けの小さな鞄から、王国商人ギルドの紹介状を取り出す。

あのゴブリンに似た老人の言葉が正しければ、最強の相手がいるはずだった。

(楽しみです)

車輪のついた鞄をコトコトと引きながら、あまり平らでない石畳の上を歩き始める教導軽巡先生。

さして時間も掛からず、こぢんまりとした二階建ての館へ到着。紹介状を見せると、奥から腹の出た小柄な老人が現れ、奥へと案内してくれた。

「なるほど、なるほど」

丁重に通された奥の部屋で、国王らしき威厳の乏しい壮年男性が、紹介状を手に文面へ目を走らす。

「あなたが、王国の聖女様というわけですな」

その言葉に、頭に疑問符の浮かぶ教導軽巡先生。東の国ならともかく、王国の聖女など聞いた事がない。

しかし国王は、意に介さず話を続ける。

「あの者は欲に屈し、魔に心を乗っ取られてしまいました」

痛ましげに目を伏せ、言葉を継ぐ。

「我らに出来るのは、民草から離す事のみ。今は、この館の一室に幽閉しております」

そして、すがるような表情で教導軽巡先生を見た。

「ですが、昼夜を問わぬ揺れと唸り声に、館の者の心は休まる時がありません」

耳を澄ませば、発情期の獣のような声。足元に注意すれば、床からは確かに揺れが伝わって来る。

昼でも気がつくほどであるから、深夜はさぞかし神経に障《さわ》るだろう。

(これでは、ゆっくりと眠れませんね)

気の毒に思い、教導軽巡先生の心は痛んだ。

「どうかあの者の心を浄化し、悪魔を祓《はら》ってやって下さい」

何とぞお力添えを、と真剣な表情で壮年男性は床に片膝を突く。

小国とはいえ王だ。それが庶民に低い姿勢をとるなど、よほどの事である。

それだけ苦しみ、追い詰められているのだろう。

(聖女というのはわかりませんが)

しかし、出来うる限りの事はしよう。そう決意する教導軽巡先生だった。

快く了承してくれた姿に安堵した国王は、早速腹の出た小柄な老人に案内を命じる。

「こちらでございます」

先に立ち廊下を歩む、大臣だという先ほどの老人。奥へ進むにしたがって、唸り声と床の揺れが大きくなって行く。

「今日はご覧になるに留め、日を改めましょうか？」

ハの字形の眉の下にある気弱そうな目で、見上げながら尋ねる大臣。それへ教導軽巡先生は、頭を振って答えた。

「いえ、すぐに始めましょう」

明らかにホッとした様子で、大臣は扉に付けられた覗き窓、その蓋を上げる。

見えるのは、奥に据えられた大きなベッドと、人型の巨大な肉塊。全裸らしい肉塊は身を揺り動かし、時折呻き声を上げていた。

(あれは……人？)

詳しく観察すれば、老いてなお肥え太った女性らしい。

上背があるだけに、体積がもたらす迫力はかなりのもの。片手は脚の間に差し入れられており、激しく上下に動いていた。

「このように朝から晩まで、自らを慰め続けておりまして」

大きな溜息をつく大臣。

「最近はもう、自分では満足出来なくなったようでしてな。我らに奉仕を要求しおるのです」

たとえ同じ刺激であったとしても、人からされれば感覚が違う。情報の欲しい教導軽巡先生は、肉塊から目を離さないまま隣へと問う。

「どなたか、慰めのお手伝いに行かれたのですか？」

大臣は頭を左右へ振り、肩をすくめ息を吐く。

「ご覧下され、あの太い脚を。閉じられ挟まれでもしたら、怪我ではすまぬでしょう」

そこで一旦、言葉を切る。

「向こうは戯《たわむ》れのつもりでも、こちらにとっては命にかかわりまする」

その言葉に納得せざるを得ない。それだけの体格差が、常人と老女の間には存在するのだ。

「どうすればいいのか、もはや私共にはわかりませぬ。どうかお救い下され聖女様」

「わかりました」

聖女ではないが、一々訂正はしない。救いを求めている相手へ、それではあまりに無粋だろう。

教導軽巡先生はワンピースを一息で脱ぎ、軽く畳んで荷物の上に置く。

細身で色白の体に、同じく白の清楚な下着。その姿を目にし、大臣は思わず唾を呑み込んだ。

「室内に入ります。扉を開けて下さい」

真剣な表情で頷く小柄な腹の出た老人。腰のベルトから真鍮の鍵を取り出す。

「……今です」

小窓から、室内を覗き続ける教導軽巡先生。

小ぶりながらも形のよいヒップ、それに釘付けになっていた大臣は、指示に従い鍵を外し扉を引く。

一瞬だけ現れた隙間に、教導軽巡先生は細い体を滑り込ませたのだった。

「ウモ?」

見慣れぬ侵入者に気づいた、幽閉されている巨大な肉塊。ライトニングの妻の祖母である『大奥様』は、一旦手を止め顔を上げる。

そして教導軽巡先生と目を合わせると、ニタリといやらしい笑みを浮かべた。

「モオウ」

太く短い指を教導軽巡先生へ向け、次に自らの股間を指し示す。奉仕せよという事だろう。

指が示した先に信じられぬ物を見て、教導軽巡先生は目を見開き心に呟《つぶや》く。

(なんて大きい)

大奥様の脚の付け根に、大きく丸い果実が実っていたのである。

エルフ豆、胡桃《くるみ》、そんな生やさしいものではない。そのサイズは片手でつかみ切れないほど。

いかに巨躯の持ち主とはいえ、異常であろう。

(触り過ぎたのだわ)

悦びを得るために、長い時間いじり続けたに違いない。

「ウモオッ」

脚を大きく開いた大奥様は、腰を前後に動かし始めた。おそらく今の鳴き声は、『早く触れ』という意味。

教導軽巡先生は前へ踏み出し、両側の太腿に注意を払いながら果実へ触れた。

(今、脚を閉じられたら、大変な事になるわね)

いつでも下がれる体勢を取りつつ、伸ばした右手の感触を確認。それは予想を大きく上回るものだった。

(硬い)

言うなればココナッツ。頑丈な殻で覆われ、中身を外界から守っている。

教導軽巡先生は片手でなでまわしつつ、大奥様の顔を窺う。何の刺激にもなっていないらしく、肥えた老婆は不満そうに口を曲げていた。

「ウモオッ、ウモオッ」

催促なのだろう、苛立たしげに足を踏み鳴らし、家具が震える。

(手荒な事は好みませんが、普通に触ったのでは効果がないでしょう)

意を決した教導軽巡先生は、揺れに足を取られないよう注意しつつ拳を握りココナッツを叩く。

しかし大奥様は、地団太を踏むのをやめない。

(この程度では、物足りないのだわ)

あまりに高い防御力に恐れすら覚えつつ、次第に力を強めて行く教導軽巡先生。それはいつしか、体重の乗った左右の連打となった。

「モオウ、モオウ」

両側で床を蹴っていた足が止まり、大奥様は頷く。その様子はまるで、『そうだ、そうやるんだ』と言っているかのよう。

(ここまでしないと、効果がありませんか)

両拳を目の高さに構え、踏み込み腕を伸ばす。太腿に挟まれるのを警戒し、ココナッツを打った後はバックステップで下がる。

「フモッ！　フムモッ！」

一撃ごとに漏れる、甘い呻き。

教導軽巡先生の拳は、荒くはあっても雑ではない。確実に悦びを与えていたのである。

(おお、さすがは聖女様)

扉に付けられた小窓から覗き見る大臣は、心地よさそうに目を細める肉塊の姿に、感嘆を禁じ得ない。

しかし教導軽巡先生の心に、明るさはなかった。

(次の手が思い浮かびません。とりあえず今の作業を繰り返し、満足してもらうしかないでしょう)

一時的にはおとなしくなるだろう。だが幸せを求める気持ちに限りはない。

また欲しくなり、いじくり呻き、体を揺らし始めるはず。根本的な解決とは、とても言えなかった。

(ですが、今出来るのはこれだけ)

分厚い装甲を撃ち抜き、破壊出来る火力。それがあれば、話は違って来るだろう。

だが彼女の細い体には、そのような力はない。鋭いステップで前後に移動しつつ、精一杯体重を乗せて打撃を放つだけだ。

「フモオッ！」

左を引く力を利用して右を繰り出し、右を引き戻しつつ次は左を出す。

左右の拳に交互に殴られ、えぐられるココナッツ。そこから脳へと送られて行く刺激が、大奥様には心地いい。

「フモオオオオッ！」

巨大な肉塊は顎を挙げ、両足先を宙に浮かして大きく震える。

ココナッツ下の巨大ハマグリが粘液を噴き出すも、教導軽巡先生はサイドへステップし避けた。

(まずは一区切り)

喰いつかんとするかのように、うごめくハマグリ。それから目を離さず、額の汗を腕で拭う。

ゆっくりと呼吸を整えつつ、目の前に聳える巨大な肉塊を仰ぎ見た。

「……モオウ」

目を閉じ悦びを満喫していた大奥様だが、唐突に目を開き体を起こすと、教導軽巡先生を眺めやる。

(何でしょう?)

小さくつぶらな瞳には、敵意も害意も浮かんでいない。真意を測りかね、教導軽巡先生も見つめ返す。

「ウモッ」

大奥様は大きな笑みを浮かべると、おもむろに立ち上がり、座っていたベッドを軽々と持ち上げた。

(一体何を?)

行動の意味がわからず、見つめ続ける教導軽巡先生。だがそれは、大奥様の次の行動で理解した。

(私を逃がさないつもりですね)

教導軽巡先生が入って来た、この部屋に一つしかない扉。その前にベッドを置くと、そこに腰を下ろしたのである。

教導軽巡先生の与える刺激が、大変お気に召したに違いない。

「ブモッ」

機嫌よく笑いながら、教導軽巡先生に手を伸ばす。それを下がりつつ避けながら、この行動の意味を考えた。

「ブモ?」

小首を傾げながら再度伸ばされる、太く短い指の生えた手。その姿に、やはり悪感情は見られない。

大奥様は教導軽巡先生と視線を合わせ、ニタニタ笑いながら中指を動かしてみせた。

(もしかして)

直感が、大奥様の意図を悟らせる。あくまで想像でしかないが、間違いないだろう。

(お礼に、私を満足させようというのですか)

相手にも伝わったのだろうか。笑みを大きくした大奥様は、もう一度右手を伸ばし、教導軽巡先生を捕まえようとする。

伸ばされた手を払いのけた教導軽巡先生は、最大限の警戒をしながら後退。

(あのようなもの、迎え入れるわけにはいきません)

グニグニと伸縮を繰り返す、極太で短い中指。その動きはあまりに荒々しい。

大奥様は、自分の好意が伝わらぬのを不思議に思ったようだ。きょとんとした表情で、教導軽巡先生を見つめている。

次に顔をぐいっと突き出し、臭いをかぐように鼻の穴を小刻みに開閉。そして納得いったとばかりに、顔中に笑みを浮かべた。

「ブモウ?」

突き出された右手。中指に加え、今度は親指もうごめかす。

「違います!」

その意味を瞬時に理解した教導軽巡先生は、顔を真っ赤にし強い言葉で言い返した。

『お前、後ろもいけるんだな』

大奥様の示したサインは、そのような意味だったのである。

「ゲッゲッゲッ」

必死に否定する姿を眺めながら、身を仰け反らせて大笑いする大奥様。

笑みを収めると穴が開くほどこちらを見つめ、納得の色をつぶらな瞳に浮かべる。そして大きな口を下品に歪め、親指を先ほどより激しく動かし始めた。

『隠すなよ。大好きなんだろう？』

込められた意味を理解し、顔へさらに朱が指す教導軽巡先生。大奥様を睨みつけながらも、心の中には驚愕が広がっていた。

(見抜かれてしまいました。この女性、心を失っていますが、もとはかなりの使い手ですね)

達人、そう言ってよい領域にいたはず。でなければこのような短時間で、隠していた資質を看破されるはずがない。

(ですが、認めるわけにはいきません。私は、そこでの悦びを封印したのです)

厳しい表情で、周囲を見回す教導軽巡先生。

とりあえず大奥様は落ち着かせたが、出入口は封鎖されている。退路を確保しておきたいと周囲へ目を走らせた。

「ブモオッ」

突如指を止め、大きく一声鳴く大奥様。

「ウモウ、ウモウ」

切なげな声音を繰り返すと、再度大きく脚を開き、腰を浮かせ波打たせる。それが示している事は明確だった。

（そんな、もう次を求めているの？）

先ほど満足したばかりのはず。そう思うも、目の前の現実は変わらない。

「ウモオッ、ウモオッ」

苛立たしげに足を踏み鳴らし始めている。早くしろ、という意思が強く伝わって来た。

（仕方がありません。鎮めなくては）

再び始まる、教導軽巡先生の拳の舞い。それは先ほど以上に大奥様を甘く鳴かせるが、教導軽巡先生の心に焦りが広がって行く。

（満足させても、すぐにまた次が来るでしょう。何とかしなくては）

それはまるで、寄せては返す砂浜を洗う波のよう。問題解決は糸口すら見つからず、この部屋から脱出する事も難しい。

（ふう）

大奥様の好みを把握しつつあるため、先ほどより短時間で落ち着かせる事が出来た。しかし大奥様の底知れぬ欲望は、少しの間を置き『おかわり』を要求する。

「ウモウ、ウモウ」

再び繰り返される、鎮めの儀式。

（このままでは、いけません）

作業自体は難しくないが、力が要る。そしてココナッツの装甲は厚く、自分の火力では打ち砕けない。

体力は削られつつあり、早晩力尽きるのは確実だった。

（私が倒れれば、あの指が入って来るでしょう）

おかわりを要求し続ける大奥様。もし教導軽巡先生が倒れれば、どうするか。

奉仕要員を立ち上がらせるため、いじくり回すに違いない。そしてその最初の行為が、二本の太い指の侵入だ。

（駄目です。絶対に駄目）

絶望を感じつつ、拳を振るい続ける教導軽巡先生。

（大きくて重い。ただそれだけなのに、これほど手強いなんて）

今のところ、大奥様は技を放って来てはいない。

鋭い嗅覚で教導軽巡先生の資質を見抜きはしたものの、追い詰めているのは体の大きさと重さ、それに欲の強さだ。

（体格と重量。やはりこれが、強さの条件なのでしょうか）

自然界の摂理ではある。それがすべてに適用されるなら、自分は間違いなく弱者だ。

体格、各部のサイズ、いずれも恵まれてはいない。だがそこで、ある人物の姿が思い浮かぶ。

（いえ、強さの条件の一つではありますが、すべてではありません）

ドクタースライムこと、タウロだ。自分と同じように、体格に特筆すべきものはない。

（技と知恵、それがあれば体格差を覆す事だって出来ます。タウロ様は、それを証明してくれました）

教導軽巡先生の双眸に、強い光が灯る。

（私も、続かせていただきます）

これまで以上に注意を払い、拳で打撃を加えて行く。しかし心の力は戻ったが、消耗した体力は返って来ない。

次第に追い込まれて行くのは、避けようがなかった。

(腕が、もう腕が上がりません)

どれくらいの時が流れただろうか。筋力が底をつき、体に力が入らない。思わず大奥様の指に目が行き、心が折れそうになる。

追い込まれたその時、眼前のココナッツに浮かんだのは光の筋。

(えっ?)

わからぬままに、ココナッツを打つ。その時、唐突に理解した。

(院長様のおっしゃていたのは、これの事なのだわ!)

身につけようと努力し、果たせなかったもう一つの技。

その名は『見切り』。

教えのとおりなら、この光の筋は弱点を示しているはず。

教導軽巡先生は知らないが、これはタウロの『魔眼』、ライトニングの『眼力』、それに類する力であった。

(ふっ!)

再度、確認のため拳を放つ。

「ブモオオオオッ!」

自分の筋力は弱って来ているはずなのに、その効果は劇的だった。

（行けます！）

強固な殻に覆われ、あらゆる物理攻撃を撥ね返し続けた最強の鎧。その攻略に光明が見えたのである。

「ここです！」

「グモアッ！」

沸き立つ気力が、新たな力を得た興奮が、教導軽巡先生の体に力を注ぎ込む。先ほどの、目の光を弱めつつあった彼女ではない。

「そしてここ！」

「ムオウ！」

容赦のない左右の連打が、ココナッツを打ちのめす。慰めとは違う感覚に、大奥様の本能が警告を発した。

（ボスノ座ガ、奪ワレル）

これまでは、下っ端による群れのボスへの奉仕。しかし今は違う。これは明らかな挑戦である。

燃え上がった野性の闘争心が、大奥様を突き動かす。

「ウモオオオオオッ！」

雄たけびを上げつつ、勢いよく太腿を閉じる。

こうなるのを予期していた教導軽巡先生は、余裕を持って飛びずさった。

「ウムオアッ！」

立ち上がり、こしゃくな小者を睨みつけた大奥様は、丸太のように太い腕を振り反撃を開始。

しかし小者は、身をひるがえしてこれを回避。逆にふところに飛び込んで来ては、ココナッツに拳を叩き込んで行く。

「グモッ！　グモアッ！　グムオアッ！」

華麗なステップで、右へ左へと位置を変える教導軽巡先生。踏み込みと体のひねりで、体重の乗った打撃を重ねて行く。

一撃ごとにココナッツは実を震わせ、限界が近い事を如実に示していた。

「何という事、これが聖女様のお力なのか」

感嘆の声を漏らす、小窓から覗いていた大臣。大奥様が扉前のベッドから移動した事で、巨体によって塞がれていた視界が戻ったのである。

戦う姿は、見るからに圧倒的。その戦いぶりに、小柄で腹だけ出た老人はすっかり魅了されていた。

しかし当の教導軽巡先生には、必ずしも余裕があるわけではない。

（一撃でも貰えば、終わりですね）

それが大奥様との地力の差。

『巨躯から来る耐久力と、一振りで致命傷を与え得る筋力』

対して自分は、一度たりとも攻撃を受けずに、耐久力を削り取らねばならない。

「危ない！」

大臣が叫んだのは、これまで腕による攻撃だけだった肉塊が、突如として前蹴りを放ったからである。

ステップを踏んで避ける柳腰の女性だが、大臣にはギリギリだったように見えた。

「聖女様！」

次なる蹴りと平手打ちの同時攻撃に、張り付いている小窓から大声を出す大臣。

体勢が悪く力は入っていないが、大奥様の重量と筋力は、それをカバーして余りある。当たれば教導軽巡先生の細い体など、くの字に折れて壁へ飛ばされるだろう。

（……お待ちしてました）

身を沈ませ、平手打ちに空を切らせる教導軽巡先生。前蹴りは、体を横に振り長い髪に触れさせるだけでかわす。

紙一重の様子に拳をきつく握る大臣だが、彼は気づいていなかった。教導軽巡先生の瞳は、千載一遇の機会に輝いていたのである。

（ふっ）

放たれたのは、床を這う一振り。

肘を折りたたんだまま送り出された拳は、急角度で上昇、真下からココナッツの芯を穿《うが》つ。

それは、足を振り上げた今しか打ち込めない位置だった。

（内側へ、えぐり込むように）

基本に忠実に、床を踏みしめ腕を振り切る教導軽巡先生。

威力は高いが、射程の短いアッパーカット。彼女はココナッツががら空きになるのを、待ち続けていたのだ。

「クオオオオッ！」

館を揺らす、ドラゴンのような叫び。前蹴りを放った後の戻りと重なり、アッパーカットがカウンターで入ったのである。

当然ながら、教導軽巡先生にミスはない。タイミングは完璧であった。

「沈みなさい！」

拳に伝わる、ココナッツの装甲が割れ砕ける感触。

直後、炸裂音と共に、ココナッツの不可視の殻は飛び散った。そして中から現れたのは、皮を剥かれた瑞々しくも大きな桃。

「決まりです」

その桃を、鷲づかみにする教導軽巡先生。

脚の付け根へ実った、半世紀ぶりに新鮮さを取り戻した桃である。そこを握られ、大奥様はさらに絶叫した。

「成敗」

握り潰すように、指を立て力を込める。

大奥様は水風船が破裂するように大噴火を起こし、教導軽巡先生を頭からびしょ濡れに。そしてしばらく痙攣を続けた後、ついに動きを停止した。

「終わりました」

濡れ髪を掻き上げつつ、穏やかな表情で振り返る教導軽巡先生。その姿に大臣は言葉が出ない。

「すでにここは、十代の乙女と変わりありません。責めれば、どなたでも満足させて上げられるでしょう」

タウロがエルフに施した胡桃割り、それを遥かに上回る荒療治であろう。あちらは柔らかく茹で上げた後に皮を剥いたのだが、こちらは割り砕いたのだから。

股間の鎧を失い触覚的に丸裸となった大奥様は、今やそよ風にさえ反応する。

「……どなたでも、ですかの」

自分が担当をする事を想像し、嫌そうな表情を作る大臣だが、すぐにその表情を引っ込める。教導軽巡先生への失礼に当たると考えたのだろう。

扉を開き、来た時の数倍丁重な態度で謁見室へと先導する。

『王国の聖女、素手で魔人を倒す』

ニセアカシア国に、ライトニングに続く伝説が生まれた瞬間であった。


王都の中央広場から、東へ延びる大通り。この両側には一階を店にした二階建ての家々が建ち並び、『商店街』と呼ばれている。

時刻は深夜、灯っているのは街灯だけで、開いている店も通る人もない。しかし連なる屋根の上には、星が瞬く空を背景に伝い走る人影があった。

(しくじった)

その人影、身のこなし軽やかな若い女性は足を止めずに振り返り、街路を見下ろし舌を打つ。

王立魔法学院からエリクサーを盗もうとしたのだが、建物に侵入しようとしたところで発覚。辛うじて敷地から外へ出たものの、大勢の衛兵に追われていたのである。

(こんな仕事、請けるべきじゃなかったね)

金がないせいで、頭が鈍くなっていたのだろう。自らを嘲笑う気持ちが湧き上がり、口元が歪む。

『あらゆる病気、怪我、状態異常を治し、寿命をも伸ばす』

そう言われるエリクサーは、これまで昔話の中にしか存在していなかった霊薬。自分のような冒険者崩れが、かすめ取れるような緩い警備のはずがなかったのだ。

それでも請けてしまったのは、今日の飯にも事欠くようになったため。

(捕まえる側に立った事もあるのに、今じゃこっちが追われる身かよ)

自嘲が苦笑へ変化したのは、一風変わった捕物を思い出したからであろう。

『街を歩く女性から、下着を数瞬で奪い走り去る』

一時期王都を騒がせた、怪事件。その囮役を務めたのである。

穿き慣れないデニム地のミニスカートへ着替えさせられ、街中を歩かされた事。背後から地を這うように襲い掛かって来た鼻の大きなおっさんを、太腿で締め上げ気を失わせた事。

どちらも恥ずかしい思い出だが、一番は穿いていた下着を証拠品として没収された事だ。

(五日は替えていなかったはず)

冒険者としての採取の依頼。それで野宿が続き、どうせズボン姿だからと横着していたのである。

きっとひどく汚れていて、臭いもきつかったに違いない。

(家へ戻ってシャワーを浴び、着替えて来るって言ったんだけどなあ)

だが依頼側は頑として認めず、即座の出動を要求。押し切られる形で従ったのだ。

『なぜそれほど急ぐのか』

当時はそう思ったが、譲れない理由があったのだろう。何しろ街へ出てすぐ、下着泥棒が現れたのだから。

『机の上に、女の臭いを放つ中央が黄ばんだ布の塊りを置き、それを皆の前で丁寧に広げ始める調査員』

想像したせいで熱くなった頬を、夜風が冷やす。だが次の瞬間、熱気は冷気によって消し飛んだ。

（嘘だろ！）

羞恥心が、足元への注意をおろそかにさせたのだろうか。

岩に変化した粘土の塊りを、薄く割った板。屋根を葺《ふ》いていたスレート板が、踏むと同時に割れ砕けたのである。

（滑る）

傾斜に沿って、横へ流れる足先。踏み止まれない彼女の体は、屋根の先から宙へと舞う。

（ぐっ）

何とか足から、街路の石畳への着地に成功。幸いな事に、骨が折れたり腱が切れたりはない。

しかし受けた衝撃は大きく、大通りから路地へ這いずるのが精一杯だった。

（体が動くようになるまでの時間が欲しい。今だけでいいから、気づかずに通り過ぎてくれ。

複数の足音が騒がしく聞こえて来るものの、衛兵の姿はまだ見えない。積み上げられた木箱の陰で強く願う、元冒険者の若い女性であった。

ほぼ同じ時間の同じ場所を、ダラダラと歩く三十路の男。

（あーっ、疲れた）

俺である。

本日の仕事は、商人ギルドの騎士である老嬢《オールドレディ》を駆っての街道パトロール。予定では日が落ちる前に帰れるはずだったのだが、最後の最後にムカデのような魔獣と遭遇し、時間を取られてしまったのだ。

あっさり倒せなかった原因は、至近距離で受けた奇襲に尽きるだろう。

(接近戦は駄目なんだってば)

思い出し肩をすくめ、口を曲げる。

『相手がこちらを見つけていない状況で、反撃が届かない位置から一方的に攻撃する』

これが俺の持ち味なのだが、先手を取られてひどい目に遭ったのだ。

『老嬢《オールドレディ》の拳二つ分はあるムカデの頭が、ふくらはぎに喰らい付いて牙を立てる』

過去に近しい記憶を探せば、釘を踏んだ時だろう。

(痛かったなあ)

板から突き出し上を向いていた太い錆び釘が、サンダルをやすやすと貫通して肉に深々と刺さる。

それとほぼ同じ感覚に、騎士と痛覚が同調している俺は操縦席で絶叫。

直後、ゼロ距離射撃でムカデの体を吹き飛ばしたものの、頭は生きていて離れない。後続の二匹を倒し終えるまで、泣きながら戦ったのだ。

(うん?)

何やら背後の上の方からガシャガシャという音が聞こえ、顔を向ければ、屋根を走る人影が見える。

だが街灯と星の光しかないので、それ以上はわからない。

(よくないなあ)

眉の間に縦皺が寄ったのは、前世で建築の仕事についていたからだ。

見た目はどうあれ、防水とは繊細なもの。底の柔らかな靴でやさしく歩かねば、傷んでしまうだろう。

(あーあ、お気の毒に)

屋根材の割れる音に、肩をすくめ思う。

『雨が漏ったせいで、見えない場所にカビが湧く』

『うろこ状に重ねられたスレート板の、途中の数枚だけを交換』

被害の性質の悪さと修繕の苦労が、身に染みてわかるからだ。

一方、破片と共に落ちて来た人影は、石畳に両手両脚を突いたまま動かない。着地をきれいに決めたので心配しなかったが、それなりのダメージは受けたようである。

(女の人か)

街頭に照らし出されている姿から見て、二十代半ばくらい。やがて四つん這いでよろよろと、日を嫌う虫のように光の円から這い出て行く。

向かう先は、店と店の間の細い路地だ。

(しかし、一体なんだ?)

左右へ揺れる充実した尻。それを眺めながら首を傾げる。

目が合った気がしないので、俺に気づいてはいないだろう。街灯の光の外にいるため、暗くて見えなかったのかも知れない。

(おっ?)

だがすぐに俺の関心は、近づいて来る複数の足音へと向けられた。

目を向ければ、槍を手にした小走りの衛兵達。落ちて来た若い女性を捜していると見て、間違いないだろう。

『たった一人の女性を追う、武装した険しい雰囲気の男達』

もしこれがゲームの出だしなら、『女性の味方をする』以外の選択肢は与えられないだろう。かくまう、もしくは守って戦い、そこから巨悪を倒し世界を救う冒険が始まるのだ。

「あそこです」

しかし俺に、そのようなものは必要ない。治安を守るべく日々頑張る衛兵の一人と目を合わせ、しっかりと腕を伸ばし路地を指し示す。

「ご協力、感謝します！」

敬礼をしたおっさんは、仲間達と頷き合う。二手に分かれたのは、裏の逃げ道を潰すためだろう。

「畜生！　離せ、このスケベ」

ほどなく上がる、ハスキー気味の女性の声。続いてロープで縛られ盾に寝かせられた女性が、四人掛かりで運び出されて来た。

(……まあいいか)

どこかで会ったような気が、しないでもない。しかし頭の中の『重要人物リスト』に載っていないので、流してしまっても構わないだろう。

(俺の出会いも冒険も、ここにはないからな)

食い込んだロープで強調された胸へ、目をやりながら思う。

あるのはこの道の向こう、中央広場を越えた先にある歓楽街だ。そこには様々なタイプの見目麗き女性達が、客という冒険者を癒す、あるいは戦うために待っている。

(さて、今日はどこにするかだな)

こちらへ頭を下げながら、引き返して行く衛兵の集団。その姿を見やりながら思う。

主だった娼館の営業は、昼の正午から夜の正午まで。今開いているのは、深夜から朝に特化している店だ。

あまり訪れた事がないので、知識が足りない。

(行き当たりばったりでいいか)

明日も魔獣退治の仕事がある。眠る時間を考えるなら、迷っている暇はない。

『疲れているなら、家へ帰ってさっさと寝ろ』

そう思われる方もいるだろう。俺自身、まったくもってそのとおりだと思う。

しかし、『疲れている』からこそなのだ。

(ガチガチなんだよなあ)

暗いせいで助かっているが、ズボンの前はパンパンだ。理由はわからないが、疲労が一線を越えるとこうなってしまうのである。

ならば使わねば勿体ない。ついでに髪の毛から爪先まできれいに洗ってもらえば、風呂に入る手間が省ける。

実際俺は、この世界に来てから風呂いらずだ。毎日何度も入浴しているのだから、当然であろう。

(大人な女性で、やさしく世話をしてくれるタイプにするか)

頭の中にある地図を眺めつつ、深夜営業の店がありそうな路地を探す俺であった。

そして数日後。歓楽街の奥まった一角で、俺は軽くエールを飲む。

ここは『援助交際喫茶店ベルトーク』。だが娼館に重きを置く俺は、ここで相手を探したりなどしない。

目当てはここのオーナー、カウンターにいるおばちゃんだ。彼女との会話を楽しみに来たのである。

「エリクサー狙いの泥棒ですか」

カウンターの上に置かれた小皿から、ナッツを手に取り口へ運びつつオウム返しをする俺。

何でも先日、王立魔法学院に賊が入ったらしい。ただし盗む事は出来ず、逃げる途中で捕らえられたそうである。

(屋根から落ちたハスキーボイスだな)

心当たりがあった俺は、少し前の深夜の出来事を告げる。おばちゃんは、素焼きの木の実へ手を伸ばしつつ頷いた。

「それぞれ。賊は若い女だっていうから、間違いないね」

動機は金。元は冒険者だったものの、街道の安全性が高まった事で仕事がなくなっていたという。

「街の景気自体はいいのだから、何かありそうな気がしますけどね」

腕を組み渋面を作る俺へ、肩をすくめ口を開くおばちゃん。

「プライドが邪魔したのじゃないかねえ。手持ちの経験や技術を生かせる仕事でなければ、一番下から再出発だろう?」

わからないではない。キャリアのアップやキープには、『実績を引っ下げて同業から移籍』、あるいは『是非にと招かれた』などの相応の根拠が必要なのだ。

（だけどなあ、泥棒ってリスクが高過ぎやしないか）

毎回サイコロを振るようなものだ。出目が悪ければ牢屋行き、押し入った先で殺される可能性だってある。

それを避けるには、『一回だけ大勝負をして、勝ったら二度とやらない』しかないだろう。

「人に頭を下げず遊んで暮らす。エリクサーを売れば、それだけの大金が手に入るって事ですか」

俺が言うと、今度はおばちゃんの顔が渋くなる。

「エリクサーなんて、冒険者崩れがさばけるような物じゃないよ。絶対に足がついちまう」

言われてみれば、そのとおり。有名美術館の看板作品と同じであろう。

ならば、報酬を準備出来る依頼主がいたという事だ。俺と同じ事を衛兵達も考えたらしく、『それは誰だ』と連日尋問が続いているらしい。

「すぐに白状したみたいなんだけれど、内容が薄くて、嘘か真か判じかねているらしいね」

言葉を継ぐおばちゃん。出入りの衛兵から聞いたらしい。

ちなみにおばちゃんの見解は、『真』。使い捨ての駒相手に、身分を明かしたりするはずがないとの事だ。

俺もまったく同意見である。

「確証が欲しくて、中級娼館の売れっ子を呼ぶ事になったそうだよ。暇している衛兵がいないのが、その証拠さね」

言葉はさらに続くが、意味がわからない。俺の反応の鈍さに、世慣れないおぼっちゃまを見るような目をするおばちゃん。

「女向け娼館から男が来るのさ。こいつの責めを受けても言う事が変わらなければ、これ以上は知らないと言い切れる」

下の口は、上の口より嘘をつけない。という事らしい。

「衛兵がいないのは、それが今夜だからだよ。見回り当番以外は、見学に行っちまっている」

交代した後、店で女性を眺めながら飲む衛兵は多い。しかし見回せば、今夜は確かにいなかった。

『男を磨く参考としたい』

それが表向きの理由らしいが、魅力ある見世物でもあるのだろう。

「気が狂いそうになるまで、焦らしに焦らすそうだよ。怖いけれど、見てみたくもあるねえ」

下品な笑みを、口の端に浮かべるおばちゃん。俺はそれへ、頭を縦に強く深く振ったのだった。

第三章　大穴

アウォーク南の荒野を、砂煙を上げて疾走するB級騎士。

脚部からの風魔法でホバー移動するその姿は、王国商人ギルドの老嬢《オールドレディ》である。

(大きな穴と、ゴーレムねえ)

操縦席に座る俺は、今日の仕事について考えを巡らす。

ゴブリン爺ちゃんことギルド長から指示されたのは、ストーンゴーレム狩り。

何でもアウォークの南方で、地面が広範囲に陥没したという。そしてそこには、ストーンゴーレムが多くいるらしい。

(確かに、鉱物資源は不足しているからなあ)

ストーンゴーレムとは、騎士ほどの大きさの人型の魔獣。その力は強く、倒すにはB級騎士が必要だろう。

だが同時に、貴重な鉱物資源の塊でもあるのだ。

そして脳裏に浮かぶのは、命じた後、俺の袖を引くゴブリン爺ちゃんの姿。

『この事はの、まだ国も騎士団も知らん。内緒じゃぞ』

了解の声を発する俺を見上げつつ、言葉を続ける。

『知られたら独占されて、こっちまで資源が回って来んからの』

そして片目を閉じ、いたずらっぽく笑ったのだ。

（しかしそんな情報、どうやって手に入れたんだ）

地面から顔を出す大岩を、パラレルターンで気持ちよくかわしつつ考える。

耳が早いのは知っていた。しかしこの荒地には人など住んでおらず、近くに街道もない。

ギルド所属の商人からの情報とは、とても思えなかったのだ。

（もしかして、本当にゴブリンなのでは）

しかも王様。

世界中に生息する民に命じ、様々な事象を報告させている。だからこそ情報は誰よりも早く、そして正確なのではないだろうか。

（いや、そんなはずはない）

あり得ない話のはずだが、一瞬、信じてしまいそうになった。

頭を振って妙な妄想を打ち払い、多少の段差はジャンプで乗り越え、S字の軌道で岩を避けつつ南へと向かう。

そしてほどなく、目的地へ到着した。

「うーむ」

アウォークの南に広がる荒野は、乾燥し木どころか草さえ生えない不毛の地である。

露出した岩盤の上に、礫と砂が堆積しただけの風景。そのはずだったのだが、今そこには巨大な穴が口を開けていた。

「これは……、凄いものだな」

眼下の風景に圧倒され、声を漏らす。

今いるのは、大穴を南に望む岩山の頂《いただき》。老嬢《オールドレディ》はよじ登った後、身を隠すよう岩陰で腹ばいになっている。

そして視界いっぱいに広がるのは、文字どおり大きな穴だ。地表部の直径は、おおよそだが千メートルはあるだろう。

底へ行くにしたがい渦巻状にすぼまる形は、まるで露天掘りされた鉱山のよう。直径から見て、深さも五百メートルはあるに違いない。

「大自然の驚異」

腕を組み、うんうんと頷く俺だが、心には少しばかり冷たい汗を掻いている。

（ここって前に、地獄蜂《ヘルダイバー》の巣があった所だよな）

代わり映えのしない、殺風景な風景。それが続くためわかりにくいが、間違いない。

地中に巣を作った地獄蜂《ヘルダイバー》を掃討し、Cランク魔法の発動実験を行なった場所である。

（俺のせいか？　これは大自然の驚異ではなく、俺個人による自然破壊なのか？）

あの時の実験は失敗。発動したCランク魔法の魔力量の多さに老嬢《オールドレディ》が耐え切れず、破裂寸前の状態へと陥ったのだ。

（うっ）

感覚を思い出して、怖気が立つ。

俺は魔力操作のレベルが高過ぎて、騎士と感覚を共有してしまう。そのため爆発寸前のカエルの気持ちを、実感として味わってしまったのだ。

『魔力を杖《ライフル》へ込め、真下に向かって光の矢《マジックミサイル》を放つ』

勿論全力。すべては死ぬのを避けるためである。

（しかし、こんなに大きな穴ではなかったはず）

あの時、地中に出来あがった蟻地獄の巣は、直径にして二百メートルあったかどうか。天蓋もちゃんとあり、このような青天井ではない。

（もしかして、あいつらのせいか）

露天掘り鉱山の壁面にある、ゆるやかな坂道。そこを無数の粘土《クレイ》ゴーレムがうろついていた。

何をしているかと思えば、手で壁を殴り、破片を口に入れている。これが繰り返される事で、空間が広がって行ったに違いない。

大きくなり過ぎた空間は天井を支え切れず、地表を大陥没させたのだろう。

（きっとそうだ、俺のせいではない）

あったとしても、ゴーレムの巣になりそうな空間を作ってしまった程度。そう思う事にし、再度、隅々まで目を走らせる。

眼下に広がる、すり鉢状の大空間。クレイゴーレムは浅い位置に多く、下に行くほどストーンゴーレムの割合が増していた。

（これは欲しがるわけだ）

鉱物資源の不足している王国なら、喉から出て来た手でつかみ掛かるだろう。

俺は老嬢《オールドレディ》の頭を振り、周囲の様子に気を配る。

「俺達以外いないようだし、始めるか」

老嬢《オールドレディ》に話し掛けるよう、ポンポンと椅子の肘掛を叩く。しかし具体的な手順を考えると、予想外に難しい。

（ゴーレムの数が、考えていたより遥かに多い。倒すのはともかく、回収するのは厳しいぞ）

これほど多くなければ、話は簡単。

遠距離攻撃魔法で撃ち倒し、アウォーク方面の森まで引きずって行くだけである。そこに置けば、後から来た回収班が持って行く手はずだ。

後はこれを数度、繰り返せばよい。

しかし現状、ストーンゴーレムがいるのは下の層。狙撃で破壊しても、クレイゴーレムの群れに邪魔され近寄れない。

（近接戦闘じゃ、クレイゴーレムにも負けるからなあ）

老嬢《オールドレディ》と痛みを共有する俺に、格闘戦など無理である。もっと格下のウッドゴーレムでも嫌だ。

（遠距離から撃ちまくって、クレイゴーレムを排除するか？　しかし手前側は死角、何度か場所を変える必用があるぞ）

最適な場所、一方的に攻撃出来て、不意打ちされたりしない地形。それを求めて、周囲を見回す老嬢《オールドレディ》。

（ん？）

その時視界の右隅に、何かが見えた気がした。

そちらに老嬢《オールドレディ》の顔を向け、光学補正魔法陣を起動。倍率を上げ映像を確認する。

（あれは、騎士？）

思わず声を殺す。

距離は遠いが間違いない。北西から数騎、こちらへ向かって歩いている。

騎影が上下するたびに、足元から砂煙が横方向に吹き流されていた。

(方角から言って、帝国か？)

相手に見つからないよう、老嬢《オールドレディ》の姿勢を張り付くように低くする。

それから待つ事しばし。姿を見せたのは三騎の騎士だった。

(……死神だ)

B級が二騎を従える、あのひょろりとしつつも凶悪な力強さを持つフォルム。

『帝国鍛冶ギルド騎士年鑑』で、何度も目にしたA級騎士。見間違えようはずがない。

騎乗するのは、騎士と同じ二つ名の操縦士。この組み合わせは帝国屈指、オスト大陸でも有数の戦闘力を誇ると言われている。

(爆発着底お姉様に敗れ、マゾヒズムに目覚めてしまったけどな)

聖都で行なわれた神前試合は、手に汗握る名勝負であった。

これで爆発着底お姉様は人気爆発。そのためつい勘違いしてしまうが、優勝はしていない。

次の試合でライトニングと引き分けているので、その座はクールさんの手に渡っている。

(だけどクールさんの試合って、あまり印象に残っていないんだよなあ)

すべての試合で、危なげなく勝ち進んだためだろう。爆発着底お姉様の方が有名なのも、この辺りが理由と思われた。

(ギルド長には悪いけれど、死神が来たんじゃ無理だ)

聖都での神前試合から意識を戻し、今後について考える。

鉱物資源を手に入れるために、自分の命を懸ける気はない。ストーンゴーレムの確保は、諦めるべきだろう。

それに何より、帝国とは休戦協定を結んでいるのだ。

(何しに来たのか、報告出来る程度には見ておくか)

あっさり気持ちを切り替えた俺は、少しばかりわくわくしながら目を凝らす。

何せ、騎士に乗る死神を見るのはこれが初めてだ。『帝国鍛冶ギルド騎士年鑑』の挿絵とは、やはり違う。

俺は老嬢《オールドレディ》の目に望遠を掛けたまま、死神の動きを追い続けたのである。

左手遠くの岩山にひそみ、自分へ熱視線を送る商人ギルドのB級騎士。その存在など気づきもせず、死神は大穴の縁から下を覗き込んでいた。

『死神卿、これはまた有望な鉱山ですね』

同じように底を眺めるB級騎士から、外部音声が響く。

死神に随行する二騎は、いずれも辺境騎士団所属。その声には、感嘆の響きがあった。

『まったくです。ランドバーンの重要性が、さらに増す事でしょう』

もう一騎の胸部内で声を弾ませる、辺境騎士団の操縦士。それを耳にしつつ、死神は別の視点で眼下の光景を眺めやる。

(最近、実戦から遠ざかっていたからな。ちょうどいい)

A級騎士の顔を、何かを探すように動かした。

（しかし、クレイやストーンでは相手にならぬ。せめてヘヴィーストーン級でなければ）

表層はクレイゴーレムばかり。下層になるほど、ストーンゴーレムの姿が増している。

ある事に思い至り、凶相の目が期待するように細められた。

（さらに深く降りれば、ヘヴィーストーンゴーレムがいるやも知れん）

彼と同じように細い、乗騎の顎。その先で大穴の底を指し示し、下に向かう意志を示す。

『了解！』

力強く返事を返す、二人の操縦士。

『平均以下』と揶揄《やゆ》される辺境騎士団に所属する彼らにとって、ひしめくゴーレムの地へ降りるのは荷が重い。

それでも声に恐れがないのは、あの死神が共にいるからであろう。

『一段の高さ、騎士の身長の一倍半くらいですね』

死神に続き、緩やかな坂道を降り始める辺境騎士。一人が周囲を見回しつつ、言葉を出す。

露天掘り鉱山の断面は、一段が三十メートル程度の階段状になっている。いわゆる段切りという奴だ。

その段は水平ではなく、緩い坂道となっている。

段差と同じ、三十メートルほどの幅を持つ巨大な螺旋回廊。これを下って行けば、最終的には底へとたどり着くだろう。

『この道を使って、ゴーレム共は穴を広げて来たのでしょう』

感心したように頷く、もう一騎。鉱物資源の調査が目的という事で、辺境伯はその方面に詳しい操縦士を選んだようである。

一方、まったく興味を示していないのは死神だ。早速大鎌《デスサイズ》を左右へ振るい、行く手を邪魔するクレイゴーレム共を殴り飛ばして行く。

割れた咆哮を上げながら、クレイゴーレムは斜面を下層へと落ちて行った。

『死神卿！　奴ら欠片を食ってますよ』

その行方を目で追っていた辺境騎士が、外部音声で叫ぶ。下の層では、落ちて来た破片にクレイゴーレムが集まり、次々に口へ運び始めたのである。

『奴らに仲間意識はないのでしょうか？』

『実に興味深いです』

興奮した様子で、口々に感想を言い合う操縦士達。死神は返事をせず、ようやく現れたストーンゴーレムを、大鎌《デスサイズ》の柄で横薙ぎにぶん殴る。

「オオオオ」

咆哮したのは、殴られた脇腹から蜘蛛の巣状にヒビを走らせたストーンゴーレム。よろめいた拍子に坂道の端で足を踏み外し、下の層へと滑り落ちて行く。

だが、さすがにストーン級、自分の身長の二倍弱の高さ程度では死にはしなかった。起き上がろうと身を起こす。

『うっ』

もう一人の辺境騎士が呻いたのは、周囲のクレイゴーレムが、ヒビだらけのストーンゴーレムへ殺到する光景を目にしたからだろう。

餌に反応する池の鯉のごとく群がり、数の力でストーンゴーレムを押し倒す。そして傷口に手を突っ込んでは破片をもぎ取り、喰らい始めたのである。

『ストーンゴーレムへの進化の過程でしょうか。文献で読んだ事がありますが、目にするのは初めてです』

学術的な情熱を、声音に含ませる操縦士。

言い終える頃、眼下に赤っぽいストーンゴーレムが現れ、集まっていたクレイゴーレム達を追い散らし始めた。

それが終わると大怪我をしている白っぽいストーンゴーレムの横に片膝を突き、砕けている肩に手を当てる。

『赤いのは、鉄分が多く含まれているからでしょうか』

『助けに来ましたね。さすが上位種、共喰いするクレイゴーレムとは違う』

死神の返事の有無など気にせず、それぞれの思いを口にする辺境騎士団員達。

「オアッ！」

しかし片方の辺境騎士団員の予想と違い、赤っぽいストーンゴーレムは、咆哮と共に力ずくで腕をもぎ取った。

そのまま口へ運ぶと、大口を開けかぶりつき、重い音を立てながら噛み砕き咀嚼する。

『……容赦ありませんね』

骨付き鶏腿肉を食うような姿に、唾を呑み込む辺境騎士団員。

『白い方、まだ生きてますよ。うわあ、吼《ほ》えてる吼えてる』

すべてを聞き流している死神は、独り別の事を思う。

(少しばかり、苦しいか)

ストーンゴーレムが増えて来た。そして辺境騎士団の二騎は、予想よりも力量が低い。

さきほど、横穴から現れたクレイゴーレムの処理を任せてみたのだが、どうにも心もとなかった。

(ふむ)

大鎌《デスサイズ》を振るいつつ考える。

自分は物足りないばかりだが、この二人は違う。これ以上の降下は危険だろう。

(ある程度表層まで送り届け、再度単独で潜るしかないか)

結論を出し、一つ下の層の食事風景へと視線を落とす死神。ちょうど赤っぽいストーンゴーレムが、白っぽい腕を食い終えるところだった。

その時突然、視界に光の雨が降る。

(何だ!?)

一瞬の後、理解したのは、それが魔法による遠距離攻撃である事。赤、白、黄、青と様々な色の光の矢《マジックミサイル》が、間断なく降り注いでいた。

(身を隠せ)

背後の二騎へ手で合図をし、浅い横穴へ騎体を押し付ける。我に返った辺境騎士達も、すぐさま死神にならう。

光の豪雨がやんだ後、眼下に見えるのはうずくまるストーンゴーレム達の姿。いずれも割れ砕け、動きを止めていた。

（威力がある上に、精度も高い）

行なわれた魔法攻撃は、ストーンゴーレムだけに命中。しかも一撃で、行動不能に陥らせている。

（何者だ？）

自問しつつも、予想はつく。

遠距離からの、強力無比な魔法攻撃。王国の秘密兵器、幽霊騎士《ゴーストナイト》であろう。

だがそこで、眉根を寄せ深い縦皺を眉間に作った。

（一騎ではないのか）

どう考えても単騎の行ないではない。自分の思い込みに気がつき、さらに表情が苦くなる。

辺境伯も含め、幽霊騎士《ゴーストナイト》は一騎と思い込んでいた。しかし思い返せば、単騎である証拠などどこにもない。

（まずは現実への対処）

気持ちを切り替え、状況を確認。しかし眉間の縦皺と苦い表情は、消えるどころか深刻さを増して行く。

（複数の幽霊騎士《ゴーストナイト》を迎え撃つには、場所が悪過ぎる）

すり鉢状の空間に、狭い坂道。このように足場の悪いところに対しての、上方からの撃ち下ろしだ。

地形的には最悪と言っていいだろう。

ゴーレムとだけ戦うつもりだったため、上から魔法攻撃を受ける事など考慮していなかったのである。

（何とかしなければな）

現時点で、こちらは敵を確認出来てさえいない。

相手もこちらに気づいてはいないのだけが、救いであった。位置が真下に近かったため、死角になっていたのだろう。

(どう動くべきか)

自分と同じように、横穴とも呼べぬくぼみに身を隠す辺境騎士達。その姿を確認した後、死神は逆光の地表部へと目を向けたのだった。


一方こちらは、老嬢《オールドレディ》の操縦席に座るタウロ。

大穴北側にある岩山の頂で騎士を腹ばいにさせ、眼下に広がる直径は千メートル、深さ五百メートルにもおよぶ、すり鉢状の巨大空間を眺めていた。

(お手並み拝見と行くか)

時間は少しばかり巻き戻り、場面は底へ続く渦巻き状の坂を、死神一行が下り始めたところである。

「おお、まさに無双」

襲って来ようが来まいが関係ない。大鎌《デスサイズ》の射程に入ったならば、死神はそのすべてをなぎ払い、あるいは柄で砕く。

「何というか、ミツバチの巣に侵入した大スズメバチのようだな」

大鎌《デスサイズ》が回転するたびに、クレイゴーレムの破片が飛び散る。何匹いようが、まるで相手になっていなかった。

「さすがはワールドクラス」

ただわからないのは、死神の目的だ。下りて行って、何をする気なのだろうか。

帝国屈指の騎士が、俺のように資源回収に来たとも思えない。

「一番底には、ラスボスがいたりして」

それを倒せばゴーレム王の称号を授かり、露天掘り鉱山のゴーレムすべてを従える事が出来るのだ。

(まあ、それはないだろうが)

妄想を押しやった俺は、帝国騎士の一団へ視線を戻し、戦いぶりをしばし見物。

(死神はさすがだが、他の二騎は強くない)

結果、感想がこれである。

北の町でライトニングと戦った、国籍不明のダークブラウンのB級騎士達。それと比べれば、明らかに弱かった。

(さっきなんか、クレイゴーレムにぶん殴られていたし)

死神が通過した後に、横穴から飛び出して来た一体のクレイゴーレム。それからいいのを一発顔面に貰い、大きくよろめいたのである。

幸い僚騎が慌ててカバーに入り、追撃を受ける前に斜面へ叩き落としていた。

(危なっかしいよなあ)

自分の事は棚に上げ、上から目線で物を言う。

(いいんだ、近接戦でクレイゴーレムに勝てなくても。俺は遠距離特化型なんだから)

そんな事を考えていると、またもや北西方向に何かが映る。老嬢《オールドレディ》の顔を向け確認すると、複数の騎士のようだった。

(何だ？　あの砂煙。……しかも速い)

先ほどの死神達とは、様子が大分違う。後方に砂煙を巻き上げながら、視界の中で騎士達の姿が急速に大きくなって行く。

これが意味する事は一つ。

(おいおい、俺と同じホバー移動かよ)

ホバー移動とは、風魔法を使用した移動方法。騎士の脚部で連続発動し、反動を利用し望む方向へ高速で進むのだ。

(他にも、やる奴がいたのか)

実行するには多くの魔力と、高い魔力操作能力が必用である。

操縦士学校で見た使い方は、突撃か空中での一時的な姿勢制御だけだった。

(ちょっと、思い上がっていたかな)

自分だけの技術。そうみなしていたのは、いささか傲慢というものだろう。

操縦士学校で技を競った相手は、あくまで操縦士候補生でしかないのだ。

(しかし、これはまずいぞ)

俺と同じホバー移動をする騎士が、四、あるいは五騎。

同等の機動性で数が上。もし敵であったなら、逃げられないかも知れない。

(敵か味方か。多分『帝国鍛冶ギルド騎士年鑑』にも載っていない)

『帝国』と頭に付くものの、実質世界中の主要騎士を網羅《もうら》している。『帝国』なのは発行元がそこだからだ。

近づくにつれ、しだいに輪郭を明瞭にして行く騎士達。その数五騎。

グラマラス感に欠けるあの形状は、B級であろう。濃淡のある緑と白で塗られ、銀細工のような装飾が各所に施されていた。

（なんかかっこいい）

クロームメッキっぽい部分とかに感じられる、クラシックカーのような趣。戦いの道具というよりは、美術品のような感じがする。

（所属は……不明か）

鑑賞はさておき、紋章らしきものを探すが、見つけられなかった。

先頭の騎士の兜に、クリスタル製の一本角が生えている。だがそれだけでは、何もわからない。

（五騎のB級ねえ。これだけの戦力を用意出来るのは王国、帝国、東の国、この辺ではそのくらいかな）

来た方角から考えれば、帝国という可能性が高いだろう。

（しかし、紋章がないのはおかしいよなあ）

所属が一目でわかるようにするのは、各国共通のルールである。それをしていないという事は、所属を隠したいという意味だ。

（北の街で会った、四騎の国籍不明騎）

ダークブラウン一色で塗られた、騎士の姿を思い出す。

（何をする気かわからないが、とりあえず見つからないようにしておくか）

もしもの時は、光の矢《マジックミサイル》をばら撒きながら全力退避しかない。

そうならない事を祈りつつ、俺は様子を窺い続ける事にした。

そしてこちらは、巨大な穴の縁に向け、砂煙を後ろに引きつつ迫る五騎のB級騎士達。

『やれやれ、やっと到着だよ』

スキーのパラレルターンのように両足を揃えてキュッと止まる、先頭のクリスタルの角あり騎士。

後続も同様に、次々と停止した。

『荒野はいいですねえ。人目がないから、風魔法で移動出来ますよ』

これは後ろに続いた操縦士の言。騎士の胸内に座する彼らは、いずれもイケメンで耳が長い。

エルフの里を出てから数日、人気のない場所、あるいは夜間に移動を重ねて来たのである。

『ちょっと髪の毛が、伸びて来たかなあ』

先頭の操縦士が、前髪をいじりつつ口を尖らす。

誰に見せるわけでもないのに、髪型や服装に余念がない。彼らエルフ族の美意識のなせる業であろう。

ちなみに、ここに現れた目的は大穴の調査。

地底から魔力漏れ出るこの場所こそ、世界樹、アムブロシア、それに行方をくらませたザラタンに関係がある。ハイエルフ達は、そう考えているようだった。

『確かに、ここから魔力が溢れ出していますね』

周囲を見回し、一騎が口にする。

『うわっ、ゴーレムが大量に湧いてますよ。気持ち悪いなあ』

うんざりするような声を上げたのは、穴へと近寄り、ちょっとだけ覗いた別の騎士だ。

『木が生えているような様子、あるいは地底湖の入口みたいなものは見えるかい？』

その騎士へ外部音声で尋ねる、隊長らしい額に角の生えた騎士。聞かれた騎士は再度身を乗り出し、振り返った後に大きく頭を左右へ振る。

『岩肌とゴーレムだけですねえ。この位置からでは、木も水も見えません』

四騎の視線を受けた隊長騎は、顎を片手で押さえ、少しの間を置き指示を出す。

『最奥部まで下り、確認する。それしかないね』

いっせいに嫌そうな声が上がったのも、仕方がないだろう。風と光を愛し樹上に住みたがる彼らエルフ族は、生理的に『地下』を嫌うのだ。

『とりあえずここから、石《ストーン》を潰すよ。粘土《クレイ》は無視でいい。ある程度数を減らしたら、降下を始めようか』

やわらかい物言いだが、声には力が込められている。

部下達を黙らせた隊長は、おもむろに背中から杖《ライフル》を取り出した。それを見た部下達も、杖《ライフル》を構えて行く。

『撃ち方、始め！』

号令に従い、射撃を開始する騎士達。白、赤、黄、青、属性ごとに特徴のある光が、矢となって降り注ぐ。

それらは次々に、ストーンゴーレムを破壊して行った。

『やめ！　下りるよ』

片手を上げた隊長騎。そばに三騎が近づくが、一騎はその場を動かない。

『自分は、ここで見張りをしておきますよ』

その言葉を聞いて、隊長は声音をきつくした。

『ゴーレムの数が多いんだ。遊ばせておく余裕はないね』

それに、と周囲へ向けて騎士の頭を振る。

『他には誰もいないようだし、見張りはいらないよ』

そう言われ、その騎士も観念したかのように穴の縁へと歩を進めた。

『地面より下って、苦手なんですよ』

『得意な奴なんて、いるわけないだろう。ごちゃごちゃうるさいよ』

隊長騎は杖《ライフル》で、騎士の鎧のない部分を突く。

『痛っ、痛いですから、やめて下さい』

『素直に命令を聞かないからだろう。次に文句を言ったら、目を突くよ』

凄みある声音に、叩いていた軽口も、さすがに止まる。

『降下、開始』

緑と白のクラシックな騎士達は、思い切りよく大穴の空中へと飛び出す。そしてホバーによる減速と姿勢制御を交えながら、跳ねるように下って行った。

一方こちらは、浅い横穴に黒いA級騎士を押し付け身を潜ませる死神。

(あれが幽霊騎士《ゴーストナイト》?)

目の前を下へ通り過ぎて行く、緑と白に塗られた騎士達。その姿を注視しつつ思う。

真下に近い位置にいた自分達は、幸い気づかれていないらしい。

(下へ行って、何をする気だ)

王国では鉱物価格が高騰していると聞く。資源回収の可能性は高いだろう。

(ストーンゴーレムでは不足という事か)

魔法攻撃で砕いた、数多《あまた》のストーンゴーレム。それに目もくれず降下を続けるという事は、もっと貴重なヘヴィーストーン、あるいはメタルを狙っているのかも知れない。

(とりあえず、やり過ごす)

辺境伯から、騎士を二騎預かっている。必須の作戦行動ではない以上、無事に帰す事が第一だ。

死神は油断なく周囲を見回しながら、浅い横穴に騎体を隠し続けたのである。


大穴の北にある岩山。その頂に身を隠しつつ、俺の心は驚きに支配されていた。

(攻撃まで同じじゃないか)

自分しか出来ないと思っていた、ホバー移動。だが緑と白のクラシックな騎士達は、全騎がホバー移動で姿を現したのである。

(そして遠距離魔法攻撃)

杖《ライフル》を取り出し地表から穴へと構えた騎士達が行った魔法攻撃は、まるで流星雨。王国騎士団B級騎士の、ちびちびともったいなさそうに放つ姿とはまったく違う。

(何者なんだ?)

思い当たる節はない。

あれだけの戦闘力と機動力。自分で言うのも何だが、五騎も揃えば並みの国家騎士団など駆逐してしまうだろう。

（しかもあの魔力量、今まで見た事がない）

強さの源である、遠距離魔法攻撃とホバー移動。どちらも大量の魔力が必要だ。

俺は、石像から貸与された根源魔法《アカシック・マジック》を流用してまかなっている。

（自称賢者様？）

東の伯爵の城で、刃の露と消えた謎の魔術師。あれの同類が操縦士なら、可能だろう。

（あるいは、極端に効率のいい術式が生み出されたとか）

わからない。しかし直感は、どちらも違うと言っていた。

頭中をぐるぐると回る、もやもやとした思い。

自称賢者クラスの魔力量、それを備えた操縦士が五人、しかも組織立って行動している。

騎乗するのは、所属不明のB級騎士。『帝国鍛冶ギルド騎士年鑑』にも載っていない。

（B級五騎といえば、中小国の騎士団クラス）

国でもなければ、保有出来る戦力ではないだろう。

魔力の量が多く、魔法に対して高いセンスを持つ人材。それを操縦士として揃えられる勢力。繊細な装飾をこれでもかと施した、高価そうな騎士の姿。

つながりそうで、つながらない。

（何か、あのデザイン、どこかで見たような）

懸命に脳みその底をあさる。

「ああっ！」

思わず声が出た。

（思い出した。確かあれは、シオーネで親子丼をした時、お母さんが持っていたハンドバッグ）

『主人が贈ってくれましたの』

幸せそうに笑う銅バッジの奥さんが、自慢げに見せてくれたハンドバッグのデザイン。それに共通のものを感じたのだ。

それは、車がメーカーごとに似た雰囲気があるようなもの。言われれば、『なるほど、あそこで作った車か』と納得するような感覚である。

（エルフの里の品だと言っていたはず）

エルフの里の品は高級品で、同じものでも価格が一桁違う。好む者も多く、想い人への贈り物などによく使われていた。

（……もしかして、エルフ？）

多い保有魔力量に、優れた魔法センス。それはエルフ族の特徴である。

よく考えれば、操縦士に必要なものをすべて備えていた。

（しかし、エルフが騎士を持っているなんて、聞いた事がないぞ）

いや、と俺は思い直す。

逆に、騎士を持っていない方が不自然だ。知られていないのは、何か理由があるのかも知れない。

とりあえず、エルフと仮定して考えを進める事にした。

（嫌な相手だなあ）

改めて思う。

高い機動性に、遠距離からの魔法攻撃。長所は俺とまったく同じ。しかも間違いなく、近接戦闘力は相手の方が遥かに上。

武芸の一つもかじった事のない俺と、戦闘の専門家では比べる方が間違っている。

（要注意だ）

口をへの字に曲げ、大穴の騎士達の様子を見つめ続ける俺であった。


エルフ達は、大穴を三分の二くらいの深さまで降下。その辺りでは、千メートルあった穴の直径も数百メートルまで小さくなっている。

『切りがありませんよ、隊長』

一騎が弱音を吐く。

周囲にクレイゴーレムはいなくなり、ほぼすべてがストーンゴーレム。まれにではあるが、ヘヴィーストーンゴーレムの姿もあった。

『まだ、何も確認出来ていないんだけど』

世界樹、アムブロシア、あるいはザラタン。それらがここにある前提で調査しているのだが、岩とゴーレムしか目にしていない。

『やっぱり、底まで行きたいよね』

『無理ですって』

いくらエルフだって、魔力量に限度はあるんですよ。そう言われると、隊長としても悩まざるを得ない。

里のハイエルフからの命令と、自分達の力量。それを比較し、答えを出した。

『……一旦、穴を出ようか。地上で作戦を練り直そう』

ホッとした様子の周囲の操縦士達。下りて来た時ほどの速度は出せないが、それでも軽々とホバー併用で駆け上って行く。

螺旋状の坂道を無視しての、ほぼ直線かジグザグのコース取りだ。

(一息で上るのは、無理だったかな)

隊長は思う。三十メートル近い段差を連続で跳躍し続けるも、全騎が順調に上りきれたわけではない。

途中で勢いを失ってしまった一騎は、止まらざるを得なくなった。

「ん?」

これは、失速した騎士の操縦士の言。体勢を立て直すべく着地した場所で、あり得ざるものを見たのである。

(騎士? ゴーレムじゃなくて?)

脳内の処理が追い付かず、硬直する耳の長い男性操縦士。その間はわずかであったものの、大鎌《デスサイズ》の先端を騎士の顔面に叩き込まれてしまった。

緑と白をベースに銀の装飾が加えられた騎士は、仰け反るように宙へ舞い、下の段へ背中から落下。感覚を共有出来るがゆえに、顔と背中の痛みでエルフ操縦士の息が詰まる。

『くぼみに張り付け、動くな。逃げれば奴らに見つかるぞ』

一方、死神は、背後の辺境騎士達へそう指示し、自身は前へ踏み出す。細身で黒いA級騎士の姿は、四騎のエルフ騎士達から視線を集めた。

『死神！』

『いつの間に』

口々に叫びながら、上方へ散開。人族を下に見る彼らとて、死神の近接戦闘能力はあなどれない。

（我ながら迂闊《うかつ》！）

隊長は口を強く引き結ぶ。

（この場所がアムブロシアに関係があるとするならば、死神がいてもおかしくはない。考慮してしかるべきだった）

ゴーレムの集団に、意識を取られ過ぎていたからだろう。

（反省は後から出来る。まずは対処だ）

部下達と共に高い位置で距離を取り、杖《ライフル》を構える緑白のB級。その様子を死神は、騎士の目で見上げていた。

（上を目指すしか、活路はないか）

判断し、地上を目指して坂道を駆け始める漆黒のA級。その周囲へ遠距離魔法攻撃が、連続で着弾し始める。

（何という弾数。遮蔽物がある場所で、接近戦に持ち込まなければ話にならぬ）

走りつつも、周囲のクレイゴーレムを盾に。動きも単調にならないよう、フェイントを混ぜ込んで行く。

しかしそれでも、すべてをかわし切れはしない。

(A級を、一撃で破壊する力はないようだ)

遠征軍の副司令と部下。二騎のA級騎士は、どちらも一発で操縦士の命を奪われている。

今の状況で、唯一とも言える朗報だろう。

(しかし数が多い)

注意をひきつけ、戦場を地上へと移動させつつある死神。

帝国屈指の戦士とはいえ、足場の悪い場所で一方的に魔法攻撃を受け続けている。分は明らかに悪かった。

(死神卿……)

こちらは忸怩《じくじ》たる思いで見守る、辺境騎士団の操縦士達。

支援したいが、出来ない。眼前の魔法攻撃が乱れ飛ぶ景色へ踏み入ったとしたならば、戦う間もなく撃ち倒されてしまうだろう。

(何とか、ご無事で)

自分達に出来るのは、迷惑を掛けないよう隠れている事だけ。その事に歯噛みしつつも、死神の命令に従い続けるのだった。

大穴の中で、何度も走る光の筋。それは魔法攻撃が行なわれている証拠である。

(こりゃあ、一方的だ)

俺は岩山の上から遠望しつつ、眉を大きく歪めていた。

（死神はまだ生き長らえているが、時間の問題だな）

いかにA級とはいえ、敵は俺と同じように遠距離攻撃を得意としている。それが四騎では、条件が悪過ぎるだろう。

少しの時間、考える。

（お返しはしなくちゃな）

実のところ、俺は死神を敵認定していない。

質の悪い媚薬を、流通させようとした帝国。それは許せないが、死神個人の話ではないのだ。

はっきり言えば、俺を重騎馬《ヘヴィーランサー》の餌にしようとした王国の方が敵である。

（まあ、そっちは充分に仕返ししているからいいが）

食われず逃げ切った俺という餌は、重騎馬《ヘヴィーランサー》達を誘導して騎士団の主力に叩きつけた。

結果、副騎士団長含め、多くの上級、中級操縦士達が命を失っている。

いずれも副騎士団長のシンパ。俺を使い捨てにする作戦に頷いていた連中だから、まったく心が痛まない。

（遠征軍の狙撃も、自分のためだったしな）

あのまま帝国軍が侵攻すれば、俺と眷属達は庭森を失っていただろう。今頃は植木鉢に薬草樹を挿し木し、それをイモスケに食わせながら放浪していたかも知れない。

やっとの思いでたどり着いた重騎馬《ヘヴィーランサー》達も、安住の地から追い出されていただろう。

それを防ぐための行為である。

（死神は俺に、ＳＭというものを再認識させてくれた）

それは『罪と罰』と名を変え、この世界に広まりつつある。

『昼間から大手を振って娼館で遊べる、この世界の素晴らしき文化』

転移してから楽しく気持ちよく過ごせて来た俺は、その文化へいくらかでも恩返しがしたいと思い続けていた。

それが少しとはいえかなったのは、死神のおかげであろう。

（ここで死なせるのは、心が痛む）

それに、死神を撃ちまくっている緑と白のクラシックな騎士達の乗り手は、予想が正しければエルフである。

（エルフは、どう考えても俺の敵）

人の世に寄生し、生き血をすする存在だ。

しかもそれでいて、謙虚さも感謝もない。ただただ、人族を馬鹿にするだけである。

（決定）

俺の心の中の天秤は大きく死神側に傾き、底を叩いて金属音を鳴らした。

一度、大きく胸を張り、息を肺の奥まで深く吸う。

（だが、注意が必要だ。エルフの騎士達は、老嬢《オールドレディ》と同じような力を持っている。発見されたら、こっちが危ない）

ホバーの優位がない以上、逃げ切れるかどうかも不明である。

しかも接近戦の腕は、向こうが上。というか俺より下の操縦士など、まず存在しない。

静かに呼吸を繰り返しつつ、杖《ライフル》を持ち上げ構えたのだった。

（慎重に）


アウォーク南の荒野。

そこに口を開いた巨大なすり鉢状の穴の上部では、騎士による魔法攻撃が続いている。

『死神さんよう、さすがに頑張るねえ。だけどこれはどうかな？』

クレイゴーレムを盾にしつつ、ひたすら地上を目指す死神。

緑と白に塗られたクラシックな騎士達は、跳躍とホバーによる姿勢制御で跳び回り、死神を照準に収めるべく場所を変える。

『ヒットお！』

かわし切れず、死神の腹部に命中。

破壊されはしないものの、ダメージは大きかったらしい。その場で片膝を突く。

左手で大鎌《デスサイズ》を杖にしつつ、腰から短い杖、ワンドを取り出し緑白の騎士へと向けた。

『ははっ』

放たれた赤い光、火の矢《ファイヤーアロー》をやすやすと回避した緑白の騎士。

『魔法を撃つなんて、魔力量は大丈夫なのかい？』

口調に混ざるのは、笑いの波動。動きを止めた死神を見て、さらに上層にいた隊長騎が声を発する。

『そろそろ決める。牽制して足を止めておけよ』

人族の騎士を軽く見ていた隊長だが、死神の固さに顔をしかめてもいた。

（さすがにA級）

今のままでは、倒しきるのに時間が掛かり過ぎる。

顔面を砕かれ、下で伸びている部下も心配だ。すでに何体ものクレイゴーレムが、喰らおうと集まりつつある。

（やるぞ）

隊長は、射撃間隔が長くとも威力の大きな一撃を放つ事を決意。透明な一本角を持つ隊長騎を穴から地表へ跳ね戻らせると、片膝立ちで大穴の縁から死神を狙う。

（邪魔だな）

騎士が頭を振ったのは、目に掛かった前髪を寄せる動作。癖ともいえる操縦士の動きに、同調したのである
格段に多い魔力が充填され始め、周囲の空気が震え出した。

（くっ）

振動する杖《ライフル》を、力で抑え込みながら呻く。これだけの魔力を流し込むのは、隊長である彼にしても辛い。

（発動まで、後少し）

死神が照準器《アイアンサイト》から外れないよう、歯を食いしばりつつ耐える。両脇をきつく締めせいで、着脱式の騎士の鎧がカタカタと鳴り始めた。

視点はそこから、背後の岩山の頂へ。

そこに腹ばいで杖《ライフル》を構えるのは、王国商人ギルド騎士、老嬢《オールドレディ》である。

(チャンス！)

クリスタル製の一本角を、額から生やした騎士。それを照準器《アイアンサイト》の中央に据えつつ、心の中で叫ぶ。

さっきから狙っていたのだが、高速で跳ね回るため捉え切れずにいたのである。

撃ち損ねれば位置がばれ、逆襲を喰らいかねない。そのような危険は冒せなかったのだ。

(動くなよ)

いつ移動を再開するかわからない。ゆえにチャージなどせず、今持てる魔力量で即座に発砲。

(よし！)

命中を確認し、すぐに杖《ライフル》を地面へ寝かせる老嬢《オールドレディ》。それでも目は、大穴の状況からそらさない。

背中から胸を打ち抜かれた緑白の騎士は、そのまま前のめりに大穴の中へと落ちて行った。


クリスタル製の一本角を下へ向け、落ちて行く緑白の騎士。

『……隊長？』

それを見つめる部下達は、何が起きたのかわからないでいた。

『敵？ 他にもいたのか』

慌てて地上に駆け戻った一騎が、状況を確認すべく頭だけを地上へ出す。

瞬間、騎士の頭部が吹き飛ばされ、砕けた破片が後方へ飛ぶ。

『な?!』

光を反射しながら降る鉱物の雨を受け、下層から見上げていた同僚が驚きの声を上げる。

斜面をずり下がりひとつ下の台地で止まる、首から上を失った騎士。その姿は、糸の切れた人形そのものだった。

(遠距離魔法攻撃!)

死神に殴り倒された一騎と、何者かに狙撃されたらしき二騎。隊長騎を含め五騎のうち三騎を失ったエルフ達の背に走るのは、雪解け水より冷たい戦慄である。

自分達が得意とする戦い方だけに、その恐ろしさも十二分に知っていたのだ。

(一度撤退だ。しかし、迂闊に地表へは出られない)

連携を取ろうと残る僚騎を振り返るも、そこにあったのは、猛烈な速度で接近して来る死神の姿。

『うあああああ!』

みっともなくも絶叫し、その場で大ジャンプ。

しかし間に合わず、横薙ぎの大鎌《デスサイズ》が腰部を両断。二つに分かれた緑白の騎士は、斜面を滑り落ちて行く。

(駄目だ!)

その様子を目にした残りの一騎は、地上へと飛び出した。

(ひっ!)

直後、白い光が至近を通過。操縦士の口から、無意識の悲鳴が漏れる。

とっさにホバーで空中移動を掛けると、たった今までいた位置を、さらに光の矢《マジックミサイル》が通り過ぎた。

(エルフだ! エルフ以外にない)

直感的に、操縦士は心に叫ぶ耳の長いイケメン操縦士。

近くの岩山の頂から、光の矢《マジックミサイル》を絶え間なく放つ。こんな事が可能なのは、エルフ族の操縦士以外考えられなかったのだ。

（くそっ）

転がるように逃走を図る。

かろうじて当たっていない。しかし周囲の地面は、続けざまの着弾で破片を飛び散らす。

（並みのエルフじゃない。これは……ハイエルフ？）

明瞭には視認出来ないが、撃って来ているのはおそらく一騎。

連続でありながら、ここまでの威力、自分達ではとうてい実現不可能である。エルフであるとするのなら、ハイエルフクラスと思われた。

（なぜ？　なぜハイエルフの騎士がここに？　そしてなぜ俺達を狙う？）

疑問で頭が混乱する。パニックに陥りながら緑白の騎士は、北西へと全力でホバー移動を始めたのだった。


その後方、大穴の縁。

ようやっと地上部にたどり着いた死神は、外の光景に唖然としていた。

蛇行しながら逃走する緑白の騎士。その背へ向け白い光の矢《マジックミサイル》が、岩山の頂から放ち続けられていたのである。

必死な様子でかわし続ける騎士。それがある程度離れたところで、岩山からの射撃がやんだ。

（次はこちらか）

大鎌《デスサイズ》を両手に、膝を曲げ腰を落とす。対抗手段はないが、諦めるわけには行かない。

（……）

だが攻撃は来なかった。逆に、岩山の北側へ下りて行く気配がある。

（味方なのか？）

思い当たる節はない。

（傭兵？）

可能性は皆無に近いが、一応その線も検討する。

しかし仕官を希望する騎士、あるいは点数稼ぎの傭兵騎士なら、ここぞとばかりにアピールするだろう。姿を見せないはずがない。

（何者かわからぬが、とりあえず助かった）

背後に騎士の気配を感じ、振り返る。

そこにあるのは、二騎の辺境騎士の姿。どちらも結構な損傷を受けていた。

『何とか一騎、倒しましたよ』

『頭のない奴でしたけどね』

どうやら戦場が地表に移った後、自力で地上を目指したらしい。

聞けば、ストーンゴーレムを排除しつつ進んでいたところ、緑白の騎士と遭遇したのだそうだ。近距離で放たれた魔法攻撃がかすめたが、二人で何とか敵を叩き落としたという。

『死神卿、これからどうしましょうか』

指示を求められ、死神は大穴を覗く。底へ落ちた緑白の四騎には、すでにゴーレム達がたかり、むさぼり食い始めていた。

次に自分達を見る。

(これ以上は無理だな)

自分も辺境騎士も、損傷を受けている。残り魔力量も心もとない。

証拠を回収に行く余力は、残っていなかった。

『帰るぞ』

大量のゴーレムと、緑と白に塗られたクラシックな騎士達。そして、敵か味方かわからぬ謎の騎士。

(辺境伯の、判断を仰ぐべき案件だ)

死神を先頭に騎士達は、一部足を引きずりつつランドバーンへと向かうのだった。


ほぼ同時刻、ここはランドバーンの繁華街。

少しばかり横道に入ったところに、『破城槌《パイルバンカー》』という名の喫茶店がある。

店内には、六つのボックス席とカウンター。そしてカウンター奥には老年の紳士が立ち、注文に応じて飲み物を提供していた。

「マスター、コーヒーを頼む」

店に入って来た職人風の男が、注文をしながらカウンター席に着く。

コーヒーサイホンを準備しながら、白いチョビ髭の老紳士は意外そうな表情を浮かべた。

「週末じゃないのに珍しいね。仕事は終わったのかい?」

「今日は向こうが非番なんだ。何とかやりくりして来たよ」

嬉しそうに笑う、二十代後半の男。彼の仕事は大工、そしてここの常連である。

周囲を軽く見回した彼は、マスターへ言葉を返す。

「平日の夕方は久しぶりだけど、結構客がいるね」

「広まりつつある、そういう事なのでしょうな」

微笑みながら、コーヒーをカウンターへ。大工の青年はカップを手に取り、香りに鼻をうごめかせた。

「おや、いらっしゃったようですよ」

チリン、という鈴の音と共に扉が開き、新たな客が来店。

黒を基調にした制服に、胸には薔薇を象《かたど》った操縦士徽章。その姿にざわめくのは、入口近くのボックス席にたむろする男達である。

「……薔薇騎士《ローズナイト》だ」

「筋肉の詰まった、ムチムチの上玉じゃねえか。来たぜえ」

唇を一舐めし、腰を浮かす若い男。

「何だ、邪魔すんなよ」

途中で動きを止めたのは、向かいに座るおっさんに制止されたから。

横取りする気かと、低く太い声で抗議するも、おっさんに怯む様子は欠片もない。やれやれとばかりに肩をすくめ、言葉を継ぐ。

「あいつは予約済みだ」

見れば薔薇騎士《ローズナイト》の操縦士は、何かを求めるかのように店内を見回している。やがてその視線は、カウンターに座る職人風の男のところで止まった。

知り合いなのだろう、気づいた職人風の男は小さく片手を上げ応えている。

「うまくやりやがって」

先ほど立ち上がりかけた若い男は、口を尖らせ羨ましそうに言う。

職人風の男と薔薇騎士《ローズナイト》は、恋人同士。そしてこの店は、少数派の彼らが気兼ねなく逢瀬を重ねられる場所。

『実った恋路の邪魔はしない』

争っていいのは決まる前まで。それがこの店のルールである。

肩を寄せ合い座る二人の姿に、店主であるマスターは目を細めた。

(帝国領になって、こうもよくなるとは)

ランドバーンの陥落と、薔薇騎士《ローズナイト》の進駐。それがすべての始まりである。

薔薇騎士団《ローズナイツ》の操縦士達は、宿舎にこもって訓練をしているばかりではない。

夜になれば街へ出るし、当然、飲み食いもする。そして酒を飲み気が緩めば、街行く者達へ声を掛けもするのだ。

「何で男が、男に声を掛けるんだよ」

最初市民達は、気味悪がったものである。しかし操縦士達は、機嫌を損ねたりしない。

「まあそんな事言わずにさ、一緒に飲もうぜ。奢るからよ」

物怖じせずに、笑顔で誘い続ける彼ら。一見、無駄に思えるその行為は、繰り返される事によって、一部の者達の心境に変化を与え始めていた。

『自分でも、知らなかった資質』

そのようなものだろうか。

軽く一杯。大勢での飲み会は、騒がしくも明るく楽しいものであった。

「今度、飯でも食おうぜ」

気疲れしない男同士の付き合いも、悪くない。そう何人かは思う。

連絡先を教え合った者達は、食事に誘い誘われ、共に遊びへ出掛けるようになる。そして気がついた時には、同じ枕で朝を迎える仲へと進んだのだ。

(ありがたい事よ)

少数派として、寂しい思いをして来たマスター。

同好の士が増え始めるのを肌で感じた老紳士は、彼らの一助になりたいと、老後の資金をなげうってこの店を開いたのである。

そして今、経営は順調だ。

『帝国から吹いた薔薇色の風』

それは確かに、ランドバーンへ新たな価値観をもたらしたのである。

「乾杯」

マスターの前で、水割りのグラスを掲げる二人。その背後のボックス席からは、鋭い視線が大工の青年の背へと飛ぶ。

「俺も、操縦士の恋人が欲しいぜ」

憎々しげな口調であるものの、言葉には羨望の響きがにじむ。

「いいよなあ」

向かいに座るおっさんも、首肯しつつ熱い吐息を漏らした。

高給取りで、社会的地位も高い操縦士。だが、もてる理由はそれだけではない。

鍛え上げられた肉体と、戦場で生き死にを越えて来た迫力。それが彼らの心を甘く溶かすのだ。

(眼差しが痛い)

そう心に思うのは、カウンターに座る大工の青年。

薔薇騎士《ローズナイト》と付き合っているがために、嫉妬が矢のように背へ刺さる。

(まさか俺が、操縦士と付き合えるとは。親方に感謝だな)

破城槌《パイルバンカー》は、ランドバーン唯一の花と蜜蜂が出会う場所。恋人が欲しくて通い始めた彼だが、その願いはなかなかかなわないでいた。

(寂しい)

閉店後の帰り道、独り溜息をつく事もしばしば。だが転機は、ある時唐突に訪れる。

「今日から、騎士団宿舎に行ってくれねえか」

親方の指示により、向かわされたのである。

彼がすでに目覚めていた事を、親方が知っていたわけではない。普通人の親方は、自分が行きたくないから押し付けただけだった。

(やった!)

憧れの操縦士達の住まう場所。そこで働ける喜びに、顔を輝かせつつ現場へ。

それまで騎士団の駐留していなかったランドバーン。そこへ多くの操縦士達が来たのだから、仕事は多い。

増築、改築、新築。依頼は途切れる事なく続く。

（少しでも、いい環境で生活してもらいたい）

その思いを胸に、毎日毎日、手を抜く事なく心を込めて働く彼。その姿を、感心しながら見つめる男がいた。

「毎日ご苦労さん。今度一緒に、食事でもどうだい？」

声を掛けたのは、ラグビー選手のような体を薔薇騎士《ローズナイト》の制服で包んだ三十手前の男である。

望外の誘いに驚き、口ごもる大工の青年。

（早く、早く答えなくては）

だが焦るほどに、言葉は出ない。無意識に睨む表情を作り、口を開閉させるだけである。

操縦士などという高望みはしなかった青年に、彼氏が出来なかった理由。それはこの、仕事以外では物怖じしてしまう性格だろう。

「ぜ、是非、喜んで」

やっとの思いで声を絞り出したが、呆れられたのではと不安がよぎる。しかし操縦士は今までの相手とは違い、穏やかな表情で辛抱強く待っていてくれた。

相性がよかったのであろう。二人の仲は急速に進展。一週間後、彼は初めてを薔薇騎士《ローズナイト》に捧げたのである。

（素敵だった）

経験がない事を知った時の、操縦士の穏やかな微笑み。そしてその後の、やさしい扱い。

今思い出しても、前が尖り後ろが熱くなる。

以降、二人は互いの予定を調整し合い、店で落ち合い逢瀬を重ねて来たのである。

(こんなに幸せで、いいのだろうか)

後ろめたいほどの幸福感が、大工の青年を満たす。

(ん?)

しかし、今日の操縦士は、何かいつもと雰囲気が違っていた。

(変だな)

話し掛けても、返事の乗りが今一つ悪い。時々、別の事を考えているような雰囲気もある。

(まさか、別れ話?)

氷の剣が、胸に突き刺さったような感覚。不安はあったのだ。

『薔薇騎士《ローズナイト》の操縦士と、一介の駆け出し大工』

陰で口々に叩かれるまでもなく、釣り合っていない事は自分が一番感じていたのだから。

(今までが、幸せ過ぎたんだ)

出会ってからの楽しく温かい日々が、走馬灯のように流れて行く。言いづらそうな様子で口を開く操縦士を見て、彼は強く目をつぶった。

「これ、受け取ってもらえるかな」

予想と違う言葉を受け、大工の青年はおそるおそる目を開く。

するとそこには、ゴツゴツした手によって差し出された小さな箱がある。

「……えっ?」

戸惑いつつも手に取り開けると、中に入っていたのは繊細な細工のなされた銀のネックレス。

「っ！」

細い銀鎖の先にある、同じ銀で作られたリング。それを目にした大工青年の息が止まる。

なぜならリングには、世界樹の葉のマークが掘り込まれていたのだから。

(エルフブランド！)

これ一個で、彼の半年分の収入に匹敵するだろう。

驚きと共に操縦士へ顔を向けると、彼は照れくさそうに指で鼻の下をこすっていた。そしてぼそりと、言葉を漏らす。

「家を借りて、一緒に暮らさないか」

事実上のプロポーズ。

心に羽が生えて飛ぶという言葉。それが単なるたとえではない事を、大工の青年は実感する。

本当に、フワフワとした浮遊感に包まれたのだ。

(これからは、いつも一緒にいる事が出来る)

それが、何より嬉しい。

大工の青年は薔薇騎士《ローズナイト》の厚い胸板にとりすがり、涙をこぼしながら何度も頷いた。

恋人の手が、彼の短く刈り上げた後頭部をやさしくなでる。

「ちっ」

背後から聞こえる軽い舌打ち。発したのは入口近くのボックス席に座る、先ほど立ち上がりかけた若い男だ。

「しょうがねえ、祝福してやるよ」

続けて吐き捨てるように発せられた言葉に、ボックス席の男達にも苦笑が浮かぶ。

そこはハンター席とも呼ばれ、主に恋人募集中の者達が座る場所だ。嫉妬の炎に焦がされながらも祝福してくれるのは、大工の青年を自分の未来に重ねたからだろう。

「はいはい、おめでとさん」

嫌そうな表情のままの拍手に、他の客達も祝いの言葉を投げ掛けつつ拍手を始める。

「幸せにな」

「おめでとう」

当の二人は突然の成り行きに驚きながらも、頭を掻きつつ嬉しそうに笑う。

(……?)

しかし、いつまでも続く拍手に、違和感を覚え始める。一定のリズムに変化したそれは、何かをうながすかのようであったからだ。

すると背中から、マスターが解答をささやく。

「皆、待っているんですよ」

言葉の意味を、二人は一拍遅れて理解。次に互いに目線を交わすと、共に頷いた。

(さすがに恥ずかしいなあ)

催促の拍手の中、かすかに聞こえたその言葉。操縦士、あるいは大工の青年のものだったろうか。

覚悟を決めた二人は見つめ合い、皆の前で誓うかのように唇と唇を重ね合わす。

「熱いねえ!」

飛び交う野次の中、息継ぎを交えながら、いつまでも続く長い口付け。拍手と歓声は、よりいっそう強まるのであった。


アウォーク南の大穴で、帝国、エルフ、王国商人ギルド騎士が三つ巴で戦っているのと同時刻。王国騎士団本部の団長室では、二人の男が待っていた。

一人は重厚な机の向こうで背もたれに体を預ける、見事なカイゼル髭の壮年の大男。もう一人はその前で直立不動の姿勢を取る、筋骨たくましい青年。

『黄金の美食家《グルメ・オブ・ゴールド》と、串刺し旋風』

間違ってはいないが、この場では騎士団長と騎士団の幹部である。

「間もなく来ると思いますので、よろしくお願いします」

壁掛けの時計を見やったコーニールが告げ、騎士団長が自慢の髭を指でしごきつつ鷹揚に頷く。

さして待つ事なく、扉を拳で軽く叩く音が響いた。

「入れ！」

コーニールの声に、三人の操縦士が扉を開け入室。

「失礼します。お呼びとの事で」

まとめ役である先頭の独身おっさんが、緊張した面持ちで言う。

後ろに続くのは、同じく四十絡みの既婚おっさん、そしてややきつい顔立ちをした、ポニーテールの若い女性である。

三人が横に並ぶのを見て、騎士団長は席から立つ。

「忙しいところ、すまんな」

おっさん達より頭半分背が高い騎士団長は、気持ち見下ろしつつ言葉を継ぐ。

「諸君らは経験を積み、腕を上げた。実力から見て、もはや新人ではない」

緊張したまま、次の言葉を待つおっさん二人と少女一人。

「B級騎士を与えよう。よくやった」

胸の中で湧き上がる大きな喜びを、精神力で抑えつける三人。それでも口から出た声には、感情の波がにじみ出ていた。

「ありがとうございます！」

口元に笑みを浮かべ、小さく頷く騎士団長。すでに騎士団内では、偽B級をB級と呼ぶのはやめている。

見た目ばかりで、中身はC級の偽B級。区別しておかなくては、作戦で思わぬミスが出かねないからだ。

騎士団長は、顔をコーニールへと向ける。

「格納庫に行って、選ばせてやれ」

硬く切れ味のいい返事をすると、コーニールは三人を従え退室。目的地へと向かう。

廊下を進み、渡り廊下を越えた先には、三騎のB級騎士が立った状態で整備を受けていた。

二騎は下塗りのような薄いグレー。もう一騎は、緑と茶色の迷彩色である。

「おっ？　これってまさか」

「お前のじゃねえの？」

迷彩騎士を見て驚いたような声を上げる、おっさん二人。最近まで冒険者ギルド騎士の操縦士を務めていた彼らにしてみれば、非常に見覚えのある騎士だったのだ。

太い腕を組んだコーニールが、おっさんの予想を肯定する。

「二騎は新造、一騎は冒険者ギルドから購入したものだ」

民間でB級騎士を所持している主なところは、冒険者ギルドと商人ギルド。

数は冒険者ギルドが二騎で、商人ギルドが一騎。ちなみに、鍛冶ギルドの騎士はC級である。

(とうとう維持出来なくなったのか)

視線を交差させる、おっさん達。街道が安全になるのに伴い、冒険者ギルドの仕事は減っていたのだ。

騎士の維持費は安くない、それに耐えられなくなったのだろう。現状を見るに、一騎でも手が空くくらいに違いない。

(商人ギルドだけでなく、俺達騎士団も魔獣退治を始めたからな)

古巣の窮状を思い、少しだけ寂しくなる二人。だが、『自分達の選択は正しかった』ともまた思う。

王国騎士団員になりたくて、冒険者ギルドを辞めはした。しかし残っていたとしても、どちらかは解雇されていたに違いないのだ。

「この三騎から、好きなのを選ぶといい。実力順になるがな」

おっさん達の感傷を断ち切ったのは、コーニールの言葉。この場で最も地位の高い筋肉質の青年は、騎士を見上げていた目を独身おっさんへ向けた。

「まずはお前からだ」

前に進み出、唾を呑み込みながら、三体の騎士を順に見つめる独身おっさん。同僚よりやや若く見えるのは、独り身で家庭の苦労がないためだろうか。

（新造の二騎は、どちらも同じだよな。要するに、新造か中古かという事か）

心に呟いた独身おっさんは、振り返ると一番端の薄いグレーの騎士を指差した。

「あの騎士をお願いします」

コーニールの指示を受けて、早速整備士が向かって行く。乗り手に合わせた調整を行なうのだろう。

次に指名されたのは、既婚のおっさんであった。

「では、自分はこの騎士で」

手で指し示したのは、真ん中の薄いグレー騎士。

残ったのは、冒険者ギルドからのお下がりである迷彩模様。外装のところどころに傷があるのを見つけたポニーテールは、体の側面でおっさんを押す。

（ちょっとあんた達、愛着とかないの？　前に乗っていたんでしょ？）

小声で問うポニーテールへ、おっさん二人は小さく肩をすくめた。

（だってなあ）

（新品には、何かこうロマンがあるんだよ）

説得力のない答えに、目つきを厳しくし口を開き掛けたポニーテールだが、マッチョな上司の視線を感じ途中でやめた。

「これで決まりだな。次の出撃はB級になる。それまで慣らしておくように」

背を向け、踵《かかと》を鳴らし立ち去るコーニール。その姿が見えなくなった後、既婚のおっさんはポニーテールの肩を叩く。

「こいつは俺が乗ってたんだ。素直でいい騎士だぞ？　可愛がってくれよ」

「だったら自分が――」

抗議を皆まで聞かず、木製梯子を操縦席に向けよじ登るおっさん。

息を一つ吐き、ポニーテールは諦めた。腰に両手をあて、自分用となった迷彩騎士を見上げる。

（やっとB級が貰えたんだ。贅沢なんか言ってられない）

それに友人の編み込みおかっぱ超巨乳ちゃんは、一人だけ呼ばれなかった。心境を想像すると胸が痛むが、こればかりは仕方がない。

（まずは、乗ってみなくちゃ）

整備士に声を掛け、木製梯子を登り始める。

タイトスカート姿なのだが、これは操縦士の制服。梯子の根元に集まって来た整備士達への、サービスと割り切るしかない。

（確か、塗り替えてもいいのよね）

下から聞こえる、青だ水色だと言い合う声。それを無視し、騎士のカラーリングを思い浮かべながら手足を動かす。

じきに登り終え、操縦席に腰を下ろした。

（……うっ？）

すぐに席を立ち、操縦席から身を乗り出して叫ぶ。相手は勿論、妻子持ちのおっさん操縦士だ。

「あんた！　ヘッドレストから変な臭いがするわよ！　しかも目に染みるくらい強烈な奴」

呼び掛けに応じ、隣の操縦席から頭を出すおっさん。

「おうよ！　それ、なかなか落ちねえんだ！　何度も寝泊りして、汗と涙が染み付いちまったせいかなあ」

わかっていたのだろう、満面の笑顔である。

ポニーテールはさらに言い募るが、おっさんはウインクを一つして操縦席に引っ込んでしまう。

（整備の人に、徹底的に洗ってもらわないと）

操縦席の縁に片足を掛け、憤然とした様子で鼻の頭に皺を寄せるポニーテール。真下では整備士達が、双眼鏡で覗き上げていた。


それから半日が経ち、場所も騎士団本部から王城へと移動する。

昼間なら多くの尖塔が目立つ王城、しかし今は夜。最上階の小窓から漏れる光のみが、塔の存在を夜空に示すだけだった。

「ゴーレムの群れだと！」

その一室で響く、垂れ目気味の壮年の男の声。王国宰相である彼は、両手で机の天板をつかみ席から立ち上がる。

自分の頬に唾が掛かるのを感じ、正面の兵はわずかに顔をしかめた。

『アウォークの南方の地が、大きく陥没』

その報を受け調査に向かった兵達が、先ほど帰還。隊長が宰相の執務室へ、報告に訪れたのである。

内容は、驚くべきものであった。

「直径千メートルを超える、巨大なすり鉢状の穴が出来るとは。人の住まぬ場所で幸いでしたな」

同席している騎士団長が、整えられたカイゼル髭をいじりながら感想を述べる。

その地は岩と礫しかない不毛の地、魔獣が互いに喰らい合う危険な場所だ。宰相は頷き、言葉を返す。

「これまでは、価値のない地と放っておいた。しかしゴーレムがいるとなれば話は違う」

大穴の内側には、多数のゴーレムが生息しているとの事。

ほとんどは、粘土で出来たクレイゴーレムらしい。しかしストーンゴーレムの姿も、少なからず確認出来たという。

(喉から手が出るほど欲しい)

鍛冶ギルドの長からは、折に触れ資材の不足を訴えられていた。

技術者達や職人がいかに頑張ろうと、資材がなくては騎士の修理や建造が進まない。

大きく騎士数を減らした王国騎士団。資源不足は、その建て直しに立ち塞がる最大の問題となっていたのだ。

「騎士の動員を始めてくれ。現地は、鍛冶ギルドの者にも見せた方がよいな。輜重《しちょう》部隊の手配は――」

「お待ち下さい」

興奮した様子で矢継ぎ早に指示を出し始めた宰相を、でっぷりした男が押し留める。

「その件につきましては、私からもお知らせしたい事がございます」

この者は王都に大店を持つ大商人、『帝国屋』の大番頭。王国の商人であるが、その名の示すとおり帝国との交易が主だ。

「何だ？」

水を差され、苛立たしげに答える宰相。彼は帝国屋を、帝国の内情を探らせる情報源として利用している。

アウォーク南方の大陥没の知らせも、もとはと言えば帝国屋からもたらされたものだった。

「手前共が耳にした話によれば、帝国側も気がついているようなのです」

大きく顔をしかめた宰相は、騎士団長へ顔を向ける。

「ただちに騎士は出せるか？　足の速い奴だ。何としてでも先んじる必要がある」

休戦協定を結んでいる今、揉め事の解決に武力は用いれない。

ゴーレムのいる場所は、どこにも属さぬ無主の地。『先占《せんせん》の法理《ほうり》』を主張出来るかどうかが、交渉の鍵になるだろう。

だが、でっぷりした男は、顎肉を揺らして顔を左右に振る。

「これは、つい先ほど手に入れた貴重な情報なのですが」

もったいぶった仕草でためを作ったのは、宰相の心の帳簿に借りを記載させるため。

「すでに複数の騎士がランドバーンを進発。今頃は大穴に到着していると思われます」

唸る宰相の顔には、諦めきれないという文字が大書してあった。大番頭は、止めを刺すように言葉を続ける。

「しかも、率いているのは死神だそうで」

一瞬の沈黙の後、宰相は声を絞り出す。

「死神だと」

熱くなった思いに、冷水をぶっかけられた気分であろう。

あまりの水の冷たさに、宰相の期待は大きく音を立てて収縮し、真ん中にヒビが入った。

「くそっ」

悪態の声も割れる。

あの男が騎士と共に現地入りすれば、王国騎士では追い出せない。取り囲んで圧力を掛けても、気にすら留めないだろう。

「これは厳しいですな」

傍らに立つ、騎士団長の顔も暗い。

脅すつもりでB級騎士が武器をチラつかせても、何にもならない。逆に、身を守ると称して大鎌《デスサイズ》を振るわれる恐れがあった。

「A級騎士を複数送り込まねば、威圧出来ないでしょう。それですら、どこまで効果があるのかわかりませんが」

続けられた言葉に、威嚇する犬のような表情を浮かべつつ席に腰を落下させ、宰相は呻く。

「いかに休戦中とはいえ、守りから大兵力を引き抜くわけにはいかぬ。帝国に隙は見せられん」

言葉とは裏腹に、声音には未練がたっぷりと乗っている。その後に続いたのは、歯ぎしりの音。

「くそっ！」

なお気持ちが収まらず、机の天板を殴りつける宰相。こうして王国は大穴への騎士の派遣を、苦悩の末に断念したのだった。

明けて翌朝。

王都中央広場から見て、南東に位置するミッドタウン。

そこにある高級集合住宅。その一室の窓辺に、一人の若く美しい女性が顔を出した。

「あら」

カーテンを開けた時、何かに気づいたらしい。驚きを含んだ声を出す。

視線の向かう先は、窓際に置かれた小さな植木鉢。芽が一つだけ顔を覗かせていた。

まだ双葉は開かず、腰を深く折り曲げた格好で、背中に少し土を乗せている。

「……」

パジャマ姿のままの爆発着底お姉様は、言葉なくその芽を見つめていた。

(出たわ。アムブロシアの芽)

もしかしたら、と思って植えておいた数個の種。

しかし、それなりの時間が経っても変化がなく、ほとんど諦めていた。それが今、地表に頭を出したのである。

(発芽したのは嬉しいけれど、さすがにこれは秘密ね)

テルマノ教授に引き渡した材料。それには当然、種子も含まれていた。

一部はエリクサーの材料に。残りは、薬草関係を専門とする教授のもとへ。そして現在、厳重な管理のもと生育が試みられているという。

(し、仕方ないわよね。これを植えたのは、一人で実験をしていた頃だもの)

心の声が、少し震える。

すべてを引き渡していない事への、後ろめたさ。しかし、それだけではない。

(まだ種があって、勝手に植えていたなんて知られたら、どんな反応を示すかしら)

自分が師事するポーション学のテルマノ。それとは別の、薬草関係を専門とする教授を思う。

(……)

ずっしりとした体格の、無口な壮年の男である。畑仕事で鍛えられた手のひらは、爆発着底お姉様の拳を縦にしたほどに厚い。

植物にはやさしいが、学生には極めて厳しい事で知られていた。

(あの教授に、いまさら言うなんて無理よ)

かわいらしい寝癖のついた頭を振る、爆発着底お姉様。

激怒するのは間違いない。もし植木鉢を手にしていたら、握力で砕き割る恐れさえあった。

(うわあ)

容易に想像出来るその様子に、ぞくりと震える背筋。

(だけど、それも当然よね)

今思えば、土に埋めて水を掛けただけなのである。

伝説の果実アムブロシア。その種子の扱い方としては、自分で言うのも何だが適当過ぎた。

(これはご褒美、私へのご褒美)

自分にそう言い聞かせ、心を落ち着かせる。

(アムブロシアの芽の事は、誰にも漏らせない)

この時、爆発着底お姉様は心に決めた。そして窓際の植木鉢に顔を近づけ、大きく息を吐く。

(見てみたいわねえ、アムブロシアの花)

その後は組んだ両手に顎を乗せ、やさしく芽を眺めるのだった。


さらに舞台はミッドタウンから西へ、大通りを越えダウンタウンの北へと移動する。

屋上に庭のある、一部三階建ての建物。その庭にある池の水辺に、三匹の精霊獣が集まっていた。

『ゴチソウニナル』

そう告げて首を伸ばしたのは、体長二十センチメートルほどの亀。甲羅の上に森と廃墟が載っている。

目の前に置かれたドングリをくわえると、そのまま強靭な顎で噛み砕き、次に真上を向いて飲み下した。

『ウマイ』

お世辞ではないのだろう、目を細める亀。ドングリを運んで来たダンゴムシは、その姿を嬉しそうに眺めている。

『コノ森ノ実ハ、ドレモ味ガヨイ。管理者ガヨイノダナ』

顔を見合わせ頷き合う、アゲハ蝶の五齢幼虫とダンゴムシ。

タウロの眷属であるイモスケとダンゴロウ、それに居候のザラタンは、すっかり仲良くなっていた。

『精霊の森より、庭森の方がいい』

彼らは、この点で意気投合。

結界を破って侵入して来た、水属性の強力な精霊獣ザラタン。それに対する警戒心は、すでになくなっていた。

ちなみに今イモスケは眼帯をせず、ダンゴロウも栗のイガをかぶっていない。精霊獣達のお茶の時間だからである。

『ならないの？』

言葉足らずのイモスケの問い。だがザラタンは、省かれた『眷属に』の部分を正確に察し、表情を曇らせた。

（誘ッテクレルノハ嬉シイノダガ）

今一つ踏み切れない。

庭森の所有者である人族に、不満はない。池について、一切の管理を任せてくれている。

（信頼サレテイル）

それに精一杯、応えたいと思う。

であるならば、眷属になった方が都合がよい。イモスケの中継なしでも、会話が出来るようになるのだから。

しかし、とザラタンは思う。

（先立タレルノハ、辛イモノダ）

長命なザラタンより、人族の主は先に死ぬ。

以前、背中に乗せていた人族の魔術師。どうしても、その存在を思い出してしまうのだ。

『きいていい？』

答えづらそうな様子を見て、話題を変えるイモスケ。

それは、池に落ちる木の実や落葉の処理について。秋になった今、急速にその量が増えていたのだ。

『……海老カ蟹デモ呼ブカ』

その言葉にダンゴロウが反応、でかくて格好いいのを頼む、などと言っている。

ザラタンは二匹を孫を見るような目で眺め、何を転移させるか考え始めるのだった。


王都中央広場の西側に建つ、無骨ながらも風格ある大きな建物は、王国の冒険者ギルド本部である。

正面玄関から入れば、そこは吹き抜けの大ホール。突き当たりにカウンターが、そして奥の右側には、『依頼内容を書かれた紙』がちらほらとピン止めされていた。

(おかしいわ)

カウンターにたった一人座る若い女性が、人影まばらなホールを眺めつつ思う。

『冒険者達の喧騒と熱気に満たされたホールと、依頼票で埋まった掲示板』

冒険者が紙片を手に取る端から、新たな依頼票が職員によって張られて行き、カウンターに出来た何本もの長い人の列を、受付嬢達が懸命にさばいて行く。

『かつてと今の、景色の差』

それを思っての事ではない。

そもそも彼女がこの席に座るようになってから、さほどの時は流れていない。すっかり暇になってからである。

(今の私は、本当の私じゃない)

もっと個人的な件であった。

彼女は不満があるようだが、『冒険者ギルドの受付嬢』は決して悪い仕事ではない。人に告げればほぼ全員が、『いいところにお勤めですね』と返すだろう。

『依頼者の意図を読み取り、それを冒険者へ誤解や漏れなしで伝える』

それが求められるため、単に読み書き計算が出来るだけでは駄目なのだ。ゆえに給料も薄くはない。

(今思えば、親に任せたのがよくなかったのね)

しかし彼女がなりたかったのは、この世界の花形職業、『娼館の働き手』である。それに比べれば、確かに数段落ちるだろう。

『いきなり御三家は無理だよ。上級もだ。せめて中級娼館からだな』

ハイスクール卒業を間近に控え、進路を父親に相談した時、示されたのはこれである。不満ではあったが、『いずれは御三家』と我慢する事にした。

そして主だった店の面接を受けたのだが、驚くべき事に結果はすべて不採用。

『娼館を管轄するのは、商人ギルド』

『商人ギルドで、東の支所の長という高い役職に就く父』

さらに自身が信じる己の才能と実力を考えれば、まったくの予想外だった。

(私を手元に置きたかったのよ。だから、落とすよう圧力を掛けたのだわ。でなきゃこの私が、受からないはずないもの)

根拠はないが、そう思う。

結局彼女は、父のコネで『商人ギルドの事務員』となった。しかし、さほど勤めず辞している。

『生産者から安く買い、消費者に高く売る』

『金持ちには金を出すが、今夜の食事に困っている人へは貸さない』

あり様が人の生き血をすする寄生虫のように思え、嫌だったのだ。決して上司に叱られたからではない。

(冒険者ギルドねえ。前の仕事よりはいいけれど、やっぱり違うのよ)

狭き門、と世間から見られている今の仕事に就けたのは、『父親が商人ギルドのお偉いさん』という身元の確かさと、『商人ギルドで受付業務の経験あり』のおかげである。

しかしそのような事など考えもしない彼女は、頭を左右へ振って、目下心を掻き乱している要因を思う。

『王立魔法学院のテルマノ教授が、エリクサーの製造に成功』

それはこの報に、幼い頃通っていた学校の同級生の名があった事だ。

(気に入らない)

思い出すのは十数年前。

一桁の年齢でありながら、休み時間に分厚い魔法書を読みふける、声を掛けづらい変わり者。それだけならどうでもいいが、目鼻立ちのしっかりした美人で、スポーツも得意なのが問題だった。

男子達からの人気の高さに、当時何度も顔をしかめたものである。

『王立魔法学院に現役入学』

違うミドルスクールへ進んだものの、元同級生なだけにその快挙は耳へ届く。ただ嫉妬心がさほど湧かなかったのは、『後は研究室にこもって、老婆になるまで出て来ない』と考えたからだ。

（それが何よ）

しかし元同級生は、あろう事か王国最高学府に通うかたわらジェイアンヌという最高級娼館へ勤め出し、あれよあれよと言う間に看板と呼ばれるまでになってしまう。

しかも聖都の神前試合では大番狂わせで注目を集め、さらには帝国との休戦協定時に、国の代表として接待役を務めたらしい。

（違う！）

人の役に立つ仕事をし、耳が壊れるほどの喝采と、肌が火傷するほどの脚光を浴びる。それが本当の自分のはずなのに。

花柳界と魔法学界の双方で輝きを放つ同い年の知人と、ここに座って流れ行く時間を見つめているだけの自分。

（こんな事していられないわ）

言いようのない焦燥に胸を焦がされた冒険者ギルドの受付嬢は、休憩時間に入るとすぐ、最上階のギルド長室へと向かったのだった。

「本当の自分を探したいので、辞めさせていただきます」

入室して開口一番の宣言に、片眉を上げ睨みつける、顔にいく筋もの傷が顔に走る大柄な壮年男性。

しばしその状態を続けた後、冒険者上がりのギルド長は背もたれに体重を預け、古傷の残る口を開く。

「いいだろう。去《い》ね」

話は終わったと、彼女から視線を外し、手にしていた書類へ顔を向け直す壮年男性。その姿を受付嬢は、眉を吊り上げ見つめていた。

（普通はまず理由を聞いて、次に止めるでしょ。なのに何よこの男、冒険者ギルドも大したところじゃないわね）

唐突に告げた自分を棚に上げ憤る、すでに元となった冒険者ギルドの受付嬢。慰留をばっさり切り捨てる気に満ちていた彼女としては、振り上げた拳が宙に浮いた感じであろう。

ちなみに、これからの事について具体的なプランがあるわけではない。『今のままでは駄目だ』という強い思いが、突き動かしているだけである。

「お世話になりました。失礼します！」

音高く扉を閉め、階段を踏み鳴らして下りて行くのだった。


一方こちらは、静けさを取り戻したギルド長室。

「よろしかったのですか。それなりに使える人材だと聞いておりましたが」

隅の机で書き物をしていたため、元受付嬢にいる事さえ悟られなかった部下が問う。今の態度からは信じがたいが、『仕事が速い』とみなされていたのだ。

口から顎へ延びる傷跡を指でなぞると、ギルド長は鼻を鳴らす。

「能力が高いから速いのか、それともやるべき事を飛ばしているから速いのか。それは結果待ちだな」

元受付嬢も、ここにいる部下も知らなかったが、実は今、内偵が進められていたのである。

理由はそこここから、噛み合わない話や、おかしげな話が聞こえて来るようになったためだ。

「ではなおの事、逃げないようつなぎ止めておく必要があったのでは？」

察した部下が疑問を口にすると、ギルド長は口の端を肉食獣のように曲げて笑う。

「話を持って行く先はあれの父親、商人ギルドの重役だ。逆に娘には、逃げてもらった方が都合がいい」

管理責任を問わせなどせず、すべての罪を抱えさせる事が出来るだろう。

「自慢の娘を推薦して来たのだ。尻が汚れていたのなら、隅々まできれいに拭ってもらおうではないか」

コネと保証は表裏一体。言い終えると表情を改め、手にしている『内偵の中間報告』の続きを読み始めたのだった

王都の西方、帝国最前線の都市ランドバーン。

中央にある広場を南に望む執務室。そこには領主である辺境伯を始めとし、幹部達が集まっていた。

「幽霊騎士《ゴーストナイト》ですか！」

死神の説明に、辺境伯であるハゲた中年が驚きの声を上げる。

薔薇騎士《ローズナイツ》団を率いるローズヒップ伯に、参謀のハンドルヒゲ。彼らの気持ちも同じで、まさかあのような荒野で幽霊騎士《ゴーストナイト》に遭遇するとは、予想だにしていなかったのだ。

「しかも五騎ですと？」

額《ひたい》か頭部か定かならぬところに噴き出た汗を、タオルで拭う辺境伯。一騎と思い込んでいたため、受けた衝撃は大きい。

同時にこの事は、複数の強力な遠距離攻撃魔法の使い手を、死神が一人で相手取った事を意味してもいる。

「よくぞご無事で」

辺境伯は感嘆の言葉しか出ない。

五騎の幽霊騎士《ゴーストナイト》の撃退に成功。しかも同行させた辺境騎士を、二騎共無事に連れ戻っている。

(辺境騎士団のB級二騎では、幽霊騎士《ゴーストナイト》に太刀打ち出来まい)

自らの麾下《きか》ではあるものの、辺境伯は思う。そしてそれは事実でもあった。

「俺だけならば、死んでいただろう。もう一騎のおかげだ」

領主からの称賛を受け流し、肩をすくめる目の下の隈が濃い猫背の操縦士。

「もう一騎？」

首を傾げる辺境伯へ、死神は戦況を頭から話し始めた。

それは『不意打ちで一騎を倒したものの、その後は魔法攻撃で一方的に削られ続けた』というもの。

「さすがにあの時は、死を覚悟した」

思い出し、暗い笑みを口の端に浮かべる死神。絶望的な状況を覆したのは、いずこかから放たれた一発の攻撃魔法だという。

その白き光の矢《マジックミサイル》は一騎の幽霊騎士《ゴーストナイト》を撃ち倒し、続く一撃がさらに一騎の頭を吹き飛ばしたらしい。

「動揺した相手の隙を突き、自分も一騎を撃破。そして地上へと這い上がったのだが」

そこで見た風景に、驚愕したのだそうだ。

岩山の頂から間断なく放たれる光の矢《マジックミサイル》と、S字を描きながら逃げ回る幽霊騎士《ゴーストナイト》。

死神の目から見て、幽霊騎士《ゴーストナイト》に余裕なし。北への逃走を成功させはしたが、その姿は至近弾で砕かれた地面の撥ね返りを受け、遠目でもわかるほど傷だらけだったという。

「次は自分、そう思い身構えた。しかし」

そこで言葉を切り、頭を左右に小さく振る。

「相手は岩山の背後に下りて行った。姿は見ていない、そして目的もわからぬ」

正体を確認したかったが余力はなく、そのまま帰還したという。

死神の説明は以上だった。

「幽霊騎士《ゴーストナイト》の姿は、緑と白に塗られ、銀の装飾が施されたものでしたか」

顎に手をあて唸る、白髪短髪の壮年の男。年齢に似合わぬ、筋骨逞しい体つきをしている。

「そのような騎士、心当たりはありませんな」

騎士団長であるローズヒップ伯は、当然ながら騎士に詳しい。白髪短髪のこの男が知らないというのであれば、公式の騎士ではあり得ない。

太い首をひねる彼に、死神は説明を加えた。

「自分で幽霊騎士《ゴーストナイト》と言ったものの、絶対の自信はない。理由は攻撃力だ」

興味深そうな光を、瞳に浮かべるローズヒップ伯。それを眺めつつ言葉を続ける。

「何発か受けたが、一撃でA級騎士を砕くようなものではなかった。遠征軍を襲った騎士と、同じ相手とは思えぬ」

アウォーク攻略を目指した、侯爵率いる帝国遠征軍。遠距離からの魔法攻撃で二騎のA級騎士を失い、撤退を余儀なくされている。

少しの間を置いて、ローズヒップ伯が見解を述べた。

「出力を下げ、安定性を高めたモデルではありませんかな？　あるいは、商人ギルドの保有する実験騎の改良型」

なるほど、という表情と共に、納得の空気が場に広がって行く。

「では隠れていた一騎。圧倒的な魔法攻撃を披露した方が、オリジナルという事でしょうか？」

ハンドル形の髭を持つ文官の問いに、答える白髪短髪の大男。

「可能性はある。だがその場合わからんのは、なぜ幽霊騎士《ゴーストナイト》同士で撃ち合いをしたのかという事だ。それに、死神卿を見逃した理由も」

「狂って同士討ちをしたのでは？」

話に加わらず聞いていた辺境伯は、ハンドルヒゲの言葉に頷き同意を示す。

『幽霊騎士《ゴーストナイト》は不安定で、時に狂う』

帝国側ではそう捉えていたのだ。実際ランドバーン会戦では、王国旗騎『箱入り娘』が味方である王国騎士を襲っている。

だが死神は、両眉の間に溝を掘りつつ否定。

「行動に明確な意思を感じた。狂気や暴走の果てによるものとは思えない」

誰も口を開かないまま、時計の針が刻む音だけが部屋に響く。腕を組み黙考する辺境伯が振り子のように頭を動かし、照明を眩しく反射させた。

「隠れていた騎士が王国騎士であるのなら、死神卿を撃つはずだ。休戦協定下であろうと場所は国外、しかも姿を見られていないのだからな」

上司の独白を聞いて、ハンドルヒゲが状況を整理するべく口を開く。

「幽霊騎士《ゴーストナイト》は王国の騎士、そしてそれと敵対する謎の騎士」

指を二つ折り、言葉を継ぐ。

「であるのなら、謎の騎士は幽霊騎士《ゴーストナイト》のオリジナルではあり得ません。それどころか、王国の敵と言えるでしょう。我らと利害が近い可能性もあります」

納得しがたい表情のローズヒップ伯は、太い腕を組み指で自らの腕を叩く。

「迷いますな。私としては、オリジナルである可能性を捨て切れません」

そこで首を回し、ゴキリと音を立てる。

「しかし結果を見れば、死神卿は援護を受けております。味方かはともかく、とりあえず敵ではない、といったところでしょうか」

両目を閉じて息を吐くローズヒップ伯。この辺が彼の落としどころなのだろう。

意見が出揃ったのを見た辺境伯は、死神に尋ねる。

「何らかの物証は、手に入りませんでしたか」

自分はここの領主であるが、帝国内での立場は死神と対等。自然、口調も他の者達へとは違う。

小さく肩をすくめ、死神は頭を横へ振る。

「申し訳ないが、その余裕はなかった。生還出来るかどうかの瀬戸際だったのでな」

それを責める者はない。死神で無理なら、可能な者などいないのだ。

何かを思い出すように、細い顎に手をあてる死神。少しの間を置いて言葉を続ける。

「倒れた幽霊騎士《ゴーストナイト》はゴーレムにたかられ、食われ始めていた。しかし連中が食うのは石だけ。もしかしたら、食い残しがあるかも知れん」

騎士の主原料は鉱物。しかし操縦席周りは、木、布、革などが使われる事も多い。いずれも鉱物系ゴーレムが食べないものだ。

皆の顔に、理解と期待が広がって行く。

「そういう事でしたら、次は私が行きましょう」

ローズヒップ伯が宣言し、大きく胸を張る。

「薔薇騎士《ローズナイツ》団の総力をもって、ゴーレムに対処します。仮に幽霊騎士《ゴーストナイト》が現れても、数で対抗出来るでしょう」

全騎が撃ち倒される前に大盾を構えて突撃し、数の力で距離を潰すのだ。デチューンタイプの幽霊騎士《ゴーストナイト》なら、やってやれない事はない。

「ここは賭けて見るべきか」

その主張に、覚悟を決める辺境伯。

不安はある。幽霊騎士《ゴーストナイト》の残数と、謎の騎士の立ち位置が不明な事だ。しかし、何もしないのもまた悪手。

上司が了承するのを確認し、ローズヒップ伯は死神へと顔を向けた。

「ランドバーンの守りをお任せします。修理中のところご負担をお掛けしますが、なにとぞよろしく」

細く尖った顎を頷かせる死神。

「承知した。何、すぐに敵襲があると決まったわけでもない。待っている間に騎士も直ろう」

幽霊騎士《ゴーストナイト》によって損傷を受けた死神のA級騎士は、現在、格納庫の養生魔法陣に安置され、自己修復の真っ最中である。

方針が決まって一段落したところで、辺境伯が大きく息を吐く。

「王国と、出世競争のライバル達。これまでは、それだけを考えていればよかったのだが」

面倒な事だ、と嫌そうに顔を歪ませる。

その様子に、笑みを浮かべるローズヒップ伯。認識は同じだが、受け止め方は若干違う。

「面白いではありませんか、腕が鳴ると思いましょう。この時この場にいる我らを、うらやむ者もいるはずですぞ」

力強い口調につられ、辺境伯も小さく笑みを浮かべた。

力を試したくても機会がない。かつての自分のような者達は、間違いなくいる。

当時の皇太子に見出《みいだ》されなければ、今でも自分は平民のままだったろう。そして街の片隅で、愚痴を言いながらくすぶり続けていたはずだ。

「知らず、守りに入っていたようだな」

一気に活気を漲《みなぎ》らせ、大言を口に。

「ここで大手柄を立て、すぐにでも帝国宰相の席に就いてやるか」

そして就任式では、ライバルである侯爵に長々と祝辞を読ませてやるのだ。

万事、立ち居振る舞いに隙のない、お高くとまった侯爵様。それが屈辱を押し隠しつつ、心にもない祝いの言葉を述べる。

想像しただけで、心が浮き立つではないか。

「波乱に満ちたあの時代に生まれ、自分の力を試したかった。後世で、そう語られる時代こそが今」

そう思う事にしよう。

辺境伯の言葉に、死神以外が笑い合う。いや、よく見れば、死神の口の端もわずかに歪んでいたのだった。


ここで舞台は東に、王都へと移動する。

中央広場に面して建つ商人ギルド本部。その最上階にあるギルド長室には、異様な雰囲気が立ち込めていた。

「死神に、国籍不明の騎士じゃと？」

大き過ぎる椅子の中で、ゴブリンによく似た小柄な老人が片眉を撥ね上げる。その前に立つのは、俺と草食整備士だ。

ゴーレムという名の鉱物資源。それを求めて大穴に向かったものの断念し帰還した俺は、騎士格納庫へ帰り着くとすぐ、草食整備士へ理由を説明。

そしてそのまま、連れ立って報告に来たのである。

「緑と白に塗り分けられたB級騎士で、銀細工の装飾が各所に施されていました」

身ぶり手ぶりを交えながらの俺の話に、腕を組み大きく唸るギルド長。

「死神の件は仕方がないの。あのような者の相手は出来ん」

そこで軽く溜息。

「大穴の存在に気づいた帝国。その耳の早さに今回はやられたの」

珍しく、敗北感を顔ににじませている。

ゴーレム回収のためアウォークに冒険者チームを待機させていたが、その費用も無駄になってしまった事だろう。

「しかし、緑と白の騎士かのう。しかも、タウロ君によく似た戦い方をしおるとな」

ソファーに座るサンタクロースな副ギルド長と、視線を交わし合うゴブリン爺ちゃん。

心当たりがないらしく、サンタクロースも頭を左右に小さく振った。

「ふむ」

腕を組み、渋面を作るギルド長。その視線は、俺の隣に立つ草食整備士へと向かう。

技術的な面からの意見、それが欲しいようだ。

「国籍不明騎は杖《ライフル》を主武器とし、遠距離攻撃魔法を多用する戦い方でした」

理解した草食整備士は、自分なりの見解を口にする。

「移動においても、脚部の風魔法を継続して用いています」

俺のホバー移動と同じ。これで老嬢《オールドレディ》の、機動力による優位性は潰された。

「これらが示しているのは、操縦士の尋常ならざる魔力量です」

頷くゴブリン爺ちゃんとサンタクロース。俺は自分もそうなので、ちょっと落ち着かない。

「何倍もの効率化をなしえた技術、というものは除外します。可能性が低いと思われますので」

俺を含めて三人は、黙って耳を傾ける。

「豊富な魔力量、それに姿勢を崩さず風魔法で移動可能な、高い魔力操作能力。これらを併せ持つ操縦士が五人。傑出した個人と考えるには、数が多過ぎます。何らかの勢力と見るべきでしょう」

そう続けた草食整備士の顔に、ハッとした驚きが浮かぶ。少し迷うような様子を見せるが、そのまま言葉を続けた。

「種族特性で考えれば、エルフ族という可能性が高いと思われます」

俺はエルフである可能性を、まだ口にしていない。先入観を持たせたくなかったからだ。

それに根拠は、あくまで俺の印象。『騎士のデザインが、エルフブランドのバッグに似ている』という事だけでしかない。

しかし草食整備士は、自分なりの積み上げでエルフへと思い至った。確実性は高まったと言っていいだろう。

「なるほどのう」

「ですが、エルフの騎士や操縦士など、聞いた事がありませんぞ」

意見を述べ合う、小柄なギルド長と肥えた副ギルド長。

「必要がなかったから、表に出て来なかっただけかも知れんの。奴ら、秘密主義じゃから」

「確かに操縦士に必要な特性は、種族として備えていますなあ」

盛り上がる爺さん二人の会話をよそに、草食整備士はぶつぶつと呟いている。

「――と仮定すれば、辻褄が合う」

ぐるんとこちらへ向けられる、草食整備士の顔。両目を大きく見開き、ついでに口も丸く開けて俺を見た。

「……そうか」

何がそうなのだろうか。

嫌な予感を覚えつつ、俺も草食整備士を見つめ返す。目をそらしたら負け、そんな気がしたのである。

「ギルド長！　副ギルド長！　聞いて下さい」

叫びにも似た大声に、何事かとこちらを見る爺さん達。

「やっと、やっとわかりました。タウロさんが特殊である理由が」

(石像から力を貸し与えられたチート持ち、それがばれた？)

一瞬、心臓が止まり掛ける。しかし今の流れに、そこへたどり着くようなものはない。

(どういう事だ？)

無言で次の言葉を待つ俺を、草食整備士は指で差し叫び声を上げた。

「タウロさんは、エルフだったのです！」

静まり返るギルド長室を、数拍の時だけが流れて行く。

ゴブリン爺ちゃんは重役椅子の上から、しげしげと俺を見上げた。

「……あまり、エルフっぽくないのう」

「ハーフかも知れません！」

その言葉に、眉根を寄せるサンタクロース。

「私はハーフエルフを知っているが、もっと外見的にこう、涼やかな感じがするよ」

俺のルックスに対して厳しい見解が飛んでいるが、それは仕方がない。わからないのは、なぜ草食整備士がこのような結論へ行き着いたのかである。

「この魔力量に、この魔力操作能力、それ以外考えられないのです！」

同意を得られず、金切り声を上げる草食整備士。その様子に俺は、何となくだが理解出来た気がした。

（データ至上主義者）

数字に踊らされ、現実を見失っているのだろう。

そうでなければ一目でわかるはずだ。自分で言うのも何だが、俺にエルフの要素はない。

「変わったエルフもいたもんじゃわい」

大き過ぎる椅子から飛び降りたゴブリン爺ちゃんが、ペンの尻で俺を突く。サンタクロースの方は、頭を左右に振りつつ嘆息した。

「これでエルフとは、仲間内ではさぞかし苦労したでしょう。気の毒ですなあ」

何が気の毒なのかは不明だが、失礼な言われような事だけはわかる。

「すまない、ちょっとした冗談だよ」

俺の険しい視線を受けて、サンタクロースは肩をすくめ謝罪。一方のゴブリン爺ちゃんは、仰け反って笑っていた。

「タウロ君がエルフの血を引いておらん事は、わしが保証しよう。臭いといい雰囲気といい、こんなエルフはおらんわい」

その説明に、草食整備士のテンションが直角に下がる。

「ギルド長がおっしゃるのなら、そうなのでしょうか」

俺がエルフでないのは確かだ。しかし今の説明で納得されると、それはそれで微妙な気持ちになる。

「では緑白の騎士がエルフのものと仮定して、話を進めよう」

腹の出た白髭サンタクロースが、パンパンと手を叩き大きく脱線した話を元に戻す。

「問題は、なぜエルフが大穴に騎士を送り込んだかだ」

どうだね？　と俺を見るサンタクロース。

(難しい質問だ)

あの地は精霊の森から遠く、エルフの好む木も水もない。岩と礫だけの荒れた場所だ。

「最近、鉱物資源の値上がりが激しいので、直接鉱山の開発をしようとしたとか」

口にしたものの、自分自身納得していない。

「維持するのに場所が遠過ぎる。人族に開発させて、値が下がるのを待つ方が彼ららしい」

その意見に、俺も賛成である。

(では、何のために)

自分をエルフに置き換えてみたが、あそこに現れる理由がわからない。

しばらく皆で悩んだが、それらしい答えは誰も見つける事が出来なかった。

「これは保留じゃの」

ギルド長は残念そうに息を吐く。

「大穴の鉱物資源は諦めるしかないの。帝国、エルフ、手を出すには危険過ぎるわい」

一国のギルドで、対処出来るような問題ではないだろう。全員が揃って首を縦に振る。

打ち合わせは、そこでお開きとなったのだった。

第四章　神の名のもとに

ランドバーンで辺境伯が死神の報告を受け、王都ではタウロがエルフの疑いを掛けられていた頃。

東の国の司教座都市、その中央広場に建つ大教会では、アーチ型の高い天井を持つ廊下を、太った年配の女性が進んでいた。

身につけた衣服からわかるのは、この太った年配の女性が司教である事。大司教を人の頂点にいただく東の国では、中枢に位置する地位であろう。

「大司教猊下《げいか》はどちらに！」

大聖堂に到着した彼女はぐるりと周囲を見回すも、目当ての人物を見つけられない。

近くを通り掛った青年を捕まえ、鋭く問う。

「ほ、本日は、午後から執務室にいらっしゃるかと」

驚いて聖典を取り落としそうになった青年は、その重く分厚い本を胸に掻き抱いた。

「そうですか」

眉に力がこもったままの状態で口にすると、ドスドスと音高く階段へと向かって行く。

太った年配の女性司教は、先日まで王国へ赴いていた。自称賢者の件の事後処理について、話し合いを行なうためである。

『そちらも、大変な被害をこうむられましたな』

痛ましげな表情で声を掛けてくれた、王国宰相の姿を思い出す。

垂れ目気味だが、いかにも頭の良さそうな雰囲気。スラリとした体つきもあいまって、なかなかに彼女好みだった。

『お気遣い、痛み入ります』

突如、東の国の国境付近に現れた自称賢者。

気に食わないとの理由で村を焼き滅ぼし、駆けつけた騎士団をも壊滅せしめている。

自称賢者はそのまま王国へと移動。反逆を疑われた伯爵に助力し、王国騎士団と戦っていた。

(話のわかる人でよかったわ)

心からそう思う。

自称賢者は東の国の民ではない。しかし、東の国から王国へ入ったのは事実。

その点を声高に申し立て、責任を追及して来る可能性もあったのだ。

『それでは、これからの事についてですが』

穏やかな声音で、話を続ける王国宰相。

終始和やかな雰囲気の会談は、建設的な方向へ進む。そして、次々と合意がなされて行く。

自称賢者がどこから現れ、何者だったのかの共同調査。

焼け野原となってしまった国境付近の、相互不可侵の再確認。

そして砦や国境施設の再建のため、C級騎士が国境近辺で活動するのを認め合う事。などについてである。

(やっぱり、有能な人と仕事をするのは楽ね)

彼女の気分はよかった。早くに済んだ仕事の後、王都の見物を兼ねて男を買いに行くまでは。

日が落ちてから宿泊先へ戻った彼女だが、何があったのか怒りでさらに膨れ上がっていたのである。

怯える部下を無視して部屋へこもると、一気に報告書を書き上げた彼女。

先行して司教座都市へ報告書を送ると共に、翌日には王都を出発。そして先ほど、大教会に到着したのである。


そしてこちらは、床を揺らす足音が近づく執務室での大司教。

「大司教猊下！　いらっしゃいますか！」

暴力的なノックと大きな声に、書類をめくっていたよく肥えた中年男性は顔をしかめた。

「失礼致します！」

返答を待たず押し入って来たのは、司教服姿の太った年配の女性。

呼吸が荒いのは階段を上って来たためだろう。しかし、怒っているようにも見えた。

「大司教猊下！　報告書はお読みになったのですよね」

いったい何を興奮しているのか。同じように肥えている大司教は、訝しげな表情で口を開く。

「王国の宰相と会談を行い、復興のための合意をまとめたのだったな」

机の上の書類をぽんぽんと叩き、満足げな表情で言葉を続ける。

「さすがにいい仕事をする。お疲れ様」

しかし彼女は、労われても笑顔を見せない。大司教の机に両手を突き、身を乗り出して詰問を始めた。

「その後の部分です！　王国で広まりつつある悪しき行ない。それについてお読みいただけましたか？」

その言葉を受けて大司教が浮かべたのは、いささかうんざりした表情。二重顎をすくめる仕草をわずかにする。

それを目にし、太った年配の女性はますますヒートアップした。

「ご覧になりましたね？　そうです、あの『罪と罰』です。ああ何とおぞましい」

糸で括《くく》ったチャーシューのような体を自ら抱き、恐ろしげな表情で身を震わせる。

「人を罵り、家畜のように鞭を打つ。そして罰と称し、溶けた蝋で体を焼くのですよ！」

耐え切れなくなったのだろうか、口調は金切り声へと変化して行く。

「人の身でありながら、罪を認定し罰を与える。これは明らかに、神権への冒瀆《ぼうとく》です！」

ぎろりと大司教を睨む。

「神を奉じる国として、見過ごすわけには参りませぬ。ただちにご対処を！」

一方の大司教は、まったくテンションが上がっていない。

「他国の事ではないか」

机に両肘をついたまま、両眉を下へ曲げつつ答える大司教。

「神の教えに、国境など関係ありません」

だがそれに間髪《かんはつ》容れず切り返す、太った年配女性。大司教は椅子を後ろに引き、説得を試みた。

「その神の教えを、王国は奉じておらん。一神教の我が国と違い、王国は多神教だ」

太った年配の女性司教は目を三角へ変化させ、さらに吊り上げる。

「他国の異教徒だからといって、猊下は民をお見捨てになるのですか！」

叫ぶような口ぶりと飛び散る唾液に、心の底から閉口する大司教。

「よそはよそ、うちはうち、と言うだろう？　他国の事は他国に任せよ」

袖で顔を拭きつつ言葉を返すが、一言たりとも聞き入れられなかった。

「何という事を！」

激昂したのだろう、体重を乗せた平手が机の天板に叩きつけられる。

愛用のウォールナット机が上げた悲鳴に、大司教は大きく顔をしかめた。

「全知全能の神の第一使徒たる猊下が、そのような事を口にし許されるとでもお思いですか！」

肩をすくめ息を吐いた大司教は、嫌々ながら反撃を始める。

「君ねえ、司教の身にまで上りながら、その目は何を見て来たのかね？」

豚のように小さくつぶらな瞳。それを正面から見据え、言葉を継ぐ。

「神は全知全能などではないよ。わかっていなかったのかい？」

「聖典に書かれているではないですか！」

両頬に手をあて叫ぶ様子は、信じられないものを見る目だ。肩をすくめ両手のひらを上へ向けると、大司教は頭を大きく振る。

「そんなものはね、結婚式の新郎新婦紹介と同じだよ。全員が優秀で人気者、実際はともかくとしてだ」

口を大きく開けたままの肥えた老女へ向けられた視線は、鋭さを増して行く。

「初めて聖典を読んだ幼子のような事を、その地位にありながらまだ言っているのかね？　一体君はその年まで、この地上の現実の何を見て来たのだ？」

大司教は止まらない。

「全知であり全能であるなら、君や私は必要ない。神の地上の代理人などおらずとも、民は互いを尊重し幸せに暮らしているだろう」

何かを思い出したのか、痛ましそうな表情を作る。

「先の自称賢者の件だってそうだ。真に全知全能なら、かの村人達や兵、それに操縦士達が、あのようなむごい殺され方をするはずがない」

老女司教は二度ほど口を開閉させ、その後、再度目に力をこもらせた。

「あれは、神が我々を試したのです。信じる心が真であるのかどうかを」

それを耳にした瞬間、大司教の顔に赤みが差す。そして怒りの表情のまま、机を平手で軽く打った。

「君はそれを、亡くなった民のご遺族の前で言えるのかね！　妻、夫、子供を殺された理由。それは自らが敬い信じる神が、お前達を試したからなのだと」

太った年配の女性は、さすがに言葉を返せない。それを冷たく見つめつつ、大司教は言い募る。

「それで試した結果はどうだった？　信心が足りないから命を失ったのかね？　真面目に働き、日々の収穫に感謝し穏やかに暮らす人々。彼等がお眼鏡にかなわぬのなら、この国に生き残る者などおらんよ」

二重顎を大きく震わせ、息を吐き出す大司教。口調を和らげ、正面の老女を眺めやる。

「神はね、信じる心を試して罰を与えるような、そんな陰険な事はしないよ。少なくとも私は、そう信じている」

静かに言い終えると、退室を命じた。

肉付きのよ過ぎる後ろ姿が廊下に消えるのを待って、机の天板をなでさする。

（とりあえず、へこんではいないようだ）

長い間使い込むうちに、色気が薄くなって来たウォールナット製の机。若い頃にほれ込んで、借金してまで購入した品だ。

人生をともに歩んだ友の無事を確認し、心から安堵の息を漏らす大司教だったのである。


大司教に、いったんは言い負かされた太った年配の女性司教。

階段を下り、自らの執務室に向かう途中、その心は再び煮えたぎり始めていた。

（大司教猊下は、間違っている）

これは理屈ではない。

いや、本人は理屈であり、筋道立てた思考の結果だと思っている。しかし第三者からは、そう見えないだろう。

言うなれば、精神的なアレルギー。『罪と罰』の行ないに心が拒否反応を起こし、普段の彼女ではあり得ないような、感情の大きな波を作り出していたのだ。

「帰ったわよ」

自室の扉を勢いよく開け、愛用の椅子に大きな悲鳴を上げさせる。

すぐさま駆け寄り、大司教の反応を聞きたがったのは二人の男女だ。

「いかがでしたか」

最初に問うたのは、剃らねば頬を覆うだろう髭の青い剃り跡に、太い眉を持つ、甘いマスクの二十代後半の男性。

胸と脇下の密林地帯から漂う濃厚なフェロモンは、フランス映画の主人公を髣髴《ほうふつ》とさせる。

「大司教猊下は何と」

二十を超えて間もない女性も、フェロモン男に続く。

頭にかぶったベールからはみ出す、斜めに下がった前髪。修道服の地味さもあいまって、就職活動中の女子大生を思わせる。

側近として王都に同行した二人は、王国での神の与える喜びについて学ぶため歓楽街へ。そこで上司と共に『罪と罰』を目にしたのだ。

「話にならないわね」

大司教の言葉を、不快感に満ちた表情で語って聞かせる。

「何という俗物」

「神への冒涜です。大司教の地位に留まってよい人物ではありません！」

老女司教と似た価値観を持ち、同じアレルギーを持つ二人。彼らは怒り収まらぬ様子で、大司教をこき下ろす。

その姿を目にし、彼女の心もいく分落ち着いて来た。

「これこれ、そう悪しざまに言うものではありませんよ」

自分で焚きつけておきながら、そのように諌《いさ》めてみたりもする。

「申し訳ございません」

頭を下げる二人を穏やかな表情で眺め、大きく息を吐いた。

「猊下は自称賢者の件で、大分お疲れなのでしょう。『罪と罰』は、我々で対処しなければなりませんね」

その言葉に、側近達は期待を込めた眼差しを送る。

「聖女を派遣します」

「聖女様を！」

聖人、あるいは聖女とは、東の国が持つ切り札の一枚。呪文の詠唱をせずに、高位魔法と同等の力を顕現させる事が可能な存在だ。

『神から与えられし聖なる力』

そう東の国では信じられているが、国の外では若干違う。

『魔獣の用いる魔法』

こちらと同じ原理ではないかと、考えられていた。

「あなた達は、聖女と共に王都へ向かいなさい。そこでこの悪しき風習の根源を、浄化して来るのです」

「聖女様のお力があればたやすい事。お任せ下さい」

シャツの胸元から毛を覗かせた青年は膝を突き、女性もそれに続く。

太った年配の女性司教は重量できしむ椅子から、その姿を頼もしそうに見下ろしていた。

舞台は東の国の司教座都市から西へ、王都へと移動する。

秋の雲高い青空の下、商人ギルドから真っ直ぐ家へ帰った俺は、外へ遊びに行かず、そのまま眷族達と庭森へ出ていた。

先頭を進むのは栗のイガ。いや、茶色の棘鎧をまとった、死ぬ死ぬ団のダンゴロウ将軍である。

俺は右肩に眼帯をしたイモムシを乗せたまま、ダンゴムシの後ろに続く。

「ん？　そろそろか」

地面を見ながら、ワキワキするイモスケ。そちらに目をやれば、地面から突き出している一本のキノコ。ちょっと大き目のブナシメジといったところだ。

「ダンゴロウ将軍、任せるぞ」

俺の言葉に、栗のイガは速度を上げ前進。そのままブナシメジに激突した。

そして、くるりと振り向くダンゴロウ。棘に刺されたキノコは、哀れにも反転によって引き抜かれる。

『いちげき』

ニヤリとでも笑ったような雰囲気。それを目にした俺と肩上の副首領は、揃って頭を左右へ振った。

「あのなダンゴロウ。キノコ狩りというのは、そういうものじゃないんだ」

しゃがんで、棘に刺さった背中のキノコを取りのぞく。どうも『狩り』という言葉のせいで、勘違いしているらしい。

「きれいなまま収穫しなきゃ、食べられないだろう？」

理解したらしく数度頷き、進撃を再開。次なる目標は、正面に品よくたたずむ真っ白なキノコのようだ。

「ちょっと待て！　ストップ！」

あれは間違いなく『白い淑女《ホワイトレディ》』。最近、庭森でよく見掛けるようになったが、他ではかなり珍しいという。

そのため価値は、同じ高さに積んだ金貨にも匹敵するらしい。

「猛毒なんだろう?」

だが問題はここ。採取は、『ベテラン冒険者でなければ難しい』という話なのだ。

「キノコの毒なんかに、負けないって?」

上体をやや持ち上げ、振り返ったダンゴロウ。任せておけ、みたいな雰囲気を出す。

イモスケも肩の上で、当然といった様子で頷いている。

「お前達は大丈夫でも、俺が駄目だ。それに今日は、食べるのが目的なんだからな」

庭森の幸で、キノコ鍋。一度やってみたいと思っていたのだ。

「だからイモスケ、俺が食べられそうな奴を選んでくれ」

わかったらしい。

キノコを含め、植物に関しては我が家で一番詳しい存在だ。その知識に期待しよう。

イモスケの指示を受け、ダンゴロウがキノコを収穫しに向かう。今度は根元の下から掘り起こし、傷をつけないよう気を配っていた。

「これも食えるのか」

笠は鮮やかな赤で卵形。なかなかに派手な一本を手に取り、イモスケに尋ねる。

『たぶん』

状態異常回復のポーションは、準備しておいた方がいいかも知れない。

そんな感じで池の近くまで来た時、奥が騒がしいのに気がついた。

「何だ？」

池の守護者である亀は、基本的に物静かである。水面を荒く波立たせるような事はしない。今の状況は、珍しいと言えるだろう。

亀のそばまで行ってしゃがむと、何やら格闘しているのがわかる。

「白い蛇？」

体長二十センチメートルほどの亀。その短い尻尾に、長さ十センチメートルくらいの蛇が噛み付いていた。

格闘というか、亀は迷惑そうな様子で体を左右に振っている。

「おっ？」

大きい亀の方が、やはり力は強いようだ。振り回された白蛇は、岸辺の石に叩きつけられ尻尾を放す。

亀が振り返ると同時に、白蛇の周りを光の輪が囲む。

「転移魔法か」

この亀、実はただ者ではない。強力な精霊獣で、引っ越し前は精霊の湖に住んでいたらしい。

ザラタンと呼ばれ、本来は小島のように大きいという。

光の輪が消えると同時に、白蛇の姿も消える。俺達に気が付いたザラタンは、こちらへ近づいて来た。

「転移魔法に、巻き込んだのか」

イモスケの通訳によると、ザラタンは海とここを魔法でつなぎ、いろいろと転移させていたらしい。

今回、海老の群れを連れ込もうとしたら、群れを追っていた白蛇も一緒に転移させてしまったという。

『びっくりしたみたい』

イモスケが言うのは、白蛇の事。

普段はザラタンを襲ったりしないのだが、パニックになったせいで見境がつかなくなっていたらしい。

「まあ、そうなるかな」

さぞかし驚いただろう。

すなまそうに、頭を水に沈ませるザラタン。その時俺は、気になる事を見つけた。

「ちょっと持ち上げてもいいか、聞いてくれ」

イモスケが言葉を伝えた後、ザラタンが頭を縦に動かす。

「よっと」

水に両手を入れ、亀の脇腹をつかみ持ち上げる。そしてよく観察すると、尻尾が千切れているのが見えた。

「ぼろぼろじゃないか。それに甲羅にも結構傷がある」

そう言うと、訳して伝えるイモスケ。戻って来た答えは、今回ではなく古傷、なので痛くはないとの事。

（さて、どうするか）

縦に持っても落ちない背中の森と廃墟、それに根元で千切れた短い尻尾。その二つを見ながら考える。

この亀は眷属ではない。しかし俺の中では、すでに我が家の一員である。水の苦手なイモスケやダンゴロウを補完してくれる、頼もしい存在だ。

(魔法で治療してもいいよな)

この間貰った黒革表紙の分厚い本。それは、かつて亀が背中に住まわせていた人物が、俺と同じ謎の石像の恩恵を受けていた事を示している。

そのうち、魔法や石像の件で相談に乗ってもらうかも知れない。

「この怪我、治してもいいか?」

知られても構わないだろう、そう考えイモスケと相談する。眷属筆頭にも異論はないらしく、そのまま亀へ通訳してくれた。

「どうした?」

ちゃんと伝わったはずなのだが、今度は反応が鈍い。キョトンとしている。

嫌ではないだろうと思い、俺はそのまま怪我治療の魔法を発動した。

「……Eでは駄目か」

見た目、大怪我ではない。そのため行けるかと思ったのだが、駄目だったようだ。

ずっしりと重い物を押したけど動かない、そんな感覚が残る。

「本当は、でかいっていうからな」

そのせいかも知れない。

俺はしゃがんだまま、周囲を見回す。草木で外から見えないのを確認すると、一つ飛んでCランクを発動。

「もう少しなんだがなあ」

一瞬だけだが赤色の淡い光に包まれた自身の体に、ザラタンは驚いているようだ。

「よーし、B行っちゃうぞ」

庭森に撒いたのをのぞけば、自分以外に使用するのは初めてのはず。

「それっ」

声と共に、強い光が赤く周囲を照らす。

それが収まった後、ザラタンの尻尾は今までの三倍くらいに伸びていた。

「もとは長かったんだな」

軽い驚きと共に、甲羅を眺めやる。大小あった傷は綺麗になくなっていた。

突き抜けた感覚もあったし、怪我に関しては完治しただろう。

「もうちょっと待ってくれ」

両手で持ち上げたまま、Dランクの病気治療と状態異常回復を使用。どちらも問題はないようだった。

「はい、ご苦労さん」

俺はザラタンを池に戻す。

亀は首を精一杯伸ばして、尻尾や甲羅を熱心に確認していた。

『ありがとうって』

イモスケが言う。何やら随分、自慢げである。

下を見ればダンゴロウも、亀に向けて栗のイガを振り回している。いつもより偉そうだ。

「池の管理は任せたからな」

そう告げて、キノコ狩りを再開する俺達。

たまに視線を池へ送ると、いつまでもこちらに顔を向けるザラタンの姿があった。


明けて翌日。秋になり、昇るのが遅くなった太陽。

真横から差し込む日差しに眼を細めながら、俺はフライパンを振る。

「こんなものかな」

ベーコンと一緒に炒めたたくさんのキノコ。それを大きめの皿に移し、斜めに輪切りしたフランスパンを隣に置く。

ジュウジュウと音を立てるベーコンの脂に、もうもうと上がる湯気。これにコーヒーとDランク状態異常回復薬が、今日の朝食だ。

「いただきます」

眷属達がいるであろう庭森に手を合わせ、フォークで一本のキノコを刺す。それは火が通ってもなお、鮮やかな赤を保っていた。

俺は選んでくれたイモスケを信じ、口に入れる。

「……うまいな」

卵形の笠を食い千切りながら、感想を漏らす。

肉厚のキノコから溢れ出たうまみと、ベーコンの塩味。とても炒めただけとは思えない。

さすがは精霊獣の育てし森の幸。ちなみに鍋にしなかった理由は、土鍋がなかったのである。

「商店街で探してみるか。小さいのがあればいいのだけど」

幸いポーションを使うような事態は起こらなかったので、瓶をポーション鞄へしまう。

洗い物を終えた後は、庭森の眷属達に声を掛け家の外へ。向かう先は商人ギルドだ。

「タウロさん、いつもありがとうございます」

いかつい顔に笑みを浮かべて迎えてくれるのは、すっかり俺の担当となった主任である。

ポーションを納めた後は、少しばかり雑談。たまに面白い噂が聞けるのだが、今日もそんな日であった。

「蛇女に魔人ですか」

話題になったのは、何と教導軽巡先生。俺との試合を前に異国へと旅立った彼女は、東で蛇女を倒し、北で魔人を殴り飛ばしたという。

一体、何の修業をしているのだろうか。

「私が言うのもなんですが、こういうのは尾ひれがつくものですから」

苦笑いしながら弁明する、強面のおっさん。今回ばかりは、俺もその意見に賛成である。

「ではまた、よろしくお願いします」

挨拶をして席を立ち、その後は大通りを東へ。決まった行く先があるわけではない、考え事をしたかったのだ。

（エルフ騎士への対策か）

商店街をぶらつきながら、思う。

『遠く離れた場所から攻撃魔法を放ち、敵が向かって来たらホバーで逃げる』

これが俺の戦い方だが、エルフ相手には苦しいだろう。何せ相手も同じ事が出来るのだから。

（接近戦じゃ勝ち目はないし）

剣の心得がないうえに、魔力操作の高さのせいで騎士と痛覚を共有してしまう俺。対するは、正規の訓練を受けて来たであろう戦いの専門家だ。

勝敗など、始める前から決まっている。

（差をつけられるとするなら、魔力量だな）

俺の魔力の元は、謎の石像から借りている根源魔法《アカシック・マジック》。騎乗して使えるのは、Dランクまで。

だがその理由は、騎士が耐えられないからだ。俺にはまだ、C、B、A、Sと上位ランクの魔法が残っている。

（これが使えるようになれば、射程、威力、弾数で優位に、……おっと）

いつの間にか商店街を通り過ぎ、東門まで来てしまった。

門手前北側に聳えるのは、レンガ造りの大きな建物。馴染みの場所、商人ギルドの騎士格納庫である。

（ちょっと寄って行くか）

警備のおっさんに挨拶し中へと入るが、草食整備士の姿はない。聞けば昨日も徹夜だったらしく、そのまま仮眠室で寝ているという。

（この時間まで寝ているくらいなら、徹夜しないで帰ればいいのに）

一瞬そう思うが、考え直す。夜の方が力が出るのかも知れない。

（前の世界の職場にも、吸血鬼《ヴァンパイア》属性の男がいたな）

『日付が変わらないと、気分が乗らないんですよ』などと恐ろしい事を口にして、上司を真っ青にさせていたものだ。

ここのトップは草食整備士、自己管理に任せる事にして愛騎を見上げる。

（問題は俺より、老嬢《オールドレディ》の方だよなあ）

使える魔法のランクにかかわる事、残念ながら草食整備士に相談は出来ない。自分で何とかする他ないだろう。

近くの工具箱に腰を下ろし、溜息をつきつつ眺め続けるのだった。

「もうこんな時間か」

格納庫の壁にある時計。それが昼近くを指している事に気がつき、立ち上がる。

（昼飯を食っている時間はない。プレイの後にしよう）

格納庫を出て、速めの足取りで歩く。向かう先は、『制服の専門店。どんな制服も揃っちゃう。さあ、あなたも今すぐ、制服、征服！』だ。

本日は、開店直後の一発目を予約していたのである。

店の戸を開けロビーに進むと、奥にあるカウンターの前に少女の立ち姿が見えた。俺が来るのを待っていたのだろう。

「教官殿！　本日もご指導お願い致します！」

緊張した表情で敬礼する、細い感じの化粧っ気のない少女。髪型は肩口で切り揃えられたおかっぱだ。

操縦士学校の生徒で、着ているのは勿論制服である。

俺が商人ギルド騎士団の団長と知ってから、教官と呼ぶようになっていた。

「今日も揉んでやるからな。覚悟しておけよ」

「はい！」

背後から右手を回して薄い胸をつかみ、言葉どおり揉む。

周囲の客達は俺達に興味を示さない。ロビーからコスチュームのロールプレイが始まるのは、よくある光景なのだ。

そのままの状態で階段を上り、プレイルームへ。

「厳しく行くぞ」

「よろしくお願いします！」

俺の相手を務めるようになってから、魔力操作の腕が上がったらしい。なのでこの態度は、プレイではなく本気である。

先輩であるポニーテールのB級乗りへの昇進が、刺激となっているのだろう。いつも以上に真剣で、熱意が感じられた。

「準備は出来ているな？」

手のひらに感じる尖り具合、それでわかってはいるものの念のために聞く。

俺の頭の横で頷く、おかっぱ頭。それを見て、早速ベッドに押し倒した。

生脚だったポニーテールと違い、この子はいつも黒タイツ。もともと太い方ではないが、それが脚をますます細く見せている。

タイツの中心を手で破って下着をずらし、腰を押し当て即侵入。たっぷりの熱い唾液の中を角度を付けて動くと、ある場所で女子生徒は耳が溶けるような甘い声を上げた。

「そんなんじゃ弱点が丸わかりだぞ？　熟練の親父共は見逃さないからな」

俺は彼女の顔をねちっこく見つめながら、反応のあった箇所をこすり続ける。

「申し訳ありません！　教官殿！」

必死に歯を食いしばるも耐え切れず、少女はすぐに一線を越えてしまった。

「教官殿！　自分はすでに！」

これ以上は苦しいと、痙攣しながら必死に訴える。しかし俺は止まらない。

「馬鹿者！　自分の都合に相手が合わせると思うな。わざわざこの時を選んで、激しく突き回すのもいるんだぞ」

「申し訳ありません！　うあああっ！」

舌で宙を指したまま動かなくなってしまったので、少し休憩。

再起動したところで、抱きかかえソファーへ移動する。

「よし、次のシチュエーションだ。野営して操縦席で寝ているところを想像しろ」

生真面目な表情で、目を閉じる女子生徒。俺は両脚を肩に乗せ、正面から侵入。

「暗闇の中目を覚ますと、知らないおっさんが覆いかぶさり、荒い息遣いで体を揺すっていたという設定だ。恐ろしいだろう？」

「はい！　もの凄い恐怖を感じます」

そう答えるものの、ツボだったようだ。あっさりと盛大に昇天する。

「そんな簡単に飛ぶ奴がいるか！」

厳しい教官の叱責に、上がった顎を何とか上下させて返す女子生徒。ポニーテールと違って、後輩型の体育会系だ。

「もう一本、休みなしで行くぞ！」

「はひっ！　お願いひまふ！」

こういうのも新鮮でよろしい。


日が落ちた後、娼館から帰った俺は、いつものように玄関で眷属達の出迎えを受ける。

夕食後に居間でドングリサッカーをやっていると、庭森が明るいのに気がついた。

中指でドングリを踏みつつ、イモスケのタックルを防御。ちらりと窓に目をやる。

「随分増えたな」

心当たりはある、昨日のキノコ狩りでも多く見掛けたのだ。

『きれい』

『あかるい』

試合を中断し、隣で一緒に庭を眺めるイモムシとダンゴムシ。眷属二匹の言うとおり、庭森のそこかしこに淡く光るものがある。

「確かに綺麗だけどさ」

その白い光源の正体はキノコ。拳を縦にしたくらいの大きさで、『白い淑女《ホワイトレディ》』と呼ばれている。

真っ白でつつましやかに開いた笠は、確かに淑女の上品な立ち姿そのもの。だがこれは、強烈な毒キノコでもあるのだ。

「重騎馬《ヘヴィーランサー》は大丈夫なのか？」

頷くイモスケ達。食べたりはしないので、大丈夫らしい。

だが問題は、だんだん生息範囲を広げている事だ。このままだと、いずれ庭森が占領されかねない。

「えっ？　収穫しろって？」

イモスケによれば、エルフ達は喜んで採っていたそうである。

しかし俺は知っている。このキノコの採取は、『ベテラン冒険者でもなければ非常に危険』なのだ。

俺達は庭森に出て、光源の数を調査。予想以上に多い。

「うわっ、栗のイガからも生えているぞ」

落っこちて、中身を飛び散らせた栗のイガ。その外側の針をものともせず、白い淑女《ホワイトレディ》が立っている。

興味を示し前へ進もうとするダンゴロウを、俺は両手で抱きとめた。

『どくのよろい』

手の間でこちらを振り向く、体長十五センチメートルのダンゴムシ。

「やめなさい」

栗のイガを棘の鎧と称する、死ぬ死ぬ団の将軍閣下は、すでに二着のイガをコレクションしている。棘のやわらかい緑色のものが儀礼用、焦げ茶色で棘の硬い方が戦闘用なのだそうだ。ちなみに今は、イガをかぶっていない。

「採取方法を、教えてもらうしかないか」

わしゃわしゃするダンゴロウを手に持ったまま、つぶやく。

「幸い、心当たりはあるしな」

庭森は、精霊獣や重騎馬《ヘヴィーランサー》、それに亀の住まう場所だ。ベテラン冒険者を呼んで採取してもらうわけにはいかない。

であるならば、俺が学んで自力で駆除するしかないだろう。

「ポーションを多めに持って行けば、大丈夫だろう」

俺には怪我、病気、状態異常に対処出来る、頼もしい魔法がある。危険がどのようなものかさえわかれば、最悪魔法を掛け続けながら作業をしてもいい。

「キノコは、これに入れて持って行くか」

木の小箱を、居間から持って来て庭に置く。

白い淑女《ホワイトレディ》は傷をつけると危険だが、毒の胞子を撒き散らしたりするタイプではない。

俺はガーデニング・スコップを使い、慎重にキノコの生えた栗のイガをすくい取る。そして箱の中へと入れたのだった。


明けて翌日、商人ギルドの建物の裏。

薄暗い路地に、俺は馴染みの冒険者と共にいた。

「これを見てもらえるかな」

床に置かれた小さな木箱、その蓋をそうっと開ける。

中に寝かせられているのは、『同じ高さに積んだ金貨と同じ』と言われるほどの価値を持つキノコ。

一目見た渋いおっさんは、厳しい表情で目を細めた。

「こいつに手を出すとは、勇気があるな」

何やら難しい課題に手を出す素人、それを見る目である。

「安全に採取する方法を、教えてもらえませんか」

片目を閉じ、片目でキノコを見続ける渋いおっさん。口をへの字に曲げて考え込む。

ちなみにこの渋いおっさんとは、何度も一緒に仕事をした仲だ。お願いするのは魔獣退治時の調査やドロップ品の回収、それに付近住民への告知や誘導まで様々。

俺の知るベテラン冒険者といえば、この渋いおっさんしかいない。

「覚えたいって事は、まだあるんだな？」

一言つぶやき、探るように俺を見る。

「場所は教えられませんが」

しばし睨み合う俺達。

技術は財産、安売りはしない。その気持ちが、ひしひしと伝わって来た。

「報酬は白い淑女《ホワイトレディ》三本、これ以下はない」

「……いいでしょう」

固く握手を交わした俺達は、早速練習をすべく、木箱を手に渋いおっさんの作業場へと向かう事にした。

「練習は、この栗のイガに生えたのを使う。終わった後は貰うが、いいな？」

採取の練習だ、キノコは傷だらけになるだろう。しかしそれでも価値は残るに違いない。

これは、話が決まった後の後出しだ。俺が呑めば、渋いおっさんは追加報酬を得る事になる。

(練習台にした猛毒キノコなんて、処分してもらった方が助かるんだけど)

それが本心だが、口には出さない。目の前にある金貨の化身を欲しがらない者など、理解されるはずがないからだ。

俺に出来るのは、やられた、という表情を作る事だけである。

「……ベテラン冒険者というのは、交渉も上手なんですね」

ちくりと言い返す俺へ、渋いおっさんは口の端で小さく笑うのみ。

「わかりました、それで結構です。ですが練習に使ったものですし、価値はかなり下がるのでしょう?」

仕方がない、という雰囲気で了承する俺。質問をくっつけたのは、興味からだ。

「売る場合は一桁下がる。しかし味は変わらんから、食う分には問題ない」

「……食べるんですか」

正直、驚きを隠せない。食へのこだわりは知っていたが、さすがにここまでとは思っていなかったのである。

「毒を抜くのが、なかなかに手間だがな」

そう言って、大笑いする渋いおっさん。俺は一度肩をすくめ、後ろに続くのだった。

そして数時間後。何とか技術をものにした俺は、家へと向かっている。

ちなみに筋は、かなり悪いようだ。

「採取の経験はないようだな」

練習の当初、そう口にした渋いおっさんの表情を思い出す。おぼつかない俺の手つきを見て、一目でレベルを悟ったらしい。

田舎育ちではあるものの、俺には山菜取りの経験一つない。『報酬が安過ぎたか』、という呟きには聞こえないふりをした。

「ポーション持参でなければ、今日、ものにはならなかったぞ」

合格を言い渡した後、疲れた表情で言葉を吐き出す渋いおっさん。

俺が机に並べた状態異常回復薬を見て、元は取れるが大げさだ、と最初は思ったそうだ。しかし最後、机の上にあるのはほとんど空瓶である。

(アウトドア経験のあるなしは、結構差が出るからなあ)

山へ行った時の、常には見せた事のない後輩の輝き。聞けば山岳部にいたという。

テント一つ満足に張れなかった俺とは大違いだ。

そうこうするうち、ダウンタウンの北へ到着。新たに購入した革手袋と二本のナイフを手に、自宅玄関への階段を上る。

「やり方を覚えたからな。ちょっと離れてろよ」

早速眷属達を引き連れ、庭森へ。

キノコの前で地面に腹ばいになると、長いナイフを左手に、短い方を右手に持つ。そして慎重に、石突の下部に両側から刃先を差し込んだ。

「ウルシみたいなもんだ」

問題は内部の汁。このキノコは乾いているように見えて、結構水分を含んでいる。それに触れるのがまずい。

『キノコの毒なんかに負けない』

眷属達はそう言った。おそらく任せても、除去は出来る。

(だけど絶対、体に毒汁が付くよな)

本人は気にせず、体をこすり付けて来るだろう。俺が被害を受けるのは、火を見るよりも明らかだ。

「よし」

もぎ取り、藁《わら》を敷いた木箱に入れる。

目標は三本。約束どおり全部、冒険者の渋いおっさんに渡すつもりだ。

食べる気も売る気もない俺の場合、手元にあってもやっかいなだけである。

「うわっ！」

二本目で失敗、飛び散った汁が袖口や頬につく。

数分で激しい炎症を引き起こすので、即座に『状態異常回復』のEランクを発動。Fでは対処出来ないのが、このキノコの凶悪なところだ。

「失敗っていっても、それほど傷んでいなさそうだな」

根元付近だったためか、採取という意味では問題ないように見える。これは渋いおっさんに判断を仰ごう。

三本目は無事成功。藁上に白い淑女《ホワイトレディ》を並べ、大きく息を吐く。

こうして俺は、キノコの間引きを済ませたのだった。

その日の夕方、王都中央広場近くの大衆食堂。

タウロにキノコ採取の指導をした渋いおっさんは、上機嫌で木箱を取り出した。

開けた中から出されたのは、陶製の小皿。そして上に載るのは、小さく切り分けられた白いキノコである。

量は、一本分といったところだろう。タウロが練習に使用したものだ。

「リーダー、自分で料理したんですか」

「相変わらず器用ですねぇ」

持ち込んだ一品を見ながら、冒険者チームのメンバー達は歓声を上げる。

嬉しそうな表情で頷いた渋いおっさんは、テーブルの中央に皿を置く。

「うまいぞ」

大皿の料理を突いていた彼らは、白いキノコへフォークを伸ばす。しかしただ一人、最近チームに入った若い魔術師だけが手を出さなかった。

「どうした？」

リーダーの言葉に、その若い魔術師は疑わしそうな目を向ける。

「これは何です？」

食材を警戒しているらしい。安心させるよう笑みを浮かべ、渋いおっさんは名を告げた。

「毒キノコ」

盛大に溜息をつく若い魔術師。

「遠慮しておきます」

その返答に、渋いおっさんは残念そうな表情を浮かべる。

「これを食えば、ギンギンなんだがな」

「……まだ大丈夫ですので」

表情を変えずに、食堂の料理を口に運ぶ若い魔術師。それを見つめる渋いおっさんは、いく分うらやましそうに見えた。


王都の人々は、季節の変化を強く感じていた。

とくに日没。夕食を終えた後でもまだまだ外が明るかった日々はとうに過ぎ去り、ふと窓外を見れば、その暗さに驚く事もしばしば。

そんな日の落ちた街路を、フードをかぶった青年が足早に進んでいた。

細道へと曲がると、少し奥に建つ宿の中へ。

「お帰りなさいませ」

フードをわずかにずらす事で従業員に顔を見せ、挨拶という名の確認を受けた彼は、階段を上る。

目当ての部屋を静かにノックし、開けられた隙間から体を滑り込ませた。

「どうだった？」

問うたのは室内にいた二人の女性のうち、前髪を斜めにした年上の方。ただし年上と言っても、二十歳になったかならぬか。

派手さに欠けるその雰囲気は、たとえるなら『就職活動中の女子大生』だろうか。

「情報はもう充分だ。そろそろ次の段階に移るべきだろう」

満足そうに答えた青年は、くせっ毛の髪に太い眉の、野性味ある長いまつ毛の優男だ。シャツの胸元から覗く胸毛と両脇の下から、濃い男の臭いを漂わせている。

「ではいよいよ、悪の根源を倒すのですね」

真剣な表情で口を開いたのは、最後の一人。

先ほどの一人が女子大生なら、こちらは女子高生といった年齢だろう。長い髪をお姫様ヘアーにしている。

胸毛フェロモンは片膝を突き、態度を改めた。

「おっしゃるとおりです。聖女様のお力をお貸し下さい」

聖女と呼ばれたお姫様ヘアーの女子高生は、強く頷く。

「勿論です。私の力は、そのために神から授かったものですから」

だがすぐに口調を弱め、二人を交互に見やる。

「ですが私はこのとおり、あまり世に慣れておりません。あなた方の助力が必要です」

「私でよろしければ」

「お任せを」

頭を下げる就活女子大生と、長いまつ毛でウインクをする胸毛フェロモン。その眼差しは、まるで妹を見守るかのよう。

嬉しげな表情で聖女は、二人の手を取り思いを述べた。

「皆で力を合わせ、民草を悪魔から救いましょう」

就活女子大生と胸毛フェロモンは、東の国の修道女と修道士。『罪と罰』への嫌悪と怒りで身を膨らませていた、太った年配女性司教の配下である。

司教の指示を受け聖女を連れ出した彼らは、数日前に王都へ到着。その後は交互に街へ出て、倒すべき敵が誰なのかを探っていたのだ。

「じゃあ、集まった情報をまとめてみるわね」

司会を買って出る就活女子大生。口調を砕けたものに変えたのは、聖女がそう望んだからである。

「意外なほど簡単に判明したのだけれど、『罪と罰』を発案し世に広めたのは、ドクタースライムという人物よ」

「ああ、傲慢な奴だ。隠す気がまるでない」

苦々しい表情を作る、胸毛フェロモン。

手掛かりを求めて訪れた、最初の娼館のロビー。そこには『考え出したのは俺だ！』とばかりに大書された自筆の色紙が、高々と飾られていたのである。

「色紙には『死ぬ死ぬ団首領』とも記されていたわ。だけどさすがに、『死ぬ死ぬ団』が何であるのかまではわからなかった」

「……死ぬ死ぬですか、随分と禍々《まがまが》しい響きですね」

不安そうな言葉を漏らす、女子高生聖女。就活女子大生は元気づけるように口調を強めた。

「だけど飲食店への聞き込みにより、『大人のグルメ倶楽部』という存在が浮かび上がったの。おそらくはこれが、『死ぬ死ぬ団』の表の顔」

腕を組んだ胸毛フェロモンが、言葉を引き取る。

「つまり『大人のグルメ倶楽部』を主催しているのがドクタースライムで、この集まりのメンバーはすべてその一味ってわけか」

肯定する女子大生と、理解して頷く女子高生。

『ドクタースライムと手下を潰せば、事はなる』

続く結論はこのはずだったのだが、就活女子大生は言葉を切る。そして歯痛を耐えるかのように頬を片手で押さえると、再度口を開いた。

「あなたが戻る前にいろいろと考えたのだけれど、私にはどうしても、ドクタースライムがトップだとは思えないの」

視線を向けられ怪訝な表情で見つめ返す、体毛の濃い優男。女子高生も、少しばかり驚いた様子である。

「黒幕は別にいて、その存在が『罪と罰』をドクタースライムへ伝え、流布させたのではないかしら」

「なぜそう思う？」

片眉を上げる胸毛フェロモンへ、就活女子大生は肩をすくめ言葉を継いだ。

「あまりにも唐突なのよ、『罪と罰』の出現が。どんなに突飛に思える発想でも、必ず文化的な下地があるはず。だけど今回は、それが見当たらないのよ」

「つまり？」

続きをうながされた就活女子大生は、他に人がいるはずのない周囲を見回し声をひそめた。

「この世の外、そこからもたらされた可能性はないかしら。たとえば魔界とか」

その言葉に、重苦しい沈黙と緊張に包まれる宿の一室。少しの間を置いて、高校生聖女が言葉を絞り出す。

「……遥か昔に追い払われたはずの悪魔。それが復活したという事ですか」

「復活しようと画策している、というところかしらね。人を使っているところから見て」

女子高生聖女の見解に頷き、就活女子大生は続ける。

「悪魔はまだこの世界の外側にいて、『罪と罰』を世に広めさせているのは、来るための準備。これが私の考えよ」

吟味するように沈黙した胸毛フェロモンだが、納得出来ない事があるらしい。二つに割れた顎をなでると、同僚の修道女へ問う。

「しかしなぜ、人間が悪魔に協力するのだ？　この世に害をもたらす存在である事など、自明だろうに」

問われた側も考えた事なのだろう。就活女子大生はすぐに返す。

「かつてあった、悪魔を信仰する人々と同じよ。洗脳されているのだわ」

理解の光を目に浮かべるも、胸毛フェロモンは顔をしかめ、吐き捨てるように言葉を出した。

「もともと悪魔に近い、汚れた心の持ち主なのだろう。だから悪魔の呼び掛けに反応し、簡単に心を乗っ取られたんだ」

「罪は悪魔にあるのです。そのような事を言ってはなりません」

女子高生聖女に咎められ、表情を正して頭を垂れる胸毛フェロモン。口からは反省の言が述べられる。

胸毛フェロモンのくせっ毛の頭に手をあて、女子高生聖女は微笑んだ。

「そのために私がいるのです。神から授けられた浄化の力は、ドクタースライムの心から悪魔を追い払う事が可能でしょう」

「仰せのとおりにございます」

謝罪を受け入れた女子高生聖女は、就活女子大生に続きをうながす。

「お言葉のとおり、そのお力は悪魔にとって天の敵ね」

だけど、と続ける。

「いかに聖女様とはいえ人の身、連続して力を行使する事は出来ないわ。ドクタースライムと配下は、切り離しておかないと」

頷く女子高生聖女と胸毛フェロモン。

「ドクタースライムは聖女様にお任せし、配下は俺達が足止めするって事だな」

ざらつく頬をひとなでして、胸毛フェロモンは問う。

「分断する策は？」

「偽情報で釣るつもりよ」

就活女子大生はそう口にし、説明を始めた。

ドクタースライム個人は、すでに特定出来ている。『大人のグルメ倶楽部』のメンバーも、全員ではないが判明済み。

ドクタースライムへは、『大人のグルメ倶楽部』の取材と称して単独で呼び出す。一方、配下達は、『大人のグルメ倶楽部』が臨時で開催されると偽って、一ヶ所に集める。

そのようなものだった。

「うまく引っ掛かるといいんだがな」

「色紙の件からも、自己顕示欲の強さがわかるわ。こちらが関心を示せば、必ず反応するはずよ」

心配げな表情の胸毛フェロモンに、自信ありげに返す。

「配下の方はどうする？」

「飲食店の従業員から、臨時開催の情報を流すつもり。よく行く店があるようだから、顔の割れたメンバーへ声を掛けてもらうわ」

「気をつけて下さいね」

心配そうな様子を見せる女子高生聖女。安心させるように胸毛フェロモンが、やさしく声を掛けた。

「ご心配には及びません。我ら二人共、こう見えてランキング保持者。配下ごときに遅れは取りませんよ」

世界大会に大きな価値を見出し、熱心に選手を送る東の国。しかしそれでも、世界ランキングを持っている者は少ない。

つまりランカーである二人は、東の国きっての使い手であるという事だ。

安堵の息を吐く女子高生聖女を確認し、胸毛フェロモンは就活女子大生へ目を戻す。

「重要なのはタイミングだな。同じ日は絶対だ、出来れば近い時刻にしたい」

頭を縦に深く動かす、就活女子大生。

「ドクタースライムが取材に応じたら、それが決行日よ」

そしてドクタースライムと『死ぬ死ぬ団』、双方を浄化し滅する計画が、動き出したのだった。

同じ頃、東の国の司教座都市では、大司教にある知らせがもたらされていた。

「聖女がいない？」

大教会の執務室。

そこに現れた気弱そうなおっさんは、二重顎に埋まった大司教の険しい顔にビクリとする。

現在、東の国にたった一人だけいる聖女。まだ学生の身である彼女は、修道院から学校へと通っているはずだった。

「修道院長によれば、司教様からのご命令だとか」

登校しない聖女を心配した教師が、修道院へ問合せ、事が発覚したのである。

さらに判明したのは、その司教の側近が西に向かったという事。

(王国との間に、面倒事などごめんだぞ)

司教の名を聞き、顔をしかめる大司教。先日怒鳴り込んで来た、あの太った年配の女性であったからだ。

『罪と罰』に対抗するため、聖女を連れ出し王都を目指したに違いない。

「司教の方は、私が何とかしよう。お前は王都へ人を送り、聖女達を連れ戻せ」

いつもは温厚な大司教。その眉間の眉がさらに深くなる様子を見て、気弱げなおっさんは拝礼と共に急ぎ退室する。

扉が完全に閉まりきるのを待って大司教は机に突っ伏し、天板の両端をしっかりと握った。

そして太い声で長く呻く。

「今の話、どう思う」

大きく息を吐いた後、誰にともなく声を掛ける。返事は机の下からあった。

「報告にありました『罪と罰』。司教様はそれを悪魔による呪い、あるいは洗脳とみなしたのでしょう」

大司教の脚の間に、修道女の頭がある。彼女は異常なまでに長い舌を絡ませ、お掃除を行いつつくすくすと笑う。

「だから、聖女の力に頼ろうとしたのか」

気持ちよさげに目を細めつつ、大司教は聖女について思う。

(確かあの娘の力は、Cランクの状態異常回復魔法、それと同等の力を発揮出来るというものだったな)

聖女。それは呪文の詠唱なしに、魔法と同等の力を発現可能な存在。先天的なもので、ごくまれに生まれ出る。

東の国では男なら聖人、女ならば聖女として尊び、若いうちから国の保護下にしていた。

(Cランクの状態異常回復は、確かに凄まじい)

正常な状態に戻せないものなど、皆無と言っていい。

『罪と罰』を求め、足しげく娼館に通う行動。それが呪いや洗脳によるものであるなら、どうだろう。

(そのすべてを解除出来る)

日に数回、聖女はその力を行使出来る。頼りたくなるのも当然と思えた。

「猊下」

机の下から声が発せられるが、自らの思索の海に沈んでいる大司教の耳には届かない。

(しかし果たして、効果があるものか)

この国には、国の病というべきものがある。

自分と異なる意見を持つ相手を、即、狂人扱いする傾向が見られるのだ。聖女を連れ出した司教など、その典型であろう。

(一神教ゆえの弊害。まとまりはあるが、多様な価値観を受け入れられず、器が小さくなる)

大司教自身は、『罪と罰』に状態異常回復が効くとは思っていなかった。

(あれは、趣味嗜好の可能性が強い)

女性から与えられる、心と体への痛み。それに喜びを見出している者達なのではないか。

そう考えていたのである。

「猊下」

(そうであれば、いかに状態異常回復魔法を用いようとも、……うっ)

無視された机下の修道女は、舌できつく締め上げる。その溶けそうな刺激に、肥えた大司教は物思いから立ち戻った。

「司教様の事ですけど、猊下のおいさめを無視して行動を起こしたのは、統治上、問題がありますわね」

スパイラル状に巻きつき、最後の一滴まで搾り取るようなその動き。思わず大司教は、甘い声を上げる。

「そうなのだ。『神のためならば、何をしても許される』、そう考える者達が現れてしまうのが、我が国の大きな問題である」

机の下で、大きく吸う音が鳴る。

「何が神のためなのか。人それぞれ違いますものね。あら？」

再び力を蓄えた大司教の分身。大司教は両手で修道女の頭をつかむと、そのまま喉奥へと突き立てた。

強引に頭を前後に揺すられ、喉がえぐられる。

だがこの修道女、舌長様の表情に苦しげな様子はない。それどころか、急激に喜悦が満ち始めていた。

(彼女は、変わった)

大司教は思う。

奉仕職の一環として、何度か机下に潜らせている。しかし大司教はこれまで、あまり評価しなかった。

(確かにうまい。しかし、男を屈服させようとしている)

それが理由。

(やはり、双方共に気持ちよくならなくては。でなければ男の方も、真の充足感を得られない)

そう思っていたのだが、ある日を境に大きく変化したのである。

奉仕職の間も、積極的に喜びを求めるようになったのだ。

(ここだな)

思いながら大司教は、喉の奥上をこする。驚くべき事に舌長様は、軽くだがそれで達してしまう。

(喉の奥のこれが、股間よりも敏感になっている。なぜこうなったのかわからんが、いい事だ)

一晩掛けての教導軽巡先生による導きが、喉奥を彼女の最高ポイントに育て上げていたのである。

これにより舌長様は、口を得意とするわりには好まなかった喉奥でのプレイを、熱望するようになってしまった。

以降、彼女の男性からの人気は急上昇。女性からのものを抜き去って、男女比はすでに逆転している。

やはり女性の満足した表情は、男に自信を与えるのだろう。

(そろそろ、頃合いかも知れんな)

喉奥に二度目の放出を行ないつつ、髪を指ですく。

「そなたは能力、実績共に申し分ない。しかも最近、心の成長が著しい」

髪を掻き分け、彼女の両耳を出しながら言葉を続ける。

「掃除が終わったら、僧兵を率い司教のもとへ行け。彼女の司教職を解く」

そして、一度耐えかねたかのように言葉を止めた。

「うむ、そうだ。次の司教は、そなただ」

脚の間で、何度も頷く修道女。心の底から献身的な、お掃除が始まる。

それを大いに堪能しつつも、大司教の思いは飛ぶ。

(かなわぬ事であろうが、『罪と罰』、試してみたいものよ)

そう思うには理由があった。

(厳しい修業の末に、神を幻視する事はまれにある)

体をいじめ抜く、寝ない、あるいは極度の絶食など。

あまりの辛さによる発狂。それを防ごうと麻痺させる脳の働きが、幻を見せてしまう。大司教はそう考えていた。

（もし『罪と罰』が、それをいく分手軽に味わえるものであるのなら、体験する価値はあるだろう）

大司教も若かりし日、無思慮に任せて荒い修業を行なった事がある。

その最中に見た幻は、まさに法悦と言える喜びを彼にもたらしていた。

（あれは幻覚だ）

今でこそそう思う。だからといってあの思い出が、色褪せるわけでは決してない。

命にかかわるような無謀な行をするつもりのない今、再度味わうためには別の方法が必要であったのだ。

（お忍びで、王都で試してみるか。……無理だろうな）

自分で自分の思い付きを、否定せざるを得ない肥えた中年男性。一方、股間の分身は、かつて味わった法悦の思い出に、身を硬くしお代わりを要求し始める。

（私が、次の司教）

こちらは、舌長様の心の声。

陶然としながらも気づき、掃除から奉仕へと切り替えた舌の長い次期司教は、心を込めて頭を前後に動かし始めたのだった。

王都中央広場東側に立つ、商人ギルド本部。

そのギルド長室には、目の細い痩せた男が訪れていた。

「タウロ君を嗅ぎ回っておるのか」

椅子に座った小柄なゴブリンっぽい老人が、報告書をめくる。

「まあええ、その件はこっちで対応する」

ギルド長である彼の前に立つのは、『暗殺者ギルド』の主任。タウロの身辺に近づく危険な存在を、徹底的に排除するよう依頼されていた。

だが今回、少々判断に迷う事があったので、手を出す前に相談に来たのである。

「それでは失礼致します」

暗殺者ギルドの主任は、一礼して退室。その背を見やり、同じ部屋にいた副ギルド長が自慢の白い髭をなでた。

「聖女では、東の国と国際問題になりますからな」

「それもあるがの、どうも聖女達の目的はよそとは違うようじゃ。荒事にはならんと思うの」

少し考える様子を見せる、サンタクロースな副ギルド長。

「では、放っておかれるので？」

ギルド長は自身には大き過ぎる椅子の中で、首を左右に振った。

「彼女に一報を入れておく。後は何とかしてくれるじゃろ」

名を聞いて、副ギルド長は頷く。

その人物は、タウロの取り巻きの一人。商人ギルドと直接の上下関係はないが、話を聞けば独自に動いてくれるはず。

判断力を含め、その実力は信頼に値する。

「後始末ぐらいは、こっちでせねばならんかもの」

「その程度は、仕方ないでしょうな」

あまり危機感なく、二人は言葉を交わし合うのであった。


王都歓楽街の北に建つ、五階建ての宿。

その一室で熱心に手紙を読む、一人の女性がいる。その姿はまるで就職活動中の女子大生が、企業からよい返事を受け取った時のよう。

「釣れたわ」

読み終え、顔を上げる就活女子大生。その顔には、手応えへの喜びが浮かんでいる。

同じ部屋にいる甘いマスクの男臭い青年と、お姫様へアーの女子高生も、ホッとした様子を見せた。

「二度ほど断って来たけれど、向こうの趣味をしつこく褒めてやったら態度が変わったの」

手紙を二人の方に、広げて見せる。

そこにはドクタースライムのものと思われる、達筆な文字が並んでいた。

「ほら、読んでごらんなさい。かなり感激しているみたいよ」

くすくすと笑いながら、胸毛フェロモンに手紙を渡す。

青年は手に取り、目を走らせた。

「何々、『貴女のグルメに対する情熱に、大きな感銘を受けております。私などでよろしければ、喜んでお話し致しましょう』ねえ」

声に出した後、おどけた表情で肩をすくめ天をあおぐ。

「神よ、人を欺くこの罪深き女をお許し下さい」

就活女子大生は、胸毛フェロモンの耳を思い切り引っ張った。

じゃれ合う二人を、微笑ましい表情で眺める女子高生聖女。今ではこの二人を、実の兄姉のように感じている。

「……作戦を、もう一度確認するか」

その視線を感じ、胸毛フェロモンは咳払いし居住まいを正す。就活女子大生も、若干赤面しながら同意した。

「そうね。じゃ、私から説明するわ」

手紙をどかし、テーブルの上に王都の地図を広げる。

「時間は明後日の夕方、場所は歓楽街にあるレストラン。ここにドクタースライムが来る事になっているの」

地図の一点をトントンと指で叩き、『お願い致します』と、聖女へ頭を下げた。

「任せて下さい」

地図から顔を上げ、女子高生聖女は引き結んだ口で答える。

就活女子大生は彼女へしっかり目を合わせ、覚悟を確認。次に胸毛フェロモンへと視線を移す。

「私達はこっちよ。ここで『死ぬ死ぬ団』を迎え撃つわ。同じ歓楽街のレストランだけど、離れているから大丈夫なはず」

「了解」

胸毛フェロモンは、長いまつげでバサッとウインク。

「どちらも個室を押さえ済み。店主に金を握らせるから、少々派手にやっても大丈夫よ」

そして二人を見ながら、言葉を続けた。

「まだ予約だけだから、これから店に手付けを払いに行くつもり。一緒に来る？」

胸毛フェロモンは、青い頬を手でザラリとなでる。

「そうだな、戦場は事前に確認しておきたい」

「私も、是非お願いします」

女子高生聖女も続く。

「じゃあ皆で、場所を再確認して来ましょう」

東の国の聖女一行は対ドクタースライム戦を控え、最後の詰めに入ったのだった。


二日後、歓楽街西の外れにある中華っぽいレストラン。

俺はそこを訪れていた。

(コーニールさん、何かよい情報でも入ったのかな？　臨時の開催なんて)

馴染みの屋台で昼飯を食っていたら、店員から告げられたのである。夕方この店で、『大人のグルメ倶楽部』を行なうと。

騎士団勤めで、基本忙しいコーニール。店に伝言を頼むという事は、これまでにもなくはない。しかし今回は随分と急であった。

店員に案内され、奥の個室へ。

この店は、ノーハンドレストランもやっている。そのためこのような、食事と女性を共に味わえるための個室があった。

「お待たせしました、コーニールさん」

人影を見つけ、声を掛けつつ近寄る。

(あれ?)

だがそこにいたのは、若い女性が一人だけ。『大人のグルメ倶楽部』唯一のメンバー、コーニールではない。

「お気遣いなく、私も先ほど着いたばかりです」

それは、静かな表情でお茶をするクールさんであった。

腕を組み、首を大きく傾げる俺。それを見て、彼女は言葉を続ける。

「臨時で、『大人のグルメ倶楽部』が開かれると聞きましたので」

だが疑問符は、俺の頭上に浮かんだままだ。彼女は『死ぬ死ぬ団』の怪人だが、『大人のグルメ倶楽部』には参加していない。

クールさんは意に介した様子を見せず、小さめの声で言葉を続けた。

「首領、これは罠です。呼び出したのは、串刺し旋風ではありません」

眉間に皺の寄る俺であるが、疑いはしない。

クールさんの役目の一つは、花柳界の情報収集。帝国工作員の時は、彼女からの警告で助けられている。

(すぐにこの場を離れるべきか)

そう思うのだが、疑問に思うのは目の前のクールさんの態度だ。落ち着き払ったまま、椅子から立つ素ぶりを見せないのである。

いつでもこんな感じといえば、そうなのだが。

迷っているうちに、奥から二人の男女が姿を現した。

「ようこそ、『大人のグルメ倶楽部』、いや『死ぬ死ぬ団』の皆さん」

笑顔で告げたのは、強いくせ毛の髪に太い眉の優男。

髭の剃り跡は青い。鍛えられた体の胸元からは、濃い胸毛が顔を出している。

フランス映画で、主役を張ってそうなタイプだ。青い海と白いヨットがさぞかし似合うだろう。

(男臭いなあ。『目が合っただけで妊娠する』って言われるタイプだ)

エーゲ海でヨットを走らす、フェロモン溢れるプレイボーイ。俺には一欠片もない要素だ。

(俺も言われてみたかった。目が合っただけで妊娠すると)

そんな、やや羨望の混ざった目で見ている俺に、胸毛フェロモンは肩をすくめて見せる。

「動揺はないんだね、さすがと言おうか」

そこへ、隣の若い女性が言葉を継ぐ。前髪を斜めにした、いかにも就職活動真っ最中の雰囲気だ。

「でもこれを聞いても平気かしら？　あなた方のボス、ドクタースライムは我々の手中にあるのよ」

その瞬間、俺とクールさんの間に巨大な疑問符が落下する。即座に見合わせる顔と顔。

就活女子大生は俺達の様子を目にし、満足そうに含み笑いを漏らした。

「あのガタイのいい男は、今頃お清めの最中ね。でも心配しないで、命までは奪わないわ。神のお力で心を浄化し、真人間になってもらうだけよ」

笑い声を上げ続ける就活女子大生と、隣でニヤニヤ笑う、奥様のハートを射抜きそうな胸毛フェロモン。

二人を交互に見やった俺の心に、冷たい汗がにじみ出る。

(まずい、コーニールさんが捕まった)

俺ではなく、コーニールをボスと見誤った事に不思議はない。

ああ見えて、王国騎士団でA級騎士を駆る操縦士なのだ。騎士団長の覚えもめでたく、最近は副騎士団長の下くらいの立場にいるらしい。

俺しか操縦士のいない商人ギルド騎士団の団長より、格上に見えるのも当然だろう。

(早く助けに行かないと)

クールさんの耳元でささやくが、反応は鈍い。

(大丈夫です、串刺し旋風は能天気な男)

ずずっとお茶を飲む。

(少しぐらい浄化をしてもらって、真人間に近づいた方が本人のためです)

クールさんは、コーニールに初物を横取りされた事がある。俺の操縦士学校の同期で、貴族の子だ。

そのせいか、コーニールに対する当たりは厳しい。

一人うろたえる俺へ、二人の男女が足を踏み出す。

「助けに行かせはしない、ここで潰させてもらう」

胸毛フェロモンはそう口にしながらシャツを脱ぎ、片方の肩に引っ掛ける。海の男っぽい。

そして胸の密林と脇下の鳥の巣から、強い獣の臭いが漂って来た。

「あなたの相手は、私」

鼻の頭に皺を寄せている俺の前に、就活女子大生が立ち塞がる。

変に派手派手しくない服装が、俺の心をわずかに揺り動かした。

(悪くない、なかなかに悪くない。しかし今は、そんな事を考えている場合ではない)

就活女子大生へのセクハラ面接プレイなど、やっている暇はないのである。

(無事でいて下さい、コーニールさん)

焦る俺はリミッターを掛けず、全力で迎え撃ったのであった。


二十分後、俺とクールさんは歓楽街の大通りを東に走る。

向かう先はジェイアンヌ。あそこのコンシェルジュは街の顔役なので、何か知っているのではないかと考えたのだ。

いや、クールさんは走っていない。ちょっといつもより早歩きかな、という程度である。

本当にコーニールの事は、どうでもいいらしい。

「しかし、大した事なかったな」

歩調を合わせるため、ジョギング状態の俺。

口にしたのは、先ほどの刺客の件である。何者かはわからないが、本人達が見せた自信ほどの実力はなかった。

魔眼を用いて見極めた、急所中の急所。そこへ思い切り星幽刀《アストラルソード》を叩き込んだら、決着がついてしまったのである。

『…あれ？』

これが、その時の感想。

ゴルフのティーショット、そんな感じと言えばいいだろうか。インパクトの手応えは充分だったが、ボールが妙に軽かった。

とんでもない飛距離が出てしまった、そんな感覚が残っている。

（意識も一緒に、遠くまで飛んで行ってしまったぞ）

全力で打ってしまったため、どこまで延びたかわからない。力を入れ過ぎたため妙な回転が掛かり、あらぬ方向へ曲がって行った可能性もある。

戻って来られるのかも不明だが、相手は刺客。配慮する必要などないだろう。

「あの胸毛男、何か言ってなかった？　ランキング持ちの俺がどうとか」

文字どおりクールさんに、腹の上で一ひねりされた胸毛フェロモン。俺が気になったのは、意識を失う前に呟いたセリフだ。

「世界ランキングの事でしょう。確か百三十四位とか言っていました」

「それって凄いのかい？」

クールさんは悩む表情。

「どうでしょうか。A級大会予選へ招待されるのは、十五位からですので」

俺達が参加した、聖都での神前試合。あれも確かA級のはず。

いきなり本戦に参加した俺達は、一体なんだったのだろう。

（主任は、強くないからなあ）

商人ギルドで俺を担当してくれている、強面のおっさん。彼も試合に出ているが、いい所なく初戦で敗れている。

あの様子を見るに、娼館で名前が出るような強者ではない。

疑問を持つ俺に、クールさんが教えてくれた。

「あれは『商売の神』の神前試合。私達は皆、商人ギルド枠で出場したのです。他のA級大会に出たいのであれば、地道に地方大会でポイントを得て行かなくてはなりません」

そう言われると納得する。いろいろと特別扱いで出させてもらったらしい。

そんな事を考えていると、正面から見知った姿が歩いて来た。

「いよっタウロさん、デートですか。いやあ熱いですねえ」

パタパタと手で扇ぐ真似をする、少々ブサイクな筋肉質の操縦士。コーニールである。

「無事でしたか！　コーニールさん！」

思わず大声を出す俺に、驚いた表情。

「無事？　いやだから、臨時の『大人のグルメ倶楽部』ですよね？　遅れたから諦めて、デートでもしてたのかなって」

そこで、ゲヒヒと笑うスケベマッチョ。

「二人でこれから一勝負するんでしょう？　見応えありそうですねえ。後学のため、是非見学させてもらえませんか？」

クールさんの眉間に、縦皺が薄く寄る。これは危険信号だ。大至急、話題を変えなければならない。

「誰かから呼び出されたとか、そういうのはなかったんですか」

「えっ？　騎士団本部から真っ直ぐに来ましたよ。別に何も」

話が見えないのだろう、コーニールは戸惑うばかり。俺も同様である。

こうして俺達を襲った謎の襲撃は、意味不明のまま幕を閉じた。

レストランの個室に残された、意識不明の二人。商人ギルドに言伝《ことづて》を頼んでおいたので、後はギルド長が何とかしてくれるだろう。

この手の事については、非常に頼りになる上司なのだ。

「何だったんでしょうねえ？」

意味もなく空を見上げる俺達。

歓楽街の明かりがあっても、いくつかの星を見る事が出来た。

だが、そんな俺達をよそに、歓楽街東のレストランでは、もう一つの戦いが行なわれていたのだった。


王都歓楽街での戦いをよそに舞台は王都から西、アウォークへと移動する。

この都市一番の娼館エルサイユ。雛壇の一番上の段には、エルサイユのナンバーワンである美女が座っていた。

(最近、帝国の連中が増えているわね)

その事を思い、わずかに表情を曇らせるも、化粧にヒビが入らないよう、表情の維持に注意を払う。

見た目は麗しいが、それは極端に厚い化粧の結果である。凹凸のあるスタイルも、すべてコルセットやパッドによるものだ。

かつて化粧を落とし全裸となった彼女を見たタウロは、『エルダー・リッチ』と評して恐れおののいたものである。

（隣のランドバーンが帝国領になったから、仕方ないのだろうけど）

西の山地が国境だったのだが、今は違う。足の遅い定期ゴーレム馬車でも二日の距離だ。

ついでという感じで、商人などが立ち寄って行く。

（昔の事よ、覚えている奴なんていないわ）

エルダは以前、帝国にいた。地方都市の娼館で同じように洗脳術を用い、君臨していたのである。

しかし些細な事から露見してしまい、命からがら逃げ出したのだ。

「お姉様、お客様がお見えになりました」

そこへ雛壇メンバーの一人が近づく。

顔を上げロビーを凝視すれば、いかにも冒険者といった風のがっちりした中年男の姿。最近捕まえた、王国出身の新たな下僕である。

「わかったわ、ありがとう」

貢物を受け取るべく、微笑を浮かべて席を立つエルダであった。


王都歓楽街の東にあるレストラン。

奥まったところにある個室には、機嫌よく語る筋肉質の大男がいた。

「しかし私の趣味に、これほど関心を持っていただけるとは。正直驚くばかりです」

汗を掻くアイスティーのグラスを手に取り、口へ含む。そしてカランと氷を鳴らし、テーブルの上へ戻す。

「この道は奥深く、神秘的な魅力に満ち溢れています。ですが、その良さを知る者は少数に過ぎません」

残念そうに左右に頭を振り、口元の見事なカイゼル髭を震わせる。

「若者向けの雑誌でしたかな？　貴女のような若い方々の興味を惹く事が出来るなら、それは私にとって大いなる喜びです」

彼は張り切っていた。

目の前に座る若い女性記者から、『あなたの趣味を世に知らしめる、そのお手伝いをしたい』という手紙を受け取ったからである。

（最初は、またかと思い断ったのだが）

取材を受けるのは、これが初めてではない。だがその時は面白おかしく書き立てられ、結果として嘲笑を浴びてしまっていた。

今の二つ名が広まったのも、その頃である。

（だが今回は違う）

二度断ったのだが、記者は諦めなかった。

断るたびに送られて来た手紙。そこには食に対する強い興味と情熱が、丁寧な字でびっしり記されていたのである。

「何でも聞いて下さい。私で答えられる事でしたら、お答え致しましょう」

手帳を手にうつむいていた記者は、その言葉に顔を上げる。

長い髪をお姫様ヘアーにしている女性記者は、かなり若く見えた。もしタウロがここにいれば、高校生ぐらいと思っただろう。

（表情が固い。まだ新人と言ったところか）

そう考えたところで、疑問が湧く。女性記者が手帳をテーブルの上に置き、胸元から何かを取り出したからである。

（あれはロザリオ？　大粒のエメラルドが象嵌《ぞうがん》されている。かなり高価なものだろう）

ロザリオと取材内容に関連はないいな。そう思いつつ、首を傾げる壮年の大男。

女性記者はロザリオを両手できつく握ったまま、椅子を立つ。そして真っ直ぐに彼を見つめると、決然たる態度で大きく口を開いた。

「ドクタースライム！　いえ、人に憑依し、世に邪《よこしま》をもたらす悪魔よ！」

様子の急変した相手に、しばし言葉を失う壮年の大男。女性記者は、そんな彼から目を離さず言葉を続ける。

「神の命により、あなたを浄化します。覚悟して下さい！」

壮年の大男は困ったような表情を作りつつ、カイゼル髭を指でしごく。

「私は、ドクタースライムという者ではないのだが」

「とぼけないで下さい！　あなたが『大人のグルメ倶楽部』を主催しているのは、わかっているのです！」

この女性記者の正体は、東の国から来た聖女。目的は、『罪と罰』が広がるのを食い止める事だ。

（この汚染の源は、ドクタースライム。間違いなく悪魔に心を乗っ取られている）

そう信じているため、悪魔の言葉に耳を貸したりなどしない。

「ふむ」

壮年の大男は、顎をなでつつ考える。

（ドクタースライム、花柳界ではよく知られた名だ）

しかし会った事はない。人違いされる心当たりもなかった。

「あなたはグルメなのでしょう？」

眉根を寄せる彼。それを覗き込むようにしながら、高校生聖女は言葉を重ねる。

「お嬢さん。正直なところ、『大人のグルメ倶楽部』というものは知らない。しかし、『黄金の美食家《グルメ・オブ・ゴールド》』と呼ばれる事は確かにある」

誠意を持って、正直に答える事にした。

「やはり！」

グルメという言葉にのみ反応する、高校生聖女。その姿に黄金の美食家《グルメ・オブ・ゴールド》は、大きく肩を落とす。

彼は今日の取材に、望外の喜びと期待を大きく感じていたのだ。強引に仕事を切り上げ、騎士団本部から直行したほどである。

（理解者というものは、現れぬものだな）

それが人違いとわかり、意気は消沈。今日のために無理やり調整したスケジュールを思い、肺の底から大きな溜息が出た。

（どうも興奮しているようだが、落ち着かせて話を聞いてもらわなくては）

そして可能なら、騎士団本部に戻りたい。片づけておきたい仕事は、いくらでもあるのだ。

何と言ったものかと顔を上げるが、そこで彼の動きは止まる。

高校生聖女は椅子にいなかった。いつの間にか目の前のテーブルに登り、仁王立ちでこちらを見下ろしていたのである。

(穏やかではないな)

口をへの字に結ぶ、黄金の美食家《グルメ・オブ・ゴールド》。

高校生聖女は片足を大きく踏み出し、彼の背後の壁を足裏で踏む。いわゆる、足による壁ドンだ。

「穿いていないようだが、寒くないのかね?」

スカートの中を見上げつつ、黄金の美食家《グルメ・オブ・ゴールド》は感想を口に。

高校生聖女はそれを無視し、叫ぶ。

「滅びよ悪魔! 聖なる雨《ホーリー・シャワー》!」

次の瞬間、淡く光る聖なる水が、斜め上から勢いよく降り注ぐ。

高校生聖女は、若くとも聖女。難しい体勢からでも、正確に黄金の美食家《グルメ・オブ・ゴールド》の顔面を捉える事が出来る。

腰を動かし着水位置を微調整するような、無駄な事はしなかった。

「むうっ!」

だが黄金の美食家《グルメ・オブ・ゴールド》もまた、ただ者ではない。実戦から叩き上げ、今や王国騎士団の騎士団長まで昇った人物である。

叩きつけられる熱いほとばしりに、即座に反応。臆する事なく目と口を大きく開く。

「来い!」

そして聖なる雨《ホーリー・シャワー》を、音を立てて吸い込み始めたのである。

「ウオオオオ！」

決して中性とは言えないPH《ペーハー》、含まれる塩分。常人なら、薄く目を開ける事すら困難な環境だろう。

だが黄金の美食家《グルメ・オブ・ゴールド》は、どんなに染みても目を閉じず、鼻から入って来ようがむせはしなかった。

降り続く大量の熱い雨、だが永遠ではない。人の行ないである以上、必ず終わりは来る。

勢いは次第に弱まり、最終的に雫へと変わって行った。

「そんな、なぜ？」

少しの後、女子高生聖女の口から漏れたのは震え声。

聖なる雨《ホーリー・シャワー》の力は、Cランクの状態異常回復に匹敵する。魔法であれば、超高位だ。

これで滅せぬ悪魔はいない。実際自分はこれまで、多くの悪魔憑きを浄化して来ている。

しかし今、悪魔の代理人は苦しむ様子を見せていなかった。

「甘露である」

下方から聞こえる、黄金の美食家《グルメ・オブ・ゴールド》の声。彼は椅子に座ったまま、口を手の甲で拭う。

信じられぬものを見る目の、女子高生聖女。

「悪魔に心を操られているはずなのに。どうして神の力が通じないの？」

テーブルの上を後ずさる。その時右足の踵に、あるものがコツンとぶつかった。

「！」

それは彼女のアイスティー。しゃがみ込み手に取ると、すぐさま口にあてて飲み始める。

「魔法を用いず、同じ効果を発現するこの力。東の国の聖女だな」

厳しい表情で断言する、黄金の美食家《グルメ・オブ・ゴールド》。

「ドクタースライムとやらが悪魔憑きなら、効果はあっただろう。しかし私は先ほどから、人違いだと言っているはずだが？」

しかし、高校生聖女の耳には届かない。

兄とも姉とも頼る二人が探り出し、整え送り出してくれた戦場である。二人に対する絶大な信頼は、悪魔の戯言などでは小揺るぎもしなかった。

アイスティーを飲み干し立ち上がった高校生聖女は、再度足を踏み出しまたもや叫ぶ。

「聖なる雨《ホーリー・シャワー》！」

ちょろっとしか出なかった。

「これでは喉も湿らんな」

口を閉じ、唇を一舐めする黄金の美食家《グルメ・オブ・ゴールド》。

その喉仏は、聖女の必死の一撃を余裕で嚥下《えんか》していた。

女子高生聖女は諦めず、今度は黄金の美食家《グルメ・オブ・ゴールド》のアイスティーに手を伸ばす。

「飲んでも、すぐに出るとは思わんが」

少々呆れ顔の黄金の美食家《グルメ・オブ・ゴールド》。

「取り置きを持っていないという事は、聖水はポーションにならぬのか。今この瞬間だけの効果という事だな」

頷きながら、はて？　という表情で女子高生聖女を見上げる。

「飲み過ぎて薄くなった場合は、効果が落ちるのかね？」

「聖なる雨《ホーリー・シャワー》！」

戻って来た返事は技の名だけ。しかし今度は、滴すら落ちて来ない。

「お前の負けだ」

打てる手がなくなり、恐怖でガタガタと震え出す女子高生聖女。彼女を支えていた絶対の自信が、音を立てて崩れ始めていた。

黄金の美食家《グルメ・オブ・ゴールド》は、厳しい表情で告げる。

「知ってか知らぬかわからんが、私はこの国で騎士団長を務めている。東の国の聖女に襲撃された事が公になれば、国際問題になるのは避けられんぞ」

だがそこで、口調をやさしげなものへ変えた。

「だが、貴女はまだ若い。何か思い詰めた事でもあったのだろう」

やれやれ、という表情を浮かべ言葉を継ぐ。

「今回は見逃してあげよう。さあ、帰りなさい」

真っ青な表情の女子高生聖女。

しかし、情けを掛けられた事が、逆に戦意を刺激したのだろう。目に力が漲り始めた。

床に下りると、ロザリオを突きつけ宣言する。

「悪魔の施しなど受けません！　神の前に国境はなく、神は常に正しき者の味方。あなたが騎士団長であるのなら、私はこの国の民をも救わねばならないのです！」

ゆっくりと目を閉じた後、低い声で静かに告げる黄金の美食家《グルメ・オブ・ゴールド》。

「警告はしたぞ」

「私を諦めさせようというのでしょう。悪魔の甘言などには乗りません！」

ガタリと音を立て、黄金の美食家《グルメ・オブ・ゴールド》は椅子から立つ
無言のまま数歩歩き、扉の前のやや広い空間へ。おもむろにベルトを外すと、ズボンを下着ごと脱ぎ捨てる。

そして下半身裸のまま、ゆっくりと踊り始めた。

（何これは？　召喚の儀式とでもいうの？）

険しい表情で踊りを凝視する、高校生聖女。そこではっと気がつき、片手で口を覆う。

（なんて事！　ドクタースライムは、悪魔に支配され利用される犠牲者ではなかったのよ！　自らの意思で悪魔を召喚し使役する、悪しき人物だったのだわ）

自らの迂闊さに、表情が歪む。

（聖なる雨《ホーリー・シャワー》が、効果を現さないのも当然ね）

その間も両脇腹に手をあて、グルグルと腰を動かす黄金の美食家《グルメ・オブ・ゴールド》。軽く汗ばんだ額を手の甲で拭い、口を開く。

「これは朝の体操と言ってな、毎朝欠かさず行なっているものだ」

意味不明の説明に、眉間に皺を寄せる女子高生聖女。

彼女は、ひたすらに待ち続けている。己が体を巡る水分が、外へ出る準備を整え終える事を。

（現れた悪魔に、直接浴びせ掛ける事が出来さえすれば。ああ神様、少しでも早く）

高校生聖女の思いとは無関係に、黄金の美食家《グルメ・オブ・ゴールド》の言葉は続く。

「だが今朝はいろいろと忙しくてな。まだだったのだよ」

そこで黄金の美食家《グルメ・オブ・ゴールド》は、小さくだが確かにブルリと震える。そして、カッと両眼を見開いた。

「むうっ！　来たか」

（召喚の儀式が終わった？　悪魔が現れる？　神よ、守りたまえ）

両目を瞑《つむ》り、タイル張りの床でひざまずく高校生聖女。

歩み寄った黄金の美食家《グルメ・オブ・ゴールド》は、やすやすと華奢な彼女を押し倒す。

そして方向を百八十度変えると、両向こう脛で高校生聖女の両腕を押さえつけた。

「ぬううん」

尻下の高校生聖女の眼前で、口を固く結び踏ん張る黄金の美食家《グルメ・オブ・ゴールド》。

（何が起きているの？）

背中に冷たいタイル床を感じながら、不安に身を硬くする。

いまだ目を閉じたままだが、周囲が暗くなったのはわかった。同時に雷のような、ゴロゴロという音が眼前から響く。

（魔界への門が現れたのね。召喚された悪魔が姿を現すのだわ）

心を決め、おそるおそる目を開く。そこには、先ほどまでのレストランの個室の風景は存在しなかった。

目に入るのは、黄金の美食家《グルメ・オブ・ゴールド》の大きく筋肉質の尻のみ。

しかし彼女は、その事を認識出来ていない。あまりに距離が近過ぎ、肌色が視界いっぱいに広がる異空間にしか見えなかったのだ。

その時、高校生聖女の視界の中央で何かが動く。

（魔界の門！）

確信と共に、心に叫ぶ。

空間のただ中がゆっくりと開き、中から得体の知れないものが姿を現し始めたのだ。

（あれが悪魔！　今がチャンスなのに、準備が間に合わない！）

歯噛みする高校生聖女。だが同時に、憑依体ではない純粋な悪魔の姿に驚いてもいる。

それは経典に述べられたものや壁画、ステンドグラス、そのいずれとも違う。

獣の合体した姿でも、大きくデフォルメされた人の姿でもない。それは目も鼻も口もない、ただただ褐色の塊であったのだ。

（這い出そうとしている！）

悪魔はもがきながら、残りの半身を門から引きずり出す。

それも頭同様、暗褐色の長い塊。胸、腹、手脚、そのいずれも備えてはいなかった。

あまりのおぞましさに、高校生聖女は心が耐え切れず、大きく口を開け悲鳴を発する。

「釣りはいらんぞ、喰らえい！　黄金爆撃《ゴールデンボンバー》！」

その悲鳴に、黄金の美食家《グルメ・オブ・ゴールド》の声が呼応。同時に高校生聖女の顔面へ、悪魔の猛爆撃が行われた。

瘴気が溜まっていたのだろう、時折咳き込む魔界の門。そのたびに悪魔の群れが、周囲へ飛び散る。

（これが、司教様のおっしゃっていた最終戦争《ハルマゲドン》）

顔に当たり、口に飛び込んで来る悪魔達。閉じようにも量が多く、吐き出そうにも後続に押し込まれてしまう。

（熱い！）

それはかなりの熱量を内包し、喉や口内の温感を刺激する。

喉奥に侵入した悪魔は、狡猾にも嚥下反射を悪用し、高校生聖女の体内へと侵入を果たしてしまった。

「……っ！」

飲み下してしまった悪魔が、食道を通り胃へ到達。

それを実感して悲鳴を上げようとするが、出来ない。後続の悪魔が、口内を占領しているのだ。

喉奥へ進み来る悪魔を、肉体は条件反射で嚥下し続ける。

喉を通る熱い質感に、高校生聖女の精神は蝕まれて行った。

「ちっ」

その時上方から、黄金の美食家《グルメ・オブ・ゴールド》の舌打ちが響く。

高校生聖女の顔面で撥ね返った悪魔の一部が、黄金の美食家《グルメ・オブ・ゴールド》の尻を叩いたのである。

「いらぬと言ったのだがな。近過ぎたか」

それを遠のく意識の中で聞く、高校生聖女。彼女の精神は、ついに塩の柱となって崩れ落ちたのだった。


どのくらい時間が経ったのだろうか。高校生聖女は目を覚ます。

(ここは？)

身を起こすと、そこはソファー。

司教座都市にある、見慣れた自分の部屋ではない。最近宿泊していた宿屋でもなかった。

わずかに漂う異臭は、先ほどの悪魔を思い起こさせる。

(まさか！　夢じゃなかったの？)

口と腹に手をあてる女子高生聖女。奇妙な満腹感がそこにあった。

必死に悲鳴を押し殺しつつ、気配を感じて振り返る。

そこには、紳士的な笑顔で立つカイゼル髭の大男。悪魔を召喚した黄金の美食家《グルメ・オブ・ゴールド》が立っていた。

ちなみに室内は、多額のチップと引き換えに清掃されている。

「まだやるか？」

バッと下を向き、ガチガチと歯の根をならす女子高生聖女。すでに彼女には戦意の欠片も残っていない。

それを満足そうに見やる、黄金の美食家《グルメ・オブ・ゴールド》。

「私は今、空腹でね。食事に付き合ってくれないかな？　そうしてくれるのなら、一切不問で君を解放しよう」

常ならば、悪魔や悪魔使いとは絶対に取引などしない。だが高校生聖女の心は折れていた。

考える間もなく、即座に頷く。

黄金の美食家《グルメ・オブ・ゴールド》は満面に笑みを浮かべ、大皿をすっと床に置く。

「これは？」

意味がわからず見つめ返す高校生聖女に、よく通る低い声で黄金の美食家《グルメ・オブ・ゴールド》が告げた。

「先ほど君が味わったものだよ。君のそれを、ここに載せて欲しい。今すぐにだ」

高校生聖女の胃がグルリと鳴り、ゲップと共に悪魔の香りが鼻から抜ける。

蘇ったおぞましい記憶に震える彼女の両脇腹を、黄金の美食家《グルメ・オブ・ゴールド》がやさしくつかんだ。

「どれ、手伝ってやろうか。何、恥ずかしがる事はない。慣れないうちは皆そうだ」

『出て来い、出て来い』と口ずさみながら、ゆっくりと揉み込んで行く。

タウロのマッサージに近い領域にある、黄金の美食家《グルメ・オブ・ゴールド》の技術。それは確実に、ある衝動を大きくして行った。

「そんな、ここへ来る前に済ませて来たのに」

涙声で、信じられない、と漏らす高校生聖女。対する黄金の美食家《グルメ・オブ・ゴールド》の声音は、あくまでやさしい。

「量の心配はしなくていい。今君が、この場で作ったという事が重要なのだよ」

自分の意志と無関係に湧き上がる衝動。それに怯え、高校生聖女に言葉は届いていないようだった。

「そろそろか。少ないのなら、こちらにするかな」

そう言って黄金の美食家《グルメ・オブ・ゴールド》は、高校生聖女をひねりながら上へ放り投げる。

荒縄のように筋肉が浮き上がる、太い両腕。その膂力《りょりょく》は恐るべきものであった。

「よし」

半回転したところを、すかさずキャッチ。今や女子高生聖女は、背後から両脚を開くように抱きかかえられた体勢になっている。

カイゼル髭の壮年男性はその体勢を維持したまま、もう一つの皿が置かれた方へ運んで行く。

「この辺か」

狙いを定める黄金の美食家《グルメ・オブ・ゴールド》。床にあるのは、高い脚のついたガラス製のデザート皿である。

「いやあ」

デザートと共に、涙を溢れ出させる高校生聖女。だがそんなものは、黄金の美食家《グルメ・オブ・ゴールド》の心を髪の毛一本動かさない。

彼は細心の注意を払い、こぼれないよう位置を調整。デザートに円を描かせていた。

「何、付き合ってもらうのは後少々だ」

最後は、『絞り袋にいれたクリームで、ケーキの上面を飾る』ように盛り付け完了。上機嫌で黄金の美食家《グルメ・オブ・ゴールド》は言葉を継ぐ。

「さあ、座りなさい」

正面の席を指し示す。自分はテーブルの上にデザート皿を置き、うっとりした表情で見つめている。

「では、いただこうかな」

こぼれんばかりの笑みを見せる、黄金の美食家《グルメ・オブ・ゴールド》。小さな銀のスプーンの先端で少しすくうと、鼻先に近づけた。

「おお」

目を閉じ、深く息を吸う。

「何という濃い香り。さすが出来立て。今朝済ませただけの事はある」

そのまま小さく口を開き、中へと運び入れる。

無音の金切り声を上げる高校生聖女。だがその様子など、夢幻のただなかにいる黄金の美食家《グルメ・オブ・ゴールド》には届かない。

口を閉じ、しばし無言。数拍の時が流れた後、目をくわっとばかりに見開き、鋭く言葉を発した。

「フルーツ！」

黄金の美食家《グルメ・オブ・ゴールド》は叫ぶ。

「この未熟さ、それにともなう甘酸っさを含んだ強烈な香り。まさにフルーツ！」

震える手でスプーンを差し出し、今度は大きくすくう。そのまま舌の根元へと運び込み、口の中で溶かす。

衝撃を受けた様子で、甘く濃い香りと共に言葉を漏らした。

「素晴らしく繊細な舌触りだ。彼女の内で裏ごしされたフルーツは、なぜこんなにも目が細かいのだろう」

はらはらと大粒の涙が両目から落ちる。

「ガスの微細な泡が、中に含まれているせいなのか。だから舌の上で、雪のように溶け去ってしまうのか」

頬に流れ落ちるのを止めようともせず、天井を仰ぎ見る黄金の美食家《グルメ・オブ・ゴールド》。

「口から鼻に抜ける甘い香りだけが、その存在が幻でなかった事を教えてくれる。まさに、聖女のデザートと呼ぶに相応しい」

見ていられず、目を閉じうつむいていた女子高生聖女。自らの名を口に出され、下を向いたままビクリと震える。

「だが、何という神秘よ。このフルーツのようなデザートが、実は果物から作られていないとは」

人知を超える者のはからいに、感銘を受けさらにひと口。

「野菜や果物を原料としたのでは、この香りは絶対に出ない。卵や肉こそが、この芳醇で強い香りを作り得るのだ」

そして視線をデザートから、高校生聖女へと移す。

「先ほどの聖水は酸味が強く、逆に渋味が少なかった。貴女は常々、肉を好んで食しているのではないかな？」

答えはない。

「聖水単品としてなら、ボディがしっかりとしていて好ましい。しかし食事と共に出すのであれば、いささか濃いように思う」

一人頷き、思いを口に出し続ける。

「体を思うのなら、もう少し水分を取った方がよいかも知れぬな」

稀代の美味に気をよくした黄金の美食家《グルメ・オブ・ゴールド》は、やさしく作り手を気遣うのだった。

一時間後、解放された高校生聖女は宿に戻る。

まだ帰っていないらしく、兄姉と慕う胸毛フェロモンと就活女子大生の姿は部屋にない。

だが高校生聖女は、それを把握出来ただろうか。ベッドに潜り布団をかぶる彼女の目に、生者の光は灯っていなかったのだから。


オスト大陸北部に広がる精霊の森。

その中心に屹立する世界樹のふもとに、エルフの里はある。

里を見下ろすよう世界樹の幹に設けられたハイエルフの館へ、衝撃の知らせが飛び込んで来た。

「我らエルフの騎士達が、敗れたじゃと！」

会議室に集ったハイエルフ達の一人が叫ぶ。

『弱りつつある世界樹、絶滅したと思われていたアムブロシアの出現、さらに精霊の湖から姿を消した大精霊獣ザラタン』

これらに関係があると思われたのが、ランドバーン南東に出現した巨大な穴である。

エルフの指導者層であるハイエルフ達は、調査が必要と判断。エルフ騎士団の一部を向かわせていたのだ。

『B級騎士が五騎』

エルフのB級は、人族のA級とほぼ同等。中規模の国をも陥落させ得る戦力であろう。

しかし戻って来たのは、わずかに一騎。帰りついた操縦士が口にした内容は、恐るべきものであった。

「大穴に来ていた死神と遭遇。順調に削って行ったのですが、背後から隊長騎が狙い撃たれました」

声を絞り出す、変わり果てた姿の操縦士。疲労と心労によるものなのは、間違いない。

「遠距離から降り注ぐ攻撃魔法と死神の挟み撃ちで、自分以外は全滅。情報を持ち帰らねばと、それだけを思い帰還致しました」

片膝を床に付け、深く頭を垂れる。

「……何騎にやられた？」

「はっ？」

低く押し殺された議長の声音。不明瞭だったため、操縦士は聞き返す。

片眉を苛立たしげに立たせた議長は、声を大きくして再度問うた。

「帝国は、どれほどの騎士を揃えて魔法攻撃を行なったのだ？」

理解した操縦士の顔は、苦痛に歪む。

操縦士という職業は、エルフの中でもエリート。知的で涼やかな目元と自信に輝く雰囲気は、エルフの女性さえ立ちくらみさせたものである。

しかし今、彼に十日前の面影はなかった。

「……一騎です」

「一騎？」

予想外過ぎて、脳が受け付けられなかったのだろう。耳から入った言葉は脊髄《せきずい》で撥ね返り、口から外へ。

「大穴近くの岩山の頂上付近、そこに潜んでおりました。そのため姿は視認しておりません。しかし、間違いなく一騎です」

ようやく理解し、眉間の皺をさらに深める議長。操縦士の目を睨みつけながら、重ねて問う。

「死神ともう一騎で、我らエルフの騎士達が壊滅させられたというのか？」

覚悟を決めた表情で、顎を上げ正面から見返す操縦士。深く頷き、言葉を発する。

「あの魔法攻撃の距離、威力、それに連射し続ける魔力量。自分にはどうしても、ハイエルフ様と思えてなりませんでした」

静まり返る会議室。

その中で表情が動いたのは二人だけ。一人は太ったハイエルフだ。

（そうであったか）

目を見開き顎を落とした姿は、まるで落雷に打たれたかのよう。様々な事柄が腑に落ちたのである。

（いずこかで育った、世界樹の幼木。それが次の世界樹の地位を、奪い取ったのだ）

堰を切ったかのように、思考の濁流が脳内を渦巻く。

（なぜ我々はその幼木に気づく事も、また見つける事も出来なかったのだ？　ハイエルフこそは世界樹の管理者であるというのに）

これだけ手を尽くしても、現物はいまだ確認されていない。魔力収支の計算上、存在が確実視されているだけだ。

（だが背後にハイエルフがいるのなら、説明がつくというもの。我らに気づかれないよう、慎重に事を進めたに違いない）

ハイエルフは種族の名前ではない。

これは称号。魔力や魔法技術など、ある一定の条件を満たしたエルフが、大憲章《マギ・カルタ》によって任命されるのだ。

『大憲章《マギ・カルタ》』

それは、遥か古代にエルフ達が作り上げた制約魔法。世界樹から魔力の供給を受けつつ、現在も世界を覆い稼働し続けている。

役割は二つ。

一つは、世界樹の数を一本に留める事。そしてもう一つは、世界樹の管理を『称号持ち』に限定する事だ。

（世界樹の代替わりを狙った、新世界樹の独占。これが成功すれば、精霊の森のエルフ達は衰退する）

それは間違いない。

(次の時代は、世界樹を手にした側のものになるだろう)

世界樹はこの世界の魔力の源。エルフ族同士なら、世界樹を支配している側が必ず勝つ。

(ならば、この悪い情報ばかりが続く昨今の状況。すべてそのハイエルフが画策した事だというのか)

精霊の森から失われつつある活力、行方不明のザラタン。それに人族が手に入れたエリクサーの製造技術と、アムブロシア。

自らの想像で、背筋を凍らせる太ったハイエルフ。その正面の席には、表情を動かしたもう一人がいた。

枯れ木のように痩せたハイエルフである。

「馬鹿者が!」

激昂し、机を両手で叩き立ち上がった老人。そして感情のまま、操縦士へ言葉を叩きつける。

「エルフ? しかもハイエルフじゃと? 我らの知らぬハイエルフなどいるはずがない。その愚かな事を垂れ流す口、火の魔法で焼き潰してくれようか!」

喋りながらも、両手でバンバンと机を叩く。議長はその様子に顔をしかめ、厳しい声音で咎めた。

「命を懸けて情報を持ち帰った者に、その言い草は許さんぞ」

だが枯れ木のように痩せたハイエルフは、口を閉じない。

「馬鹿げた事を言う愚か者に、相応の罰を与えようというだけじゃ! そもそも、貴重な騎士を四騎も失って来るような奴じゃぞ!」

「彼だけの責任ではない。命じた我らの責任でもある」

枯れ木のように痩せたハイエルフの顔へ、さらに朱が差し眉と目が角度を増す。

「我らではない！　お前の責任じゃ」

怒鳴り合う二人を前に、太ったハイエルフは顔をしかめる。枯れ木のように痩せたハイエルフのせいで、会議はいつも停滞するのだ。

（なぜ大憲章《マギ・カルタ》は、このような者をハイエルフに任命したのか）

隣の老婆に煽られ、鼻の穴を広げ気勢を上げる枯れ木のように痩せた老人。

いつも思う疑問を胸に、不毛な罵り合いから目をそらす。見続けていては、我慢出来なくなりそうだったのだ。

（エルフ族が危地に立っている、その自覚はあるのか？）

膨らみ続ける我慢の風船。それを何とか抑えつけていると、視界に片膝を突いた男が入る。

報告に来た操縦士は、罵倒されつつも抗弁一つせず下を向いていたのだった。

その姿が尖った欠片となり、はち切れんばかりの風船に傷をつける。

「黙れえい！」

太ったハイエルフはついに爆発。腹の底からの大絶叫に、ハイエルフの面々が驚いた様子でこちらを向く。

それを目にしても、太ったハイエルフの怒声は止まらない。

「黙れ！　黙れ！　黙れえ！　このぼんくらが！」

顔を真っ赤にし、肩で息をつきつつ立ち上がる。その双眸は、枯れ木のように痩せたハイエルフに鋭く突き刺さったままだ。

「なぜわからん？　世界樹の陰にハイエルフ、それで大方の事に辻褄が合うだろうが！」

考える素ぶりを見せる何人かと、それに倍する頷く者達。

「精霊による調査をこれだけ重ね、何度も何度も考えた。それでもわからぬのは、我らに匹敵する者が動いていたからに違いあるまい！」

腕を組み、深く頷く精霊探査の班長。しかし、枯れ木のように痩せたハイエルフは納得しない。

「ぼんくらはお前じゃ！　我らの知らぬハイエルフなどおらぬ！　それとも何か？　お前はわしらの中に裏切り者がいるとでも言うのか？」

顔を歪めて、つばきを飛ばす。隣では薬師の老婆が、『ひっどーい』と身をよじって叫んでいた。

ハイエルフを任命するのは、大憲章《マギ・カルタ》。そのたびに名簿は更新され、ここにいる者達で全員のはずだった。

「そうは言わん。だが忘れたか？　任命を受けずとも、ハイエルフと同等以上の資格が与えられる存在を」

枯れ木のように痩せたハイエルフも、この問い掛けに押し黙る。

少し後に、あるハイエルフが呻いた。

「……王族か」

頷く太ったハイエルフ。

今のエルフ族は、ハイエルフによる合議制。しかしかつては、王家による独任制だったのだ。

眉間に深い縦皺を刻んだまま、やや困惑した口調で議長は問う。

「しかし王族は、革命時に命を落としているのではなかったか？」

「一人として逃げ延びる事はかなわなかった。議長よ、そう言い切れるのか？」

切り返され、さらに皺を深くする。そして、ぼそりと呟いた。

「断言は出来んな、我らにとっても昔の事だ」

生き残りの末裔、あるいは本人。王族という強い魔力を伝える家系なら、ハイエルフ以上の寿命を得ている可能性もある。

腕を組み、考えを巡らし始める議長。しばし後、閉じていた目を開き、全員に向けて声を発した。

「この度の件、ハイエルフに準じる者が、裏で糸を引いている可能性が高い。ならばその目的は、次代の世界樹の独占であろう」

それは、太ったハイエルフがたどり着いたのと同じ見解。

操縦士の報告を受けた直後の喧騒は、会議室からとうに過ぎ去っている。枯れ木のように痩せたハイエルフも、今は片肘を突きつつ席に座っていた。

「ならば、我らがするべき事は、二つ」

節くれだった長い指、その一本を議長は立てる。

「まずは、ハイエルフに準じる者を捕らえる事。生死は問わん」

さらに指を一本追加。

「もう一つは、帝国との戦争準備だ。帝国は、その者の影響下にあるのではないかと思う」

「根拠は？」

あるハイエルフの問い掛けに、答える議長。

「帝国はここ数十年で、急速に勢力を伸ばしている。もし裏でハイエルフが力を貸しているのだとすれば、それも当然であろうよ」

顔を見合わせ、頷き合うハイエルフ達。

『今代の皇帝の力量』、そう考えるより『我ら優秀なエルフ族の助力』という方が、納得出来たのだ。

「ハイエルフに準じる者、その捜索を頼めるか？」

議長に問われ、太ったハイエルフは大きく頷く。自分が言い出した事だ、否などない。

それを確認し、議長は枯れ木のように痩せたハイエルフに視線を移す。

「騎士団の外征、その準備は出来るな？」

ここに来て始めて、枯れ木のように痩せたハイエルフは議長へ好意らしきものを見せた。

ニタリと笑い、舌舐めずりをする。

「誰にものを言っている？　わしこそは栄えあるエルフ騎士団の騎士団長だぞ」

表情を消し、冷ややかに見つめる議長。

彼はこの男が嫌いだ。しかし合議制で選出された以上、仕方がない。

確かに操縦士としての腕は、この枯れ木のように痩せた男が一番なのである。

「以上だ」

その言葉に、全員が立ち上がったのだった。

舞台はエルフの里から遥かな南、アウォーク南方の荒野へと移る。

そこにあるのは、十騎を超える騎士を引き連れ進む、ローズヒップ伯のA級騎士の姿。

「うむ」

綺麗な二列縦隊を作り最後尾に荷車を引きながら、歩調を合わせて進む黒い騎士達。自騎の頭を回してそれを見たローズヒップ伯は、満足げに頷く。

ランドバーン会戦で数を減らし、一時は十騎を割り込んだ薔薇騎士団《ローズナイツ》だが、幸い操縦士の損耗は少なく、現在は補給により定数を回復している。

「ここか」

巨大な穴の手前で、停止する騎士達。話のとおり、眼下では多くのゴーレムがうごめいていた。

「まだ、地表部には出て来ていないようだな」

ふん、と鼻を鳴らし、言葉を継ぐ。

鉱物資源としては貴重だが、魔獣として強力な部類に入るゴーレム種。クレイゴーレムはともかく、ストーンゴーレム討伐に騎士は不可欠だった。

『周囲に騎影はないか？』

大輪の薔薇を騎体に染め抜いたA級騎士から、雄《オス》の魅力溢れる外部音声が響く。

周囲に散開している騎士達は、到着後すぐ偵察へ出た者達。各所から、『いない』というジェスチャーが返って来る。

（幽霊騎士《ゴーストナイト》は立ち去ったか）

そのように考えつつも、騎士の目で見回す。とくに北側の大岩に注視するが、気配らしきものはなかった。

しばし待つも、自分達以外に動くものはない。

（ならば、下りるとしよう）

大穴へ顔を向ける、ローズヒップ伯の騎士。

底の方が居心地がいいのだろうか。力の強いストーンゴーレムは深い層に多く、浅い層はクレイゴーレムばかりだった。

『半数は残って周囲を警戒。他は降下だ。行くぞ！』

外部音声で指示を出し、先陣を切るローズヒップ伯。盛大なときの声を上げつつ、黒地に薔薇模様の騎士達が続く。

優れたバランス感覚で斜面を滑り降り、一段下の平地に到着すると、すぐさま剣を振るい出す。

その力は、辺境騎士とは比べ物にならない。いたるところで粘土の破片が巻き上がり始めた。

『ウオオオオッ』

中でも、ローズヒップ伯のA級騎士は別格。先頭に立ち、少数ながらいたストーンゴーレムをも、クレイゴーレムと変わらぬ勢いで砕き散らしている。

『ゴーレムの食い残しを探せ！　何かの手掛かりになるかも知れん』

命令を受け、ゴーレムを掃討しつつ捜索を行なう薔薇騎士《ローズナイト》達。中腹まで到達したところで、一人がある物を発見した。

『これでしょうか』

自信なげな音声を響かせる部下。

小さな薔薇がいくつ輪も描かれた黒いB級騎士の手に載るのは、椅子の残骸と布や革の切れ端である。

形から見て、おそらくは騎士の一部。操縦席の内装に用いられていたのだろう。

『騎士本体は、すべて食われたか』

首をぐるりと巡らせる、黒地に大輪の薔薇が描かれたA級騎士。視界に入るのは、飢えた様子でこちらへ顔を向けるゴーレム達である。

野生動物と変わらない。騎士を肉ある存在に置き換えて考えるなら、遺骸など骨しか残らぬ環境だろう。

『乗り手はどうした？　死体まで食いはすまい』

ゴーレムは鉱物しか口にしない。しかし肩、胸、腰にA級のような凶暴な膨らみのないB級騎士は、肩をすくめ頭を左右に振った、
続いて指し示したのは、地面である。

『この染みが、名残なのではと思うのですが』

見回せば、確かにところどころが赤黒い。

ゴーレムに踏み潰された後、足の裏にへばりついた残骸が、判子のように模様をつけたのだろうか。

回収出来るような物があるとは、とても思えなかった。

『ここまでだな。地上へ戻りつつ、倒したストーンゴーレムを回収せよ』

迷う事なく決断するローズヒップ伯。

今回の目的は、幽霊騎士《ゴーストナイト》の残骸と、可能ならば資源としてのストーンゴーレムの入手である。たとえ余力があろうとも、それ以上の事をするつもりはない。

殿《しんがり》を自ら務めつつ傾斜路を登って行く。

『団長、荷車にはこれ以上積めません』

もう少しで穴の外という段になって、地上の騎士達から知らせが入る。

『捨てろ』

前を歩く部下達へ、運び掛けのストーンゴーレムの遺骸を放棄するよう指示。下の段へ蹴り落とされたそれへゴーレム達がたかる間に、ゆうゆうと地上へ脱出した。

（しかしこれは、すばらしい鉱山だ。これほどの規模は、なかなか見ない）

縁から大穴内部を見下ろし、満足そうに頷くローズヒップ伯。

辺境伯領の一部に加えられたなら、ランドバーンはますます豊かになるだろう。口元が無意識に緩んでしまう。

『ご報告致します！』

荷車の出立準備が完了し、帰路に就こうかというまさにその時、一騎が走り寄って来た。

その操縦士は新参で、ランドバーン会戦時は王国第二王子の護衛騎士を務めていた人物である。

ローズヒップ伯の肉体言語《ボディランゲージ》による懐柔で、薔薇騎士《ローズナイツ》団の一員に転向していたのだ。

『生存者を発見、保護致しました』

『生存者？』

片眉を上げ、詳しい報告を求める。

大穴の地表付近の岩陰で、ボロ布のようになっていたのを見つけたのだそうだ。かなり衰弱し、意識も定かでないらしい。

『それでですが、どうもエルフのようなのです』

加えられた情報に、ローズヒップ伯の眉間に深い皺が寄る。

操縦士に同調して、やや肩をすくめる部下の騎士。エルフがいた理由に、心当たりはなさそうであった。

『ポーションを与え、命をつなぎとめておけ』

少し考え、指示を継ぎ足す。

『縄で拘束しろ、弱っていてもだ。途中で魔法でも使われたらかなわん』

言葉を切り、操縦席内で腕を組む。ローズヒップ伯の騎士も同調して腕を組んだ。

(この場にエルフ？　幽霊騎士《ゴーストナイト》の乗り手は、エルフなのか？)

頭の中を、様々な考えが駆け巡る。

(むう)

しかし、納得出来るような答えは得られなかった。

得意でない事は、得意な者に任せるに限る。脳裏に浮かぶのは上司たる辺境伯と、同僚たるハンドルヒゲの姿。

『行くぞ』

ローズヒップ伯率いる薔薇騎士団《ローズナイツ》。ストーンゴーレムの残骸が載った荷車を中心に、ランドバーンへと進み始めたのだった。

第五章　決戦

ここで時間は、一年近く遡る。これはタウロが『エルフ女性を娼館で倒し、召喚された精霊獣を眷族にした』出来事より、少し前の話。

場所は精霊の森外縁部。森とはいっても、ここは木々もまばら。幹も細く、五センチメートルもあれば太い方であろう。

悪い意味で見通しのよい、寒々とした風景であった。

（いたいなあ）

細い枝をしならせながら、一匹のイモムシが枝を這う。

見た目はアゲハ蝶の五齢幼虫そっくり。一般に『森の賢人』と呼ばれる精霊獣である。

しきりに自分の背中へ頭を向けているのは、気になる事があるのだろう。

（ひりひりする）

よく見れば、薄く色が変わっている。これは、イモムシいわく『痛い水』を掛けられたせいであった。

樹上で葉を食んでいると、下にエルフが現れる事がある。彼らは自分を見つけると風と水の複合魔法を唱え、木そのものに水煙を叩きつけるのだ。

（あれ、なんだろう）

ただの水ではない。それを浴びると体が痛くなり、自由に動けなくなる。

元に戻るまで、かなりの時間が掛かるのもやっかいだった。

（ちからがはいらない）

今回は、治る前にまた浴びてしまったイモムシ。周囲の枝や葉は、痛い水に濡れている。

何とか他の枝へ移動しようとしているのだが、どうにも体が動かなかった。

（あっ！）

枝につかまっていられず、またバランスも維持出来ず、そのまま地面に落ちてしまう。

幸い高い枝ではなかったため、深刻な怪我はしていない。しかし衝撃で息が詰まり、動く事が出来なかった。

（……いたいよう）

うずくまっていると、少し離れたところに魔獣が出現。

それはごく小さいが、イモムシには脅威である。蟻の形をした魔獣は、興味深そうに近づいて来た。

（にげなきゃ！）

焦るが、体がうまく動かない。短いイボ足を懸命に動かすも、ほとんど前に進まなかった。

背後に迫るのは、顎を慣らす音。だがそれだけではない、何か硬い物が撥ね返す音もあった。

（なんだろう）

恐る恐る振り返ると、そこにいたのは一匹のダンゴムシ。魔獣ではなく、自分と同じ精霊獣である。

硬い鎧は蟻魔獣の強靭な顎を撥ね返し、地面をしっかりと捉えた数多い脚は、押し負けない。

力比べに疲れたのか、やがて蟻魔獣は離れて行った。

「ありがとう」

礼を言うイモムシと、それに答えるダンゴムシ。どうやら、精霊獣のよしみで助けてくれたらしい。

次の木に登るまで、ダンゴムシは付き添ってくれた。

それからしばし、この場所に二匹は留まる。

地面の上と枝の上、住むところは違うため挨拶を交わす程度。それでも心強かった。

なぜなら付近に、自分達以外の精霊獣はいなかったのだから。

「まてきた」

「にげよう」

しかしエルフが現れ、痛い水を木々に吹き付ける。よく見ればそれだけでなく、地面にも直接撒いていた。

ダンゴムシに聞くと、体に掛かるとひどく痛むという。

痛い水に追われ、移動を続ける精霊獣達。世界樹から離れるにしたがって、生える草木の魔力濃度も下がって行った。

「おいしくないね」

「おなかにたまらない」

魔力を含んだ葉と落葉、それを主食にする彼らにとっては、大きな問題である。

精霊の森の中心へ近づこうと考えるが、それはエルフが許さない。それどころか彼らを見掛けると、さらに外側へ追い出そうと水を撒いて来た。

「なんで、おいかけてくるのかな」

二匹は話し合うが、わからない。迷惑を掛けた記憶などなかったのだ。

「たべるものがないよう」

逃避行を続けたある日、飢えに苦しむダンゴムシが地面の上で絶望の声を出す。

この場所は人族の街道近く。落葉はあれど、魔力はすでに消え失せていたのだ。

(なんとかしなきゃ)

木の状態を観察したイモムシは、一本の枝の先に進む。そして体重を掛け、大きく揺り動かした。

それを受けて、先端の葉が二枚、地面へと落ちて行く。

他よりいくらか魔力の濃い葉、それを揺らす事で落としたのである。

「ありがとう」

下からダンゴムシの声が届く。

枯れた葉を好む彼の種族には、新鮮過ぎる葉であろう。しかし命には代えられない。

ダンゴムシは一生懸命かじり始めた。

それを見下ろすイモムシの心は暗い。

(どうしよう)

周囲には、魔力を含んだ草木がほとんどない。もはやここは、精霊の森とは言えない場所だったのだ。

枝の上で、イモムシは途方にくれる。

自分自身も空腹で力が入らない。遠くない将来、枝へつかまっていられなくなるだろう。

(えっ?)

そんな時、引っ張られる感じがした。

この感じは召喚魔法。周囲に光の輪が発生し、体が魔力の糸に絡め取られて行くのがわかる。

(にげられない)

怖くて嫌だが、力が入らず抵抗出来ない。おそらく、弱っているせいで引っ掛かったのだろう。

自分の最期を悟り、地面で葉を食べる友人に目をやる。

「……さようなら、いままでありがとう」

それだけを口に。

聞えなかったのだろうか、それとも食べるのに夢中だったのだろうか、ダンゴムシがこちらを見る事はなかった。

そして数瞬後、光の輪と共にイモムシの姿は消え去ったのである。


ここで物語の語り手は、ダンゴムシへ。

魔力のほとんどない落ち葉を掻き分けつつ進み、木を見上げながら丸っこい精霊獣は思う。

(いないよね)

最近、友人を見掛けなくなった。ある時突然に姿を消したのである。

枝上を捜すも、特徴のあるシルエットはない。

魔力の少ない寂しい場所へと追いやられる中、助け合う事で生きて来られた。だが今は、自分だけしかいない。

(だいじょうぶだと、いいんだけど)

枝上で一瞬、光の輪が見えた気もする。記憶が確かなら、あれは転移魔法陣。

それなら誰かに呼ばれたという事。魔獣に食べられたわけではない。

(かえってこないかな)

期待を込めて、そう思う。

用事があって召喚されたのなら、仕事を果たせば戻って来るだろう。向こうで命を落としていなければだが。

(ひとりになっちゃった)

毎日食べ物を探し回り、なんとか命をつないでいる。

後は誰とも喋らず、石の下でじっとしているだけだ。

(さみしいよう)

そんな日々を重ねたある時、心に声が届く。

(えっ?)

信じられず返事が出来ない。その声は、『うまくいかないのかな?』と、困惑した様子で呼び掛けを重ねる。

『きこえてるよ!』

慌てながら、懐かしい友人へ返答。イモムシは安堵した雰囲気を出しつつ、言葉を続けた。

『こっちにこない?』

ダンゴムシは、友人の無事に喜ぶと同時に驚きもする。

声の感じから、いる場所はかなり遠い。そしてそこから届かせるなど、かなりの魔力が必要だったからだ。

『いきたいけど、どうやって？』

即答する。友人のいる場所はわからないが、迷いはしない。

もうここに、独りでいるのは嫌だった。

『まってて』

数瞬後、自分を囲むように輝き出す光の輪。転移魔法陣が展開を始めたのだ。

(すごい)

ダンゴムシは感嘆する。遠くからの声だけでなく、転移魔法まで使用している。一体、どれほどの魔力を使っているのだろう。

(あえるんだ)

転移に対する恐怖はない。

(なんていおうかな)

顔を合わせた時の、最初の言葉。それを考えつつ、魔法が発動するのを楽しみに待つダンゴムシだった。


時間はそこから、現在へと戻る。

場所は王都ダウンタウン、北の外れにある建物。そこの屋上庭園で最も大きい木の枝上で、イモムシが沈み行く夕日を眺めていた。

『……』

ここに来た時と同じ季節、それが訪れている。

強制的な召喚だったが、連れて来られた場所には世界最高の木が生えていた。

そして主となった人族は、自分を枝に乗せ、こう言ったのである。

「遠慮なく食っていいぞ。うちの薬草樹はフサフサだからな」

信じられなかった。精霊の森にいた頃は、近づく事さえ許されない木だったのだから。

そして主は、やさしくて寛容。一緒に庭森を作り上げる作業は、とても楽しいものだった。

その間に自分は食べて力を蓄え、友人を呼び寄せる事にも成功している。

（ゆめじゃないよね）

イモスケと名づけられた精霊獣は、自分の体を眺めやる。今や体長は二十センチメートルにおよび、三、四センチメートルだったあの頃とは大違いだ。

『どうしたの？』

木下の地面には、こちらを見上げる友人。ダンゴロウと名づけられた精霊獣は、イモスケへ声を掛ける。

こちらも十五センチメートル前後、三センチメートルだった頃から格段の成長を遂げていた。

『おおきくなったよね』

戻って来た返事の意味を、考えるダンゴロウ。理解し声を返す。

『おなかいっぱい、たべられるから』

そうなのだと頷くイモスケ。

あの頃の自分達は魔力不足で、命の火が消える寸前。今こそが本来の大きさである。

そのような事を考えていると、自分達の名を呼ぶ人族の声が聞こえた。

『よんでるね』

『いこうよ』

珍しく今日は、日の落ちる前に帰宅したようである。

敬愛する主の呼び掛けを受けて、枝上と地面で移動を始める二匹であった。


庭森に出た俺は、眷属達の名を呼ぶ。

声が聞こえたのだろう。アゲハ蝶の五齢幼虫は俺に近い枝先へ這い進み、ダンゴムシは地上をトコトコと歩いて来た。

「最近寒くなったなあ」

言いながら、枝からイモムシを肩上に、ダンゴムシを手で持って部屋へと戻る。

これから、『死ぬ死ぬ団』の最高幹部会議を行なうつもりなのだ。

床に敷いたバスタオルの上に降ろし、その旨を話す。すると二匹は、衣装を出してくれるようせがんで来た。

「はいはい、これな」

副首領たるイモスケには、眼状紋へ眼帯をつけてやる。将軍であるダンゴロウは、屋内用の薄緑の栗のイガだ。

ヤドカリのように身につけると、どういう仕組みか脱げる事がない。さすがは精霊獣といったところだろう。

「諸君、時は来た」

部下の準備が出来たのを確認し、俺は厳かに告げる。

「ついに明日、俺は教導軽巡先生とあいまみえる」

どよめく副首領と将軍。

死ぬ死ぬ団の首領ドクタースライムである俺と、ジェイアンヌの裏トップである教導軽巡先生。二人のプレイはある意味、王都花柳界の頂上決戦とも言えるだろう。

ヒーロー物なら最終回だ。

『がんばって』

『きをつけて』

熱い声援に、数回軽く頷く。

覚悟を決めた俺は信頼する二匹へ、真実を包み隠さず伝える事にした。

「実はな、対抗策が何もないんだ」

いろいろ考えてみたのだが、結局何も思い浮かばなかったのである。気分は、準備不足のまま試験日を迎えたものに近い。

衝撃の事実に、悲鳴を上げる眷属達。

「多分このままでは、思い切り負けると思う」

言葉の意味に耐えかねたのか、イモスケはバスタオルの上でのたうち、ダンゴロウは丸まり転がり出す。

栗のイガそのものと化した将軍は、床のクッションに刺さって止まった。

「うん?」

時間と共に落ち着きを取り戻した大幹部達は、心配そうに問うて来た。

「負けると、俺はどうなるのかって？」

ペナルティを心配しているのだろう。

しかし、いかに勝負とはいえ舞台は娼館のベッドの上。深刻なものではない。

「安心しろ。俺が捕まったり、お前達がここにいられなくなるような事はない」

顔を見合わせ、ほっとした様子を見せる副首領と将軍。それを見やりつつ、言葉を続ける。

「ドクタースライムとしての名声、それが下がるくらいかな」

正直、まったく構わない。双璧だの至宝だの、そんな大仰な呼び名などいらないのだ。

「前回は、コテンパンにやっつけたのにって？」

イモスケがワキワキしながら問うて来る。何度か話題にしていたため、覚えていたようだ。

「まあ、最終的にはそうなったけど、それは勝った後にやり過ぎたからだな。勝負自体はギリギリ、負けていてもおかしくなかった」

教導軽巡先生が三週間も寝込んだのは、俺が入ってはいけない聖域を責め立てたせいである。

素質は充分ながら、彼女自身が禁忌としていた後ろの後ろ。

驚き、恥じらい、やめてくれるよう懇願する教導軽巡先生。その姿があまりに魅力的で、歯止めが利かなくなってしまったのである。

「前の試合は、いつ頃だったかって？」

眷属筆頭たる森の賢人は、気になる事があるようだ。常になく熱心に質問を飛ばす。

俺は二匹を見ながら考えた。

「まだ一年は経ってないな。ダンゴロウが来た後だったはず」

再度顔を見合わせる眷属達。向かい合い、ワキワキ、ワシャワシャと相談をしている。

結論が出たらしく、イモスケがこちらを向いた。

「大丈夫？　その頃より強くなっているって？」

何でもオーラの輝きが違うらしい。

二匹が俺のプレイを見たのは、クールさんが相談に来た時の一回だけ。おそらく、行為の意味を理解してはいないだろう。

だが精霊獣達からそう言われると、何か自信のようなものが湧いて来た。

「そうだな。俺もあの頃の俺じゃない。経験を積み、成長して来た自負はある」

娼館でのプレイ。それは魔力操作の力を育て上げ、騎士の操縦士への道を開いてくれた。

そして操縦士になるための訓練と、騎士に乗ってからの経験。この二つは魔力操作の技量を、さらに磨き上げている。

「決して踏み止まっていたわけじゃない。そういう事だな」

心が軽くなったのを感じ、胸の奥から息を吐き出す。

相談が出来、元気づけてくれる家族がいるというのは、本当にありがたい。

「力が必要なら、いつでも駆けつけるって？」

ダンゴロウ将軍が、イガに包まれた体を左右に振りながら言う。

俺は栗のイガが、教導軽巡先生の背中を転がって行く姿を想像した。

「いや、それには及ばない。これは俺と先生との戦い、俺達だけで決着をつける」

武人ダンゴロウは納得したらしい。小さく頷いている。

「お前達のおかげで、迷いが消えたぞ。ありがとう」

これは本心。正直なところ、眷属達に相談しても方針が定まるとは思っていなかった。

『相談する事で考えを外に出す。それで問題解決の糸口が見つかれば』

その程度の気持ちだったのである。予想以上の結果と言えよう。

「好きな本読んでやるぞ。何がいい？」

俺の言葉に、喜ぶ眷属達。

最初の本はイモスケの希望で、『オークとエルフ』に決まった。

これは最初から最後まで、悪役であるオーク達が大活躍する異色の物語。悪の副首領にふさわしいチョイスと言えよう。

「──しかしオーク達は狡猾でした。エルフの嘘と罠を見破り、引っ掛かったふりをしていたのです。『寄るな！　下郎！』エルフの女王様は叫びますが、網をかぶせられた状態では身動きがとれません。周囲を囲むオーク達の中から、ひときわ体格の大きな──」

死ぬ死ぬ団の最高幹部会議はここでお開きとなり、絵本鑑賞会は寝るまで続いたのであった。


場所はオスト大陸中部の王国から、西部を支配する人族最大の国家、帝国へ。

領土の中でも西寄りの山地には広葉樹林が広がり、その内側に点在する町や村を、石畳の街道がつないでいる。

夏の日差しを眩しく反射させる艶やかな葉の下では、溢れる生き物達がいつもどおり、『食うか食われるか』の営みを続けていた。

「……っ！」

何かに気づき、木々より飛び立つ大量の鳥達と、無言のまま脚で逃げ出す翼なき者共。

直後、木々を左右へ押し倒すようにして現れたのは、体高十六メートルはあろう人型のゴーレムである。

『がらんどうの兜と、その中にある円形の一つ目』

この特徴は、帝国騎士団の保有するC級騎士のもの。B級より二メートルばかり背の低い騎士の胸部操縦席では、ダンディな操縦士が額から滴り落ちる汗を手の甲で拭っていた。

「このままでは振り切れぬか」

険しい表情で独り言《ご》ちる、唇の上に形良い口髭をたくわえたナイスミドル。

（魔力は残りわずか。これ以上走り続けるのは無理だ）

確かこの先、森が切れたところに崖があったはず。そこで振り切らねば、追いつかれてしまうに違いない。

予想どおりすぐに、林立する幹の向こうに、日差しを浴びる木々の頂が見えて来た。

（ままよ！）

深い呼吸で恐怖を抑え込むと、騎士に地面を蹴らせ宙へ飛び出させる。高低差は、騎士の背の三倍はあるだろう。

人造の巨人は、そのまま眼下の森へと突っ込んで行った。

『……』

続いて崖上に現れたのは、一頭の牙のある巨大なトカゲ。腹ばいになっているせいで高さはないが、尻尾を含まずとも騎士より大きい。

二股の舌を出し入れしつつ崖の下を覗き込んでいたが、やがて向きを変え、名残惜しそうに森の中へ戻って行った。

「……とりあえず助かったか」

仰向けに倒れ込んだ騎士の胸内で、騎士の目を通し見上げていたナイスミドルは息を吐く。

彼は、この地域に駐留する帝国騎士団の隊長。街道をパトロールしていたところ、大型魔獣と行き合ってしまったのである。

追われていたのは、町へ向かわぬよう森の奥へ誘導していたからだ。

（あの魔獣、初めて見る）

予想外だったのは、いつまでも自分を追って来た事。ゴーレムを食べるとは思えないので、好奇心の強い種なのかも知れない。

（急ぎ町へ戻らなくては）

最低限の休憩で自らの魔力を回復させると、静かに騎士を歩かせ始めたのだった。

数時間後、たどり着いたのは、高さ十メートルほどの石壁に囲まれた小さな町。門を抜けた直後に片膝を突いた騎士の姿を見て、整備士が走り寄る。

「隊長！　どうされたのですか」

そう叫ぶのも当然であろう。朝に完全な状態で出立したC級は、片腕が折れ足を引きずり、土と枝葉を体中に付着させていたのだから。

ちなみに隊長とはいうものの、騎士はこのC級一騎しかいない。他に従えるのは整備士が一人と、十数人の兵士達である。

「トカゲのような大型魔獣と遭遇した。ここへ来る可能性があったので囮になったのだが、存外にしつこくてな」

降りて来たナイスミドルが頭を左右へ振りながら説明し、整備士は息を呑む。

「……大型ですか」

それは人族の最大戦力である騎士より大きく、高位の魔術師だろうと対抗出来ない危険な存在。

この辺りでもごくまれに見られるが、街道を横切る程度であり、町や村へ興味を示した事はなかった。

『他国と境を接しておらず、魔獣の危険も少ない』

広大な森林地帯であるも、C級騎士がまばらに配置されるだけなのは、これが理由である。

「近隣の町や村、それに帝都へ伝令を出す。君は騎士を一刻も早く修理してくれ」

沈痛な表情で続けられ、整備士は声もなく頷き返す。胸中にあるのは、『どうかこのまま何事もなく、平穏な日々が続きますように』という思いだった。

明けて翌日、整備士が徹夜で魔法陣へ魔力を注ぎ続けたおかげで、C級騎士の修理は完了。

町を囲む石壁に設けられた門は、昨日の夕方から閉鎖され、石壁の上では兵達が交代で見張りを続けていた。

「近辺では見ない種だ。もし移動の途中であるのなら、今日のうちにはいなくなるだろう」

朝の打ち合わせで、希望を口にする隊長。顔色がいいのは、唯一充分な睡眠を取れているからだ。

しかし不満を持つ者はいない。操縦士の魔力は騎士の燃料であるため、回復に努める事もまた立派な仕事なのである。

「救難信号が打ち上げられました！　空に描き出されたのは、『帝国商人ギルドの紋章』です」

昼を過ぎた頃、石壁の上の兵士が叫ぶ。

町からは誰も外へ出さなかったが、こちらへ向かっていた商人が出会ってしまったらしい。

かなわなかった希望に、口髭のナイスミドルは考え込む。

「……見捨てる」

続いて示された判断は、非情なもの。しかし反対の声は上がらない。もし襲っているのが昨日の好奇心の強い牙トカゲであるならば、町へと引き寄せかねないからだ。

町は壁で囲まれているも、あくまで小型魔獣向け。大型魔獣を防ぐ事は出来ない。

『商人を襲っているのは牙トカゲではなく、小型か中型の魔獣ではないのか』

その可能性はあるだろう。しかし巨大トカゲだった場合、事態は最悪へと転がってしまう。

町を守る隊の長として、そのような危険は冒せなかった。

「信号弾は断続的に、しかも距離を詰めつつ放たれ続けています！」

しかしその後の報告が、その決断を許さない。

『魔獣の追撃を受けながらも、商人は健在』

示された状況から、商人は御者台で鞭も折れよとゴーレム馬を叩いているはず。そして向かっているのは、この町以外にあり得なかった。

「……出るぞ」

引き結んだ口から告げ、席を立つこの町唯一の操縦士。

近隣の町村からC級騎士、あるいは帝都が派遣してくれるかも知れない騎士。どちらも間に合うとは思えない。

町の壁では守れない以上、自分の騎士に注意を集めるしかないだろう。

「隊長」

広場で片膝を突く騎士へ、まさに乗り込まんとするナイスミドル。その背へ整備士が声を掛けたのは、何かを感じ取ったからだろうか。

「来月、息子さんの誕生日でしたよね。筆おろしに帝都へ連れて行くって約束、きっと楽しみにしていますよ」

振り返った口髭隊長は、男でもほれぼれするような笑みを浮かべた。

「カレンダーに印を付け、毎日眺めているからな。破れば一生、口をきいてくれぬかも知れん」

そして騎士へよじ登ると、操縦席に収まり外部音声をつなぐ。

『門を開けろ！　出撃する』

高さ十メートルの木製の扉が、人力でゆっくりと開かれて行く。周囲へ段階的に高くなる音が響くのは、隊長の魔力に反応した騎士内部の魔法陣が、順番に起動しているためである。

その音に掻き消されながらも、整備士は武運を祈る言葉を発し続けたのだった。

昼でもなお上空に確認出来る、光の線で形どられた帝国商人ギルドの紋章。救難信号を目指し石畳の上を歩ませたナイスミドルだが、最悪のさらに下があった事を知る。

(牙のある巨大トカゲ、しかも三頭だと！)

二頭立てのゴーレム馬が引く幌付きの荷車は、街道の凹凸で跳ね上がりながらも疾走。その後ろを三頭の大型魔獣が距離を置き、一列になって追い掛けていたのである。

必死の商人に対してトカゲの余裕ある姿は、まるでどこへ行くのかを楽しみにしているかのようであった。

『相手は俺だ！』

荷馬車を通過させた後、街道に立ち塞がるC級。剣と牙の間合いにはまだ遠いが、大きな身ぶりで剣を振り回し外部音声で叫ぶ。

脚を止めたトカゲ達だが、警戒する様子はない。互いに顔を見合わせ、『どうする？』というような雰囲気を漂わせている。

『俺だと言っているだろうが！』

人間なら一抱えはある大石を、片手でつかみ投げつけると、一頭がこちらへ向け踏み出した。

『来い！　ノロマ共』

言いなれないせいか、罵倒の語彙が浮かんで来ない。それでも必死に絞り出し、投石を繰り返し後ずさる。

しかし引き寄せられたのは一頭のみで、後の二頭は荷馬車を追うのを再開してしまった。距離はかなり開いたが、取り返すつもりなのだろう、トカゲの速度はさきほどより遥かに速い。

(遊んでやがる)

やはり、本気ではなかったという事だ。

(まずはこいつを、森の中でまく。その後は町へ向かい、二頭を町から引き離す)

やらねばならない事を思い、絶望に心が染まる。無理としか思えない。

『町の壁の外で、三頭が飽きるまで相手し続ける』

まだこちらの方が、可能性があるだろう。

しかしC級で、攻撃をかわす事が出来るのか。よけられたとして、帝国騎士団でも魔力量の少ない自分に続けられるのか。

(だが、やるしかない)

出来なければ、おそらくこのトカゲ達は町を壊すだろう。悪意ではなく好奇心からだとしても、圧倒的な体格差は家屋を破壊し人を潰す。

守備隊の長として、それだけは許せない。

『させるか!』

声を枯らし、二頭を追って駆け始める騎士。その後ろを一頭が、襲い掛かるでもなく続く。

そしてついに三頭の大型魔獣とC級騎士は、門の前へ到着したのだった。

荷馬車の姿はなかったので、逃げ込めたのだろう。

『おおおっ』

囲まれながら、剣を振り回すC級。一方、牙のある巨大トカゲ達は、前後進でさけている。

その様子は、鎌を振り回すカマキリを相手にした人間の子供そのもの。反撃して転ばせたりはするが、壊してしまったりはしない。

（ううっ）

十合近い斬撃を放った直後、猛烈なめまいと眠気に襲われ転倒する騎士。明らかな魔力切れの兆候だ。

動きが鈍った騎士に飽きたのか、一頭が町の壁へと頭を向ける。

（やめろ、やめてくれ）

ふらつきながら立ち上がり、剣を振りかぶり斬り掛かるが、尻尾で横なぎにされ転がされてしまう。すっかり興味を失ったのだろう。残る二頭も騎士から視線を外し、壁を越えようと動き出す。

しかし次の瞬間、空気の絶縁を破壊する轟音と共に、ナイスミドルの視界を黄色の閃光が埋めた。

（これはっ！）

尻餅をついたC級の操縦席で隊長が見たのは、巨大トカゲ達の背に突き立つ、計三本の稲光。

巨大トカゲ達はすぐさま落雷のような音の発生源、すなわちC級騎士の背後へと鼻先を向ける。

『雷の矢《サンダーアロー》、第二射準備！　そこの騎士、交代よ。場を離れなさい』

半拍遅れて振り返った隊長が目にしたのは、構えた短杖《ワンド》の先端から煙を上げさせている、三騎のB級騎士の姿だった。

「百合騎士団《リリーナイツ》！　来てくれたのか」

外部音声で響いた女性の凛とした声と、騎士の肩に描かれた黄色い百合の紋章。国を股に掛け活躍する、傭兵騎士団の騎士達で間違いない。

（四隊あるうちの一つが、帝国に招かれ魔獣退治に当たっていたのは知っていたが）

伝令のもたらした知らせが耳に入り、駆け付けてくれたのだろう。

(……来るならもっと早くにしてくれ。寿命が縮んでしまったではないか)

苦情交じりに続けるが、本心ではない。

近くにいた事と、危機を知れた事。この二つの幸運が、たまたま重なった結果なのだから。

目から溢れた涙は、安堵で緩んだ頬を伝い落ちたのだった。

(ありがたい。倒す事より、町を守る方を優先してくれている)

邪魔にならぬよう横へC級を離脱させ、戦況を見守るナイスミドルは思う。

二度目の遠距離魔法攻撃で、注意を完全に自分達へ向かせた百合騎士団《リリーナイツ》黄百合隊の三騎。

彼女達は今や完全に本気となった大型魔獣を相手に、ダメージを受ける事なく渡り合い、少しずつ町から引き離していたのである。

連携を含め、よほどの実力がなければ出来ない事だろう。

(B級か。やはり美しい)

自分が乗る事はかなわなかった。そしてこれからもないだろう騎体の躍動を、ほれぼれと見つめるナイスミドル。

一方の巨大トカゲ達は、牙を立てようと突進を繰り返すも、かわされた上に逆撃を喰らい、緑の血を噴き出させられている。

暗い結末を予感したのだろう。一瞬だけ顔を向き合わせた三頭は、直後一斉に走り出した。

(来た道を戻ろうというのか)

B級三騎の両脇を迂回し、その背後へ抜けて行く。

彼の見たところ、巨大トカゲの脚はB級より速い。とりあえず今は、撃退出来たという事でよしとするしかないだろう。

『今よ！』

そう考えたのとほぼ同時に、B級の一騎が叫ぶ。直後、街道両側の森から、計四騎のC級が飛び出した。

盾を片手に剣を振り上げたC級達は、トカゲの脚を狙って叩きつける。

（いつの間に）

そういえば百合騎士団《リリーナイツ》一隊の編成は、B級三騎にC級四騎のはず。速度の出るB級が先行し、C級を退路に伏せさせていたのだろうか。

自身も兵を率いる身としては、見事と言う他ない。

（C級とは、こんなにも強かったのか）

反撃しようと尻尾や牙を振り回すが、C級はすでに飛び退き盾を構えている。乗り手次第、使い方次第という事を、心の底から感じ息を吐く。

脚を傷め速さを失った巨大トカゲ達は、C級とB級から剣撃を受け続け、やがて動かなくなったのだった。

『ありがとうございます。本当に助かりました。命の、町の恩人です』

巨大トカゲを片足で踏みつけ、ポーズを取るB級。ではなく手前で背筋を伸ばし立つB級騎士へ声を掛ける、ナイスでミドルな隊長。

指示を出していたのはこの騎なので、指揮官と見て間違いないだろう。

『間に合って何よりです。あなたが時間を稼いでくれたからこそですわ』

空気を震わす、柔らかな若い女性の外部音声。

自分など微力もいいところだが、社交辞令であっても認めてもらえると救われる。

握手を求められたナイスミドルは、騎士であるのに反射的に脇腹で手を拭くと、差し出された手を握り返したのだった。

『魔獣の処理は兵にやらせます。皆様は町へ入ってお休み下さい』

この地に駐留する帝国騎士団の隊長の言に、閉ざされていた門が開いて行く。

黄百合隊の指揮官騎の背後では、C級同士が胴を接触させていた。おそらくは振動で会話を交わしているのだろう。

ちなみに以下は、C級に乗る少女達以外には聞こえない内容である。

(いるはずのない牙トカゲがここにいるのって、あたし達のせいじゃない？)

(この間、向こうで派手にやったからね。可能性は高いけど、その事は言わないでおこうよ)

言わずにいる事と、知らずにいる事。双方にとって幸せな事に違いない。

こうして黄百合隊一行は、森の中の小さな町で一夜の歓待を受ける事になったのだった。


王都歓楽街を、東西に貫く大通り。その通り沿いの一等地に、白大理石とレンガで造られた娼館が建つ。

店の名は『ジェイアンヌ』。御三家とも呼ばれる、王都屈指の高級店である。

毛足の長いワインレッドの絨毯が敷き詰められたロビーでは、鬢《びん》に白いものの混じった壮年の紳士が、姿勢よく立っていた。

(そろそろか)

ロビーに飾られた大きな時計、それを感慨深く見やりながら彼は思う。

(ジェイアンヌに職を得て二十年以上。洟垂《はな》れだった私も、今や支配人。店の者達からは、『マスター・コンシェルジュ』と呼ばれる身)

そんな自分をしてなお、今日は特別な日だ。

(タウロ様と彼女が、ついに激突する)

タウロの二つ名はドクタースライム。この名を知らぬ花柳界の関係者はいない。

そして店内最高の実力を持ちながら、サイドライン席ではなく雛壇に座り続けた彼女。後進の育成にも情熱を注ぎ、教え子達は次期主力と期待されている。

『ジェイアンヌの屋台骨』

そう表現しても、大げさではないだろう。

(修業の旅から戻った彼女は、数段腕を上げていた。王都で比肩しうる女性は、もういまい)

対するドクタースライムは、王都男性陣最強と言っていい。

自分の店の三階にあるスイートルーム。そこが王都花柳界の、頂上決戦の場となるのだ。

誇らしさで胸が膨らみ、背が自然と伸びる。

(それにしても、心広きお方よ)

観戦を希望する店の働き手達が多かったため、恐る恐る尋ねてみたのだ。

『いいですよ』

ドクタースライムの返事はその一言。人数すら聞いて来ない。

しかし雛壇、サイドライン、それに見習いの半数以上を入室させるわけにも行かず、自分なりに厳選して許可を出した。ドクタースライムに救われた者、戦った者、仲間となった者などである。

面子を思い浮かべていると、コンシェルジュ見習いの少年が報告に来た。

「マスター、タウロ様がお見えです」

再度時計を見やれば、約束の時間の少し前。名が売れる前から変わらぬ、彼の美点の一つである。

「わかった、すぐに行く」

真っ直ぐにロビーを抜け玄関へ。そこにはさほどオーラのない、三十過ぎの男性が立っていた。

「お待ちしておりました」

腰から頭を、深く下げげつつ思う。この人物がドクタースライムであるなど、初見で見抜ける者がいるだろうかと。

(だが、それこそが恐ろしい)

達人と呼ばれる者達の中でも、上澄みのひとすくい。彼らは、周囲を圧倒するような迫力を出したりはしない。

逆に風のない水面のように、どこまでも穏やかなのだ。彼の知る中では、商人ギルドのギルド長が該当するだろう。

「では早速、ご案内させていただきます」

踵を返すと、ロビー奥の階段を目指す。前を遮る者などいない。

支配人である自分が先導し、その後ろにかのドクタースライムが続くのだ。客達は怯えるように両壁に張り付き、驚愕の視線を向けている。

　これで前を横切るというのは、よほどの勇者か物を知らぬ者だ。

（もし仮にそうなっても、タウロ様は気にもされないだろうが）

チラリと振り返れば、居心地悪そうに背を丸めて歩いている。

個人的には、もう少し堂々としてもらいたい。しかしこれもまた、彼の持ち味なのだろう。

考えているうちに二本の階段を上り終え、磨き上げられた両開き扉の前に到着。

「開けなさい」

私の言葉で、見習いコンシェルジュが扉を押し開ける。彼の役目は、ここの番人。

そして両側に開かれた扉の奥、部屋の中央。そこには一人の若い女性が、微笑みながら立っていた。

「この度はご指名下さいまして、ありがとうございます」

白いミニのワンピース、その裾をつまみ、膝を曲げ礼をする。

言葉と共に細身の体は沈み、長い黒髪がわずかに揺れた。

「お久しぶりです先生。相手をしていただけるという事で、こちらこそ感謝しています」

挨拶を交わす二人を視界に収めつつ、私は通常の倍以上の広さのある室内を見回す。

中央には白いシーツを敷かれたキングサイズのベッドが鎮座し、数名の観客達が囲む。いずれもこの店で働く女性達である。

「お二方、ご準備を」

背後で扉が閉まるの確認し、主役達にうながす。握手をして別れた二人は壁際に向かい、そこで服を脱ぎ始めた。

（ほほう）

意外な光景を目にし、頬が緩む。

ドクタースライムの服を受け取ろうと近寄る、見習いの少女。それを冷たい雰囲気の美女が押し留め、手伝い始めたのだ。

（人とは変わるものだな）

切り立った岸壁のように、同僚達との接触を拒絶して来た彼女。それが率先して着替えに手を貸すなど、知る者からすれば目を疑う光景だろう。

（君はもう、独りではない）

単独で聳え立つ峰であるがため、彼女には悩みを相談する相手がいなかった。思い詰めた挙句、店を辞めるとまで口にした事がある。

その相談に乗り、解決策を示したのはドクタースライム。その結果、彼女の雰囲気はやわらぎ、仕事も続けてくれている。

（素晴らしい仲間を得たね、おめでとう）

ドクタースライムの腰にバスタオルを巻き終え、尻を押すように軽く叩く彼女。

小さく口が動いている。切れ切れに聞こえた部分から推測するに、信頼と激励の言葉を送ったようだ。

（こちらはどうだ？）

逆の壁際に顔を向け、ドクタースライムをして『先生』と呼ばせる陣営に視線を移す。

豊かな胸に細い腰のツインテールと人狼《ワーウルフ》の女性二人が、競い合うように衣装替えを手伝っていた。

（彼女の体調不良。それが大事件を解決するきっかけになったのだったな）

服を畳んで行くツインテールを見ながら、顎を擦りつつ思い起こす。

『病というよりは、状態異常のように感じました。何か心当たりはありませんか？』

マッサージで回復させたドクタースライムが、首を傾げながら口にした一言。ここから事態は急速に動き出したのだ。

調査の結果判明したのは、一部の客が薬を持ち込み、女性に隠れて飲み物に盛っていたという事。

犯人は媚薬と信じていたようだが、粗悪過ぎて毒だったのである。

（もしタウロ様がいなかったら）

そう思うと、背筋が凍り付くのを止められない。

気づく者はおらず、現れてもかなり後だったろう。もしかすれば被害の広がりは、花柳界を滅するほどであったかも知れない。

調べが進むに連れ、麻薬を蔓延させようとしていた犯罪組織が浮上し、騎士が出動する大捕り物にまで発展したのだから。

（ふむ）

頷き、視線をさらに移動。

それは人狼《ワーウルフ》の上を通り過ぎ、凶悪なまでの曲線美を持つ女性のところで止まった。

壁に背を預け脚を高く組んで椅子に座る彼女は、サイドライン勢の筆頭にして店一番の売れっ子である。

（戦った回数は、彼女が一番多いかも知れん）

驕りから敗れ、全力でもまた負けた。そして物を賭けた一番で、ついに勝利を収めている。

周囲は絶賛したが、彼女は溜息と共に首を左右に振ったらしい。

『もう一度戦ったとして、勝てるとは思えないわ』

本音なのだろう。その時の雰囲気は、とても勝者のものではなかったと聞く。

(そして『先生』、彼女はどうだ？)

目を戻せば、胸まで巻いた超ミニバスタオル姿の女性。ちょうど着替えが終わったところだ。

(不治と覚悟していた病。それを治療してもらっただけに、彼女のタウロ様への感謝は誰よりも大きい)

そのお返しとして、マッサージ技術の向上に力を貸している。

よき指導者であった彼女の教えを受け、ドクタースライムの技量は急速に向上。その技は王都花柳界に大きく広がっていた薬害の犠牲者を救うのに、多大なる貢献をなした。

(しかし、あの治療法は副作用が強過ぎる)

意識せず吐き出されてしまう、大きな息。

『マッサージを受け気持ちがよくなった結果、なぜか病が癒える』

その謎の治療術により、患者達全員が『心身が溶けるほどの喜び』を受けたのだ。

『ドクタースライム』と呼ばれるようになったのも、治療と溶解、この二つがセットで与えられたからである。

(あの時、タウロ様は無償どころか、プレイ代を払いつつ治療をして回られた)

本来なら、感謝してもし足りない。しかし同時に与えられた『溶け落ちる感覚』への恐怖が、彼女達に複雑な思いを抱かせていたのだ。

（もし、先生が勝ったなら、何かが変わるかも知れん）

ドクタースライムへの感謝と、天国まで運ばれてしまう心地よさへの恐怖。その双方を、誰よりも彼女は持っている。

（ある意味、花柳界で働く女性達の代表だ）

先生の勝利は、恐れをやわらげる一助になるだろう。そしてきっとそれは、ドクタースライムにとってもいい事のはずだ。

「準備はよろしいですな？」

腰下バスタオルのドクタースライムと、胸まで巻いた超ミニバスタオルの先生。二人がベッドに上がったのを目にし、時が満ちたのを知る。

「始め！」

頷くのを確認し、両手を目の前で交差。二人はベッドのスプリングをきしませながら、大きく前に踏み込んで行く。

そして一定の距離を保ちながら、手を伸ばし合い始めた。相手のバスタオルを、奪い取ろうというのだろう。

「どちらも速く、それに正確ね」

隣に来たツインテールが、唾を呑み込み口にする。

稲光のように連続して走る腕。それはバスタオルの上から胸や股間、いわゆる急所をなでようと狙っていた。

「そうだな」

腕を組み答える。しかし私の目は、プレイから片時も離れない。

胸をつかまんと伸ばされるドクタースライムの手を、腕で払いのける先生。同時に逆の手は、ドクタースライムの脇腹をなでようと振るわれる。

表情一つ変えず、ドクタースライムはそれを手や腕でそらす。

(何というレベルの高さよ)

まるで二刀流の剣士二人が、高速で剣戟《けんげき》を交わしているかのよう。

受け損ねれば勝負が決まりかねない一撃を、逆に楽しむかのように受け流し、切り返している。

(まるで剣舞のようではないか)

目の前の光景に心奪われ掛けたその時、聞こえたのは先生の息を呑む音。

「んっ!」

耳を狙ったドクタースライムの一撃、それはやすやすと先生の手によって叩き落とされた。しかしそれは途中で、彼女の胸先をかすめたのである。

意図したものか偶然か、それはわからない。しかし先生には、確実に隙が生じた。

「フッ」

息を吐く音と共に、ドクタースライムが急進。肌を接っせんばかりに距離を詰める。

同時にその両手の指は、まるで獲物におそいかかる鷲のようにカギ形に曲げられ、胸の双丘へと向かう。

(いや、浅い!)

予想通り先生は、胸の前で組んだ腕を広げる。そしてドクタースライムの両手を、外側に弾き飛ばした。

「あくっ！」

しかし次の瞬間、先生の口から漏れる呻き声。私は原因に気がつき驚愕する。

(三本めの剣！)

右腕、左腕に続くもう一本。それが暗殺者の振るう短剣のごとく、斜め下から突き上げられたのだ。

腰バスタオルの合わせ目、そこから現れた短剣は、超ミニバスタオルの下から侵入。切っ先で布地をめくり上げ、両脚の始点へたどり着く。

閉ざされた扉の合わせ目に沿って上へ滑ると、扉の上で膨らむ彼女の鈴を叩いたのだ。

神社のお参りのように、盛大に鈴を振り鳴らされた先生は、体勢を大きく崩し後ろへ座り込む。

「危なあい！」

その姿に、周囲の女性から悲鳴が上がった。

(タウロ様の手、それを警戒し過ぎたのだ)

眉間に皺を寄せつつ考察する私。しかし無理からぬ事でもある。

両手から繰り出されるマッサージの脅威を、彼女ほど骨身に染みて知っている者はいないのだから。

「逃げてえ！」

続く観客達の叫び声の中、ドクタースライムは先生のバスタオルの端をつかみ、力強く引く。

海苔を剥がされる巻き寿司のように、先生は一回転。一瞬で全裸になり、無防備な白い肌をさらす。

ドクタースライムがそれを見逃すはずもなく、次の瞬間には覆いかぶさっていた。

「何とか、脱出出来ないの？」

ツインテールが細身な割りに大きな胸の前で両手を合わせ、心細げな声を出す。

「難しいと思うわ、余裕がないもの」

それに答えたのはダイナマイトボディの、ジェイアンヌで一番人気のサイドライン。

死神を神前試合で破って以来、予約が途切れない彼女だが、それでもこのプレイだけは見に来たのだ。

「見てご覧なさい。全身を這い回るあの指、あの手のひら。すべてが相手のスイートスポットを、正確に狙って来ているのよ」

ゾッとした表情のツインテールは、焦った口調で言い返す。

「かわせてないじゃない！　何度も受けているわよ」

「そうよ、完全によけるのは無理。だからああやって体を動かし、直撃だけはないようにしているの」

その説明は的を射ている、そう私も思う。

目の前の寝技の応酬は、互いにミリ単位をせめぎ合う、地味だがレベルの高いものなのだ。

（しかし、このままでは負ける）

先生は体勢を立て直そうと必死だが、成果が上がっていない。一方的に責め立てられている。

（修業の旅を終え、彼女は数段上の力を手に入れた。しかしなおタウロ様は、その上を行かれるのか）

悪くて同等、おそらくは彼女の方が上。そのような見込みは、身びいきの幻想でしかなかったのかも知れない。

「ああっ！　駄目っ！」

ツインテールの叫びに周囲がどよめき、悲鳴が各所で上がる。

ついに先生の片脚がドクタースライムの肩に担ぎ上げられ、暗殺剣が急所に狙いを定めたのだ。

(決まったか)

止めを刺され大敗すれば、ドクタースライムへの風当たりはさらに強まるだろう。

(だがこれは真剣なプレイ。致し方あるまい)

知らず険しい表情を作りながら、私は目の前のベッドの上を見つめるのだった。


ここで舞台は歓楽街から、少しばかり南へ。

ダウンタウンの北にある、一部三階建ての建物。その屋上の庭へと移動する。

庭の中心に立つ最も大きな木の根元では、二匹の精霊獣が空を見上げていた。

『どうしてるかな？』

アゲハ蝶の五齢幼虫によく似た一匹は、心配そうに頭を傾げる。

『しんぱいだね』

答えたもう一匹の姿は、ダンゴムシそのもの。

揃って頭を北へ向けている。二匹は眷属であるがゆえに、主のいる方向がわかるらしい。

その地では主が、熾烈な戦いの渦中に身を置いているはずだった。

『きっとかつよ』

イモムシは上半身を持ち上げ、隣のダンゴムシへ向く。

『うん、きっとかつ』

しっかりと頷くダンゴムシ。そして二匹は、木の根の上で追い駆けっこを始めた。

『くしざしせんぷう！』

『くしざしせんぷう！』

互いの尻を追い、地上に輪を描く二匹。

どちらも意味を、完全に理解しているわけではない。主がよく口にする言葉である事と、何となく『回るのだろうな』程度である。

しかしこれは二匹なりの、主への応援なのだった。

『……串刺シ旋風？』

そしてそれを亀が、池から興味深そうに眺めていた。

ジェイアンヌのスイートルームに場所は戻るも、時間はほんの少しだけ巻き戻り、語り手もマスター・コンシェルジュから教導軽巡先生へ移る。

(前回と、ここまで違うなんて)

清楚な雰囲気を持つ柳腰の女性は、額に汗を浮かべながら思う。

正面に立ち腕を伸ばして来る、腰バスタオル姿の男性。名をタウロと言い、『ドクタースライム』の二つ名で知られる花柳界の紳士だ。

(くっ)

超ミニバスタオル姿の自分。そのバスタオルの襟《えり》をつかもうとする手を、辛うじて弾く。

互いに脱がし合う局面だが、ここまで劣勢を強いられていた。

(互角以上の戦いが挑める、そう思っていたのですけれど)

前の試合では敗れ、三週間にわたって寝込みはした。しかしあれは、『後ろの後ろ』という禁じ手を使われたのが原因。

戦いそのものは、互角に近かったと思っている。

(今回私は、『見切り』と『断頭台』という二つの技を得ました。それに修業の旅で、実力も大きく底上げされた実感があります)

だからこその自信、しかし甘かったと言えるだろう。

腕を磨いていたのは、自分だけではない。相手もまた、同じところに踏み止まってなどいなかったのだ。

(たとえば『見切り』)

これは、相手の敏感な部分が光って見える技。タウロの『魔眼』と同系統のものである。

(私より、遥かに高い精度をお持ちです)

タウロが自分と同じ技を持っていた事に、驚きはない。ただくやしいのは、習熟度の違いだ。

指によるバスタオルの布地越しの刺激が、予想以上に効くのである。最近手に入れた自分と異なり、かなり以前から磨き続けていたのだろう。

(何とか、突破口を見つけないと)

焦りつつ額の汗を拭った時、それは起きた。

自分の耳元を狙い伸ばされた手、それを左手で叩き落とす。だがその途中で、指先が左胸の先端をかすめたのである。

「んっ！」

背骨を走り上がる甘い感覚に、止められてしまう動き。

それは一瞬より短いくらいだが、今の相手はどんなにわずかだろうが、隙を見落としたりはしなかった。

(防がないと)

大きく踏み出し、一瞬で差を詰めて来るタウロ。至近距離で突き出されたのは、すべての指を立てた両手である。

「はあっ！」

胸の前で腕を交差させ、それを広げる事で外側に弾く。あんなので鷲づかみにされたら、立っていられなくなるだろう。

危地を乗り切ったと、安堵の息を吐こうとしたその瞬間。

「あくっ」

その息は甘さと驚きを、多分に含むものとなった。

(迂闊でした)

両手を警戒するあまり、下への注意がおろそかになっていたのである。男性特有の武器、その存在と危険性を、自分は充分に知っているはずだったのに。

(これはいけません)

愚かさの代償は大きく、死角から繰り出された剣は、自らの超ミニバスタオルをめくり上げ急所へ直撃。

腰と関節から力が抜け、尻餅をついてしまった。

「危なあい！」

周囲から放たれる悲鳴。次の瞬間、体を巻いていたバスタオルの端部をつかまれ、強く引かれる。

結果、独楽《こま》が回るように回転し、一瞬で全裸にされてしまう。

「逃げてえ！」

見守る者達の叫び声は続く。

だが体勢を立て直す間もなく組み伏せられ、覆いかぶさられてしまった。

(えいっ！　やっ！)

次から次へと繰り出される指先。それは寸分違わず、自分のスイートスポットを突いて来る。

必死に振り払い、追いつかない分は体をひねって直撃をかわす。しかし至近弾であるがゆえ、そのダメージは小さくない。

(何とか、この手だけでも外さないと)

今さっき、左胸にあてがわれた手のひら。やさしくだが、すぐにリズムを刻み始めたそれのせいで、体のキレが悪くなりつつある。

腕に手を掛け力をこめ、引き剥がそうとしたその瞬間。反作用で、わずかに腰が浮き上がった。

「っ！」

まずい、そう思った時にはすでに片脚を取られ、肩に担ぎ上げられている。上へ向けての大開脚、次の一手は誰にでも予想出来るだろう。

そしてこの状況を招いたのは、油断でもミスでもない。完全な実力差だ。

（来ます）

衝撃に備える自分の耳に、タウロのつぶやきが届く。

「星幽刀《アストラルソード》」

言葉の意味はわからない。だが確かにそう聞こえた。

「かはっ！」

侵入を許した直後、顎が上がり背が反り声が漏れてしまう。予想外の事態に混乱を禁じ得ない。

（なぜ？　ポイントからずらしたはずなのに）

直撃だけはさけようと、可能な限り体を動かしている。しかしタウロの剣は、確実にスイートスポットの中心を貫いて来たのだ。

場所はヘソの真裏。通常この体勢では、絶対にえぐれない位置のはず。

（考えるのは後！　次が来ます）

剣の形状を最新の情報に更新し、第二撃へ対処。体幹を動かし、スイートスポットを庇う。

そして予想どおりやって来た次の突き。

「うあああっ！」

それは寸分違わず、またもやスイートスポットを捉えていた。

オーラをまとい、任意に形を変える星幽刀《アストラルソード》。そして、弱点を光として把握する魔眼。

この二つがもたらすのは、常に最適の解。

（どうして逃げられないの？）

ネチネチと、しかも縦に横にと八の字に動き続けるタウロの腰。それはまるで、瓶の中の水飴を棒で掻き回すかのよう。

しかも棒は、スイートスポットへ刺さったままだ。

（このままでは駄目です！　使うしかありません！）

北の修道院で習得した『断頭台』、侵入した相手を強烈に締め上げる力業だ。

（昔、修道院長様が、ギルド長をも倒した技。決まりさえすればタウロ様もきっと）

北の修道院の筋骨隆々たる老女と、王国商人ギルドの小柄な老人を思い浮かべる。

大爆発させた後、若かりし日のギルド長はこう言ったという。

『今の技はよかった。もう一回やってみせろ、ほら早く』

そして朝まで、腰で催促され続けたのだそうだ。

この技は、筋肉の瞬発力を一気に消費してしまう。そのため一度使用すると半日は使えない。

『だからねえ、ここぞという時にするんだよ。仕留め切れないと、後で大変な目に遭うからねえ』

修道院長は赤く染まった頬に、両手をあてながら忠告したものである。

絶対に成功し、勝負が決まる局面でこそ用いたい。しかしすでに、それが許される状況ではなかった。

「断頭……」

技を発動しようと、組み伏せられた状態ながらその名を口に。

しかし、言い終える事は出来なかった。タウロの動きが変わったからである。

奥をこじるようなものから、往復運動へと変化したのだ。

（これでは、弱点を捉え切れません！）

心に悲鳴を上げる。

その間もタウロの動きは止まらない。自分という神社の参道を、息を切らせつつ下から一気に駆け上がる。

そして本殿の宮に体を叩きつけると、すぐさま階段を駆け下りて行くのだ。

「うっ、うっ」

声が抑え切れない。

繰り返される、タウロによる御宮参り。お百度などとんでもない、すぐにでも願いをかなえさせられてしまうだろう。

（次の頂点での折り返し、そこを狙います）

参拝の瞬間だけは、速度がゼロのはず。ギャンブルだが仕方ない。

すでに自我の壁には大きな亀裂が入り、破片が落ち始めている。いつ崩れ落ちてもおかしくなかったのだ。

（今です！）

激突され、本殿の宮と自分の顔が歪む。生じた大きなうねりを何とかやり過ごし、技の名を叫んだ。

「断頭台！」

その時タウロは参拝中。本殿の宮へ頭を突っ込み、中を覗き込んでいる。肉の刃は、その無防備な首へと襲い掛かった。

上下左右から放たれ、激突する刃。直後に緩むが、すぐさまより強く締め上げる。

その回数、実に四十八回。

「……！」

口を開け開閉させるも、言葉を発しないタウロ。もし声が出ていれば、『これは、アンチロックブレーキ？』と叫んでいただろう。

痙攣する腹筋を押さえ込む彼女。それはＡＢＳ《アンチロック・ブレーキ・システム》作動中のペダルを踏み込んでいるものに、感覚的には近かったかも知れない。

（……どうですか？）

スイートスポットが集中する首回り、それを完璧に捉えた腹応えがある。これで駄目なら、もはや自分に勝機はない。

動きが止まったタウロ。

しかし本殿の宮は、奥へと押し上げられたまま。横隔膜が圧迫され、どうしても呼吸が浅くなる。

スイートルームの観客達にも声はなく、室内は静まり返ったままだった。

（うあっ！）

唐突に、熱いものが本殿の宮へと流れ込む。

断頭台は感覚上のタウロの首を、確かに切り飛ばしたのだ。そして中身を溢れさせたのである。

（これを凌げば、私の勝ち）

歯を食いしばり、注ぎ込まれる熱量に耐える。途中で屈すれば引き分けだ。

（うっ、ううっ、うううっ）

断続的に浴びせられる感覚に、意識が持って行かれそうになる。時間にして十秒弱、しかし限界寸前の自分には、あまりにも長い。


ここで視点は、コンシェルジュへと戻る。

目の前で上下に重なる、動きの止まった男女の尻。それに厳しい視線を送りつつ、何が起きているのかを考えていた。

(なぜ、止まったのだ?)

先ほどまで、ドクタースライムの圧倒的な優位で進んでいた局面。

片脚を掲げ上げられ、肩に乗せたまま内部に侵入を許した彼女。連続で腰を叩きつけるドクタースライムの姿に、勝敗は決したと思われた。

(技を用いたのか?)

直前、先生は言葉を発したようである。周囲の声援に掻き消されたため、聞き取る事は出来なかった。

しかしそれが、技の発動を示すものであったとしたら。

(可能性は高い)

双方の動きを止めた原因は、きっとそれだ。

(しかし時間が経ち過ぎている。相打ちなのか?)

白い肌の華奢な女性に、覆いかぶさったまま動かない男の背中。皆はそれを、無言で見つめ続けている。

（むっ？）

白く細い腕がゆっくりと、天井を目指し伸ばされて行く。

「……あれは」

食い入るように見つめ、言葉を漏らすツインテール。唾を呑む音だけが部屋に響く中、部屋にいる全員が、その腕が何を示すのかを待っていた。

高く掲げられた腕の先にある白い手は、やがて拳を握り、親指を真上へと力強く立てる。

「……勝った！　勝ったわ！」

それは間違いなく勝利のサイン。ツインテールは絶叫し、隣の人狼《ワーウルフ》と抱き合い跳ね回る。

ダイナマイトバディの魔法学院生は笑みを浮かべ、静かに拍手。ドクタースライムの着替えを手伝っていた彼女だけは、いつものとおり表情を変えない。

歓声と拍手が沸き上がる一方、ベッドの上では身を起こした二人が握手を交わしていた。

「勝負あり！」

高らかに宣言したつもりだが、もしかしたら少しばかり声がかすれていたかも知れない。

溢れ出す感情に視界がぼやけ、目頭をハンカチで拭う。

（私とした事が）

中立の立場であるはずの立会人に、あるまじき行ないだろう。しかしどうしても、止める事が出来なかったのだ。

きっと周囲の者達も、今だけは見て見ぬふりをしてくれるに違いない。

「ちょっと、よろしいでしょうか」

先生への皆の祝福、それが一とおり済んだ頃。私はドクタースライムから声を掛けられた。

隣には先生が、寄り添うように立っている。

「今、二人で話し合ったのですが、これから二ラウンド目を始めようと思いまして」

「……二ラウンド目ですと？」

驚き、混乱しつつ先生を見やると、桜色に頬を染めた彼女は目を伏せ、ドクタースライムと手をつないでいた。

（嫌がっている様子はない。これは、受けるという事でいいのか？）

試合形式ではあったが、あくまでこれは娼館でのプレイ。客人を時間いっぱいもてなすのは、我々としては当然の事である。

またそれは、仕事人である彼女が最も大切にしている事だ。

「今の戦いで私は、二つのものを手に入れる事が出来ました」

顔を上げ、先生が言葉を発する。戸惑う私を見て、説明が必要と感じたのだろう。

「一つは自信です。全力でのタウロ様、そのお相手を務めるに恥ずかしくない力を身につけました」

静かに私を見つめつつ、彼女は言葉を続ける。

「もう一つは信頼。タウロ様は最後まで、ルールを守って下さいました。たとえ勝利を失ってもです」

そこまで聞き、私にも理解が広がって来た。

もともと先生がドクタースライムに抱いていた感情は、そのあくなき自己研鑽への尊敬。寝込まされた事への復讐心などではない。

（自身と相手、その二つを確認するのが目的だったのだな）

だからこそ勝ちたかったのだ。

追い詰められたドクタースライムは、果たしてルールを破るのか。それを見極めるためにも。

（となれば、次のラウンドは勝負ではない。互いを磨き合うものになるのだろう）

同じ領域で、切磋琢磨し合える相手。ついに先生は、最も欲しがっていたものを手に入れたのだ。

であるのなら、ここからは二人の時間であろう。他の者が同席するべきではない。

「わかりました。我々は部屋を出る事に致しましょう」

部屋の者達にも、退出するよう告げる。

二ラウンド目がある事を聞き、驚く者、心配する者、頷く者など様々だ。だがそれでも、一人をのぞいて廊下へと出て行く。

「どうしたのかね？」

部屋の隅に張り付き、険しい表情で頑張るツインテール。

「私は残るわ。何かあったら、取り返しがつかないもの」

絶対に動かない。その強い意志を感じ、私は困り顔をドクタースライムに向けた。

先生と二言三言相談した彼は、肩をすくめ口を開く。

「信用がないのは仕方ありません。自分には、やり過ぎた前科がありますし」

心配もわかる、との事だった。私は壁際に近寄り、ツインテールに厳しい視線を向ける。

「タウロ様の厚意に甘えさせていただく。しかし、邪魔だけはするな」

緊張した表情で首肯し、ツインテールを揺らす彼女。それを確認し、私は廊下へ。

「では、ごゆっくりお楽しみ下さい」

扉を閉めながら、そう告げたのだった。


ここで視点は、タウロへと移る。

教導軽巡先生とソファーに並んで座った俺は、氷の溶けきったアイスティーを手に口を開く。

「二ラウンド目を受けてもらえて、本当に嬉しいです」

肩がくっついた距離の彼女は、こちらを振り向き野の花のように微笑んだ。

「娼館として、本来あるべき姿ですから」

そして、『喉が渇きませんか』と続ける。

頷くと、教導軽巡先生は自分のアイスティーを口に。そしてそのまま俺へ、背を伸ばしつつ顔を寄せて来た。

（……おいしい！）

重ねられた口から流れ込む、いく分人肌に温められたアイスティー。

たっぷり味わった後、糸を引きつつ唇を離す。そこで一言。

「もうひと口、お願いします」

コクリと頷き、再度アイスティーを口に含む教導軽巡先生。今度はアイスティーだけでなく、舌まてついて来た。

（あれ？）

久しぶりだが、丁寧かつ繊細な動き。これだけで口の中が溶けそうになる。

しかし以前と違い、舌責めがいつまでも続く。ある程度で切り上げ、次へ移ったりしない。

(おかしいな)

そう思いつつ、舌を絡ませ合いながらも顔を離す。

目の前には、ボーッとした表情の教導軽巡先生。少し見つめていると、またキスをしようと身を乗り出して来た。

(何か様子が変だ)

首をひねりつつ考える。答えはすぐに思い当たった。

(そういえば一ラウンド目、先生はゴールしていないのだよな)

満足したのは俺だけである。彼女のストレスは、限界近くまで溜まっているだろう。

そして女性である自分から、『欲しい』とは言い出しにくいのかも知れない。

「はーい、わかってますよお。じゃあ、ベッドに行きましょうねえ」

お姫様抱っこで運ぶのが理想だが、それは無理。いかに教導軽巡先生が華奢でも、軽々と人一人を抱き上げる筋力はない。

(おんぶじゃ、かえってかっこ悪いしな)

というわけで、よろめく彼女へ肩を貸してエスコート。さっきの勝負が嘘のようにあっさりと押し倒せたので、胸を中心に味を見る。

(おお、かわいいかわいい)

素直に反応し、身悶えしている。すぐに身を仰け反らせ、俺の下で二、三度跳ねた。

(これで落ち着いたかな?)

顔を覗き込む。途中から閉じられていた目が開かれ、そこには先ほどと違い、意思の光が戻っていた。

「今度は私から、サービスさせていただきますね」

言うなり下から抱きつき、そのまま反転。俺の体はうつ伏せから仰向けへと、一瞬で変化。

そして教導軽巡先生のピンク色の舌が、あちこちを這い回る。その職人技は、さすがの一言しかなかった。

「お体、流します。こちらに来て下さい」

今度は俺の方が、ふらつきながら流し場へ。途中ツインテールの姿が視界に入ったが、正直どうでもよかった。

おそらく教導軽巡先生も、その存在を忘れているだろう。

椅子に座らされた俺は、自らを泡立てたスポンジ化した彼女によって、隅々まできれいにされて行く。

(うほほ)

俺の腕を太腿に挟み、前後に腰を滑らせる教導軽巡先生。こそばゆくて気持ちいい。

「指を立てて下さい」

腕の先端まで腰をスライドさせたところでの言に、小指を真上へ鋭く向ける俺。息と同時に指を呑み込んだ教導軽巡先生は、内部で丁寧に洗い始めた。

(うむ、これだ)

このサービス、大好きである。

輿の乗った俺は、中指の時に淡く光る部分へ指を曲げ、教導軽巡先生のお仕事を邪魔。ギュッと締めて来たのは、たわむれ半分の抗議だろう。

(湯船に浸からないのは、俺への配慮かな)

シャワーですすがれた後は、体を丹念に拭いてもらってベッドの上へ。

教導軽巡先生は水陸両用だが、俺は陸上型。水中や水際での攻防より、ベッドの上の方が好きなのだ。

「お邪魔しまあす」

正面から覆いかぶさり、狙いを定める。だがその直前、待ったが掛けられた。

「同時でお願いします。戻って来られなくなると困りますから」

教導軽巡先生の申し出の意味は、『一緒にゴールしましょう』というもの。

『戻って来られない』というのは、飛び立った後、なかなか降りられなかった件についての事だろう。

(なるほどな)

あの時教導軽巡先生は、すでに達していた。にもかかわらず俺は、二段ロケット、三段ロケットと次々に点火したのである。

追加された推力のせいで、教導軽巡先生は第一宇宙速度を軽々突破。地上に帰るのは、かなり大変だったろう。

(同じタイミングで果てるなら、追加の推力はない。それに男であるがゆえに、弾数の限界もある)

考えるほどに、よく練られたアイディアだ。

(技術的な問題はない)

教導軽巡先生が『魔眼』同等の技を身につけている事は、一ラウンド目で判明済み。今の俺達なら、タイミングを合わせる事など難しくないだろう。

「わかりました、それで行きましょう」

そして始まったのは、互いに限界寸前での長い長い二ラウンド目。互いにこぼれる寸前で、力を加減し合った結果だ。

終了となるのは、絶対量が器を超える時。ちなみに俺達は、すでに表面張力に頼っている状態である。

「ところでさっきの『断頭台』。気持ちよかったので、もう一度お願い出来ませんか？」

途中、そうお願いしてみたのだが、また次回、と流されてしまった。しかし構わない、それは『次の回』があるという意味でもあるのだから。

「じゃあそろそろ、せーの、で行きましょうか」

「はい」

同時に声を出した次の瞬間、俺は地上にいながら天上の悦びを味わった。下になっている教導軽巡先生も、きっと同じだったに違いない。

(うはあ、気持ちいい)

なぜなら彼女も俺同様、折り重なったまま時間寸前まで動く事が出来なかったからだ。

「本日は、どうもありがとうございました」

シャワーで洗ってもらい、着替えを済ませた俺。ロビーのカウンターで、教導軽巡先生に頭を下げる。

ちなみにツインテールは、壁際で独り水溜りを作っていた。しかしその事には触れないでおこう。

「それで今度は、いつお相手してもらえるのでしょうか」

恐る恐る尋ねると、教導軽巡先生は穏やかに微笑む。

「いつでもいらして下さい。予約していただければ、最優先でお受けしますから」

「本当ですか！」

思わず両手を取って、踊り回る。教導軽巡先生は嫌な顔一つせず、笑顔で付き合ってくれた。

「では、とりあえず明日と明後日、出来ればその次も。一コマずつお願いします」

一日に二時間、それだけにしたのは必死の自制の結果である。

予約表を見ると、俺の次の時間は極力空けるようにしているのがわかった。インターバルなのだろう。


（チップは、弾まなくっちゃな）

最低でも二回分。

家に帰ったら、早速納品のためのポーションを作ろう。そう考える俺であった。


意気揚々とジェイアンヌから帰宅した俺を、眷属達が玄関で出迎える。

『かった？』

『かったんだ』

よちよちと走り寄るイモスケとダンゴロウ。二匹を抱き上げながら居間へと向かう。

（俺の雰囲気を見て、勝ったと思ったのだろう）

バスタオルの上に降ろすと、正直に告げた。

「試合には負けたよ。だけど、結果としては一番よかったんじゃないかな」

理解出来なかったらしく、問いを繰り返す二匹。やがて、わかって来たようだ。

「え？　悪役の美学？」

ダンゴロウが言うには、活躍すれども最後は敗れる、それが真の悪役らしい。

「大団円？」

今度はイモスケが難しい事を言う。

正義の味方と悪の首領が戦って、最後は仲直り。それで皆幸せになるのだそうだ。

「まあ確かに、そのとおりになったんだが」

頬を指で掻きつつ、尋ねる。

「どこで覚えたんだ？　そんな言葉」

二匹は顔を見合わせると、大きな声で叫んだ。

『ざらたん！』

庭森の池へ顔を向ける俺。だが外は暗く、キノコが淡く光るだけ。

長生き物知りの亀の姿を想像し、何となく納得したのだった。

沈む日が朱に染めていた空も、今は藍色。時の進みでもう少し濃くなれば、瞬く星も見えるようになるだろう。

ここは、帝国西部に広がる森のただ中にある町。一軒しかない宿の食事会場では、ささやかながらも精一杯の酒食が振る舞われていた。

「まっこと、あなた方は町の恩人です。本当にありがとうございました」

丸顔で人のよさそうな町長が、酒を注ぎながら薄くなった頭を下げる。向けた先は大きな丸テーブルの一つに座る、操縦士服姿の二十代前半から十代半ばの女性達。

彼女達『百合騎士団黄百合隊《リリーナイツ》』は大型魔獣である牙トカゲから、誇張なく間一髪で町を救ったのである。

「貴国から依頼された魔獣退治、その一環ですからお気遣いなく。それにたまたま、近くにおりましたので」

凛としながらもやさしさを感じさせる笑みで答えたのは、黄百合隊の隊長。長い金髪を三つ編みにし、それを頭へ冠のように巻き付けた二十代頭の女性である。

他の六人の顔に苦笑が浮かんでいるのは、このやり取りが初めてではないため。酒瓶片手に忙しくテーブルを飛び回る町長は、この近くを通るたび同じ事を口にして酌をしていたのだ。

それだけ感謝の気持ちが大きいのだろう。

（しかし、天は二物も三物も与えるのだな）

同じテーブルに座る、帝国騎士団所属でこの町唯一の操縦士、C級を駆るナイスミドルは、感に堪えぬように左右へ頭を振り息を吐く。

整った面立ちもさる事ながら、武芸を身につけた者特有の姿勢と立ち居振る舞いの美しさ。町の女性達にはない眩しさに、すっかり心を奪われてしまっていたのだ。

（言い寄りたいところだが）

唇の上にある、刈り整えた口髭をなでながら思う。妻も子もいる彼であるが、この世界では不貞な考えではない。

『結婚とは、協力して子供を育てる契約。互いに専用とする約束ではない』

このような文化が、しっかりと根付いていたからである。

「どうされました？」

声を掛けられ物思いから戻れば、金髪三つ編み巻きの女性と目が合う。

「牙のある巨大トカゲですが、これまでに見た事がない種でした。それを不思議に思いまして」

一瞬見惚れてしまったが、悟られると気恥ずかしい。ナイスミドルは思い浮かんだ事をとっさに口にした。

「……魔獣達は、魔獣達の理《ことわり》で動きます。きっと人族の私達には、想像も理解も出来ない理由があるのでしょう」

一拍の間を置いた後、黄百合隊の隊長は目を伏せながら静かに答える。

視点の高さに感銘を受け真っ直ぐに称賛するナイスミドルと、たおやかに微笑んで受ける、美しき戦乙女。

そんな二人を、ジトッとした目で眺める十代半ばの少女達がいた。百合騎士団《リリーナイツ》のC級乗りである。

「オホホホホだって。隊長のあんなわざとらしい笑い方、初めて聞いたよ」

瞼《まぶた》を半分下ろした状態で隣の少女にささやいたのは、茶色い髪を三つ編みにした少女。

隊長に憧れ同じ髪型にしようと伸ばしている最中だが、本日は少しばかり思うところがあるらしい。

「近くにいたっていうか。あたし達が原因だよね」

続く言葉におかっぱ頭が、甘いタレを塗って焼いた鳥の脚を口へ運びつつ返す。

「人が住む地域じゃないから囲い込み不要、って指示を出したの隊長だし」

肉を前歯でむしり取ると、咀嚼し呑み込み言葉を継ぐ。

「森の中で街道を見つけた時、動きが止まったもんね。あれ絶対、街道があるのを忘れていたんだよ」

現時点では救い主だが、バレてしまえば張本人である。賠償を求められるのは勿論、百合騎士団《リリーナイツ》の名にも傷がつくだろう。

話題を変えようと、隊長も必死なのに違いない。

「生まれて以来ここに住んでおりますが、あのような大型魔獣、見た事がありませんなあ。森で何か起きているのでしょうか」

一度は成功したものの、やって来た町長が話を蒸し返した事で振出しに戻る。おそらく彼女の脇の下は、嫌な汗で濡れているだろう。

「しょうがねえ。助けに行くか」

見かねた金髪ショートカットの副隊長が、口の中の料理を酒で飲み下し席を立つ。そして町長の隣に腰を下ろすと、丸顔にヘッドロックを掛け話し掛けた。

「名物料理に地元の酒。実にいいねえ、ありがとさん」

バレーボール選手のような体形の副隊長は、小ぶりながらも弾力に富んだ胸を持つ。それを町長の頬へ肩を揺すりながら押し付け、言葉を継ぐ。

「けどよ、飯、酒と来れば、もう一つあってもいいんじゃねえかなあ」

酔っていたとしても、相手が田舎のさして大きくない町の町長だとしても、礼を失する行為であるのは間違いない。

しかし金髪三つ編み巻き隊長は、たしなめなかった。動機を察していたのと、何より町長がとても嬉しそうだったからである。

「女だよ、お・ん・な。わかる？」

明確に出された要求に、揃って頷くこの席に参加している男達。

『女性だけで構成される百合騎士団《リリーナイツ》は、同性を好む』

この事は武名と共に広く世に知られており、ナイスミドルが口説くのを断念した理由でもあるのだ。

「お任せ下さい。町のきれいどころを準備しております。さあ皆さん！　出番ですよ」

弾力強めの胸に顔をひしゃげさせつつ、声を張り上げる丸顔のおっさん。呼応して食事会場の奥の扉が開き、十人ほどの着飾った女性達が現れた。

「酌をさせるのもよし、触りながら会話をするのもよし、二階の個室へ連れて行って楽しむのもよしです。さあどうぞご自由に」

町長の粋な計らいに、感心して口笛を吹く副隊長。しかしその音は、C級に乗る四人の少女達の叫び声に掻き消された。

「あたし、これーっ！」

「じゃああたしは、こっちー！」

端々は違えど、全員がこの内容。

野営を続けているため、夜の相手は仲間内。成人女性である三人のB級乗りの前には、力量的に甘い悲鳴を上げ続けるしかない。

それゆえ責めに回れる相手を、心の底から欲していたのである。

「よ、よろしくお願いします」

飛び掛かられた町の女性の声が震えたのも、致し方ないであろう。

話は聞かされ、覚悟もしていた。しかし容姿で選ばれただけの町民に過ぎない彼女は、同性の経験などないのだから。

「心配無用！　忘れられない濃い夜にしてあげるから」

顔を輝かせての自信溢れる宣言に、『もしかしたら人生観が変わってしまうかも』とプレイ前から心が揺れてしまう町の女性であった。

「さあ皆さんも、どうぞどうぞ」

町長にうながされた隊長と副隊長、それに小麦色の肌の尻のでかいB級乗りは、これ幸いと席を立つ。

そして三人で集まると、立ったまま小声で言葉を交わし始めた。

「んで、これからどうすんだ？」

副隊長の言に隊長は、『ありがとう助かったわ』と返した後、少し悩む。

「まだ何も食べていないから、まずは食事ね。せっかくだから彼女達に食べさせてもらおうかしら」

少女達四人の魔の手から逃れた町の女性達へ目をやる隊長に、尻でか小麦色も同意を示す。

「私は酒だな。口移しで飲み比べをしながら、もう少しこの場を楽しませてもらうよ」

聞き終えたボーイッシュな副隊長は、所在なげに杯を傾けているナイスミドルへ目をやると、口を開いた。

「じゃあ俺は、あのおっさんの相手をするぜ。牙トカゲの事なぞどうでもよくなるくらい、責め上げて来てやるよ」

七人の中で、唯一男もいける口の彼女。だからこそ、口封じ役を買って出たのだろう。

すまなそうな表情を作る隊長の背を、副隊長は軽く叩くと陽気に笑う。

「気にすんなって。結構好みだしな」

言い終えるとナイスミドルのもとへ向かい、隣に座って絡み始める。そしてすぐ、肩を組んで廊下へと出て行ったのだった。

ちなみに四人の少女達の姿など、副隊長が町長の頭を脇から離す前に消えている。

宴は最後まで残った尻でかB級乗りが、町の女性と会場を後にするまで続いたのだった。


明けて翌日、同じ宿の同じ場所。

百合騎士団《リリーナイツ》の黄百合隊の面々は、食事をしながら昨夜別れてからの事を話し合っていた。

「いやあ、あの口髭のおっさん。予想外にうまくて参ったぜ」

皆、お肌艶々だが、一番機嫌がいいのは副隊長である。

「初手から俺の股間に顔を埋めてよ、鼻下の髭でブラッシングしながらの、舌で舐め上げ。それを延々と続けやがった」

『髭ブラシ』という女性同士ではない技に、興味深そうに頷く仲間達。その反応に気をよくした金髪ショートカットのボーイッシュは、舌を回す。

「腹筋が震えたのでバレたんだろうな。直後に身を起こして奥までの一気刺し。息が止まるかと思ったぜ」

裸での肉弾戦でも強者の副隊長。その劣勢を聞かされ、とくに少女達はざわめく。しかしショートカットは片目を閉じ、笑ってみせた。

「まあその後は一方的に、寝落ちするまで責めまくってやった。今朝もおっさんが目覚める前に一発かまして来たから、今日の夕方までは腰が定まらないだろうよ」

安堵の表情を浮かべる四人の少女達と、当然とばかりに頷く二人の成人女性。

『無名のチームに出だしで驚かされるも、その後は大量得点で圧勝』

スポーツの試合にたとえれば、このような感じだろう。

「あたしだって、『こんなの覚えさせられたら、忘れられなくなっちゃう』って叫ばせたんだから」

負けじと声を張り上げる、茶髪三つ編みの少女。そこから始まったのは、互いの戦果自慢である。

夏の朝、さわやかな風が窓から窓へ吹き抜けて行く朝食会場。そこでは給仕する女性達が引くほどの下ネタが、披露され続けたのだった。

ちなみにここからは後日談。

帝国から東へ、王国を越えたさらに向こう。山と山の間に『百合の谷』と呼ばれる、百合騎士団《リリーナイツ》の本拠地がある。

小さいながらも金の掛けられた街並みは美しく、温泉の湯煙が立ち昇る風景は高級リゾート地と言っていい。その中でも一際立派な建物の最上階では、栗色ロングストレートの熟女が手紙を読んでいた。

（釘を刺されたってところか）

読み終えテーブルに置き肩をすくめる、右目の下に長い傷のある美女。差出人は帝国で円卓会議に名を連ねる侯爵で、彼女は百合騎士団《リリーナイツ》の騎士団長である
『牙トカゲが町を襲ったのは、黄百合隊が原因ではないか』

内容は、明言こそしていないが。『今回は見逃すが、次は賠償を求めるからな』との表明であろう。

証拠は状況的なものでしかないが、わかる者にはわかる。なので彼女も、反論するつもりはない。

（借り一つ、というところだな。帰って来たら説教してやるか）

そう考えるも、少し躊躇う。先日彼女達から送られて来た、騎士用の剣を思い出したからだ。

泥の中に埋まっていたという、華美で精緻な装飾の施された刃渡り六メートルの片手剣。

『もし場違いな工芸品なら、A級騎士と交換してもらえるかも知れない』

黄百合隊の一行は、そう考えたのであろう。

百合騎士団《リリーナイツ》はBC合わせて三十騎近くという、中規模国並みの戦力を保有する大傭兵騎士団。その旗騎がB級では格好がつかないというのは、団長である彼女が一番に感じていた。

（我ながら甘い）

結果、魔法剣ではあったものの、『帝国の宝』と呼ばれる盾のようなものではなかった。しかし気持ちが嬉しく、つい矛先を収めてしまう。

団長は椅子から腰を上げると窓へ寄り、山を背景にした町の景色に目を細めたのだった。

第六章　踊り終えて

王都から西へ、定期ゴーレム馬車で四日の距離。そこにあるのは地方都市ランドバーン。

半年ほど前に帝国に攻め落とされ、今は辺境伯が治める街になっている。

その辺境伯は会議室におり、幹部達を集めていた。

「エルフを見つけただと？」

窓外の夕日をハゲ頭で反射させつつ、重々しく唸る辺境伯。

王国の秘密兵器と思われていた幽霊騎士《ゴーストナイト》。その残骸を回収すべく、大穴に向かったローズヒップ伯と薔薇騎士《ローズナイツ》団。

彼らは大穴付近で、衰弱した一人の男性エルフを発見。ランドバーンへ連れ戻って来たのだ。

「なぜあのような場所に？　いた理由がわからん」

エルフ族の数は人族より大幅に少なく、しかもその多くはエルフの里から外に出ない。

主要都市や主要街道ならともかく、人すら通わぬあのような地で出会うなど、考えにくい事だった。

「その件ですが」

ハンドル形の髭をたくわえた細面の中年男が、口を開く。

「そのエルフの身につけていた服は、操縦士の制服に近いものでした。そしてこちら」

指し示した先にあるのは、回収された残骸。死神を襲った緑と白に塗られた騎士の、操縦席の一部と思われるものだ。

「何というのでしょうか、作りや縫製の仕方が、エルフの里の品とよく似ております」

言わんとする事を理解し、辺境伯は口を開く。

「緑と白の騎士は、エルフの里で作られたもの。そして操縦していたのも、またエルフ。そういう事だな」

だがその言葉に、首を傾げる者がいた。白髪短髪の大男、ローズヒップ伯である。

「状況的にはそうでしょう。しかしエルフが騎士を保有するなど、今まで聞いた事がありませんな」

この中ではローズヒップ伯が、最も騎士に詳しい。その発言にハンドルヒゲは自信を失い肩を落とすが、辺境伯は頷かない。

「いや、『知られていない』と『ない』は違うぞ。騎士の専門家たる卿に問うが、エルフは操縦士としてどうなのだ？」

太い腕を組み、目を閉じ考えるローズヒップ伯。少しの間を置いて、ゆっくりと目と口を開いた。

「魔法に優れた種族と聞きます。魔力を多く保有しているのは勿論、おそらくは操作の能力も優れているでしょう」

操縦士として非常に適していると思われます。そう結論付けた後、大きく息を吐き、言葉を継ぐ。

「少々、先入観にとらわれておったようですな。エルフが操縦士であるならば、幽霊騎士《ゴーストナイト》のような戦い方も不可能ではありますまい」

今度は頷く辺境伯。その隣でハンドルヒゲは、首を傾げつつ意見を口に。

「そうなりますと、王国はエルフと手を組んだ、という事になるのでしょうか」

ただ、自分でも納得出来ないのだろう。口を曲げ顔をしかめ、頭を左右へ小さく振る。

「王国に手を貸す利、それが見つけられません」

「いや、あるぞ。大きな理由が」

辺境伯の言葉に、集中する皆の視線。

「あのまま遠征軍が進んでおれば、王国が滅びた可能性は高い」

ハゲた中年は一度、帝都のある北西の方向を振り返る。そしていく分胸を張り、誇らしげに続けた。

「そして我らが皇帝陛下は、王国一つで満足されるお方ではない。オスト大陸の人族、それらすべてを我が物とする事をお望みだ」

「おっしゃるとおりですな」

大きく頷く、白髪短髪の大男。皇太子時代からそばにいるローズヒップ伯と辺境伯は、皇帝の夢を知っている。

「だがそれでも止まるまい。人族を統一した後、陛下は世界樹の権利について、エルフに厳しく要求されるだろう」

世界最高の魔法資源、世界樹。現在エルフ族はそれを独占し、共同管理の呼び掛けを無視し続けている。

しかしそれも、人族がばらばらであるからこそだ。

「人族が一つにまとまるのを嫌う。それならば、エルフの行動も理解出来る。我々は勝ち過ぎたのだ」

帝国、王国、それに東の国。主要な国々を相争《あい》わせ、力を削ぐ。辺境伯の言葉は、そういう意味だ。

言葉なく考え込む、ローズヒップ伯とハンドルヒゲ。そこに、低い声が響く。

「辺境伯のご意見に、賛成する」

死神である。うつむき腕を組み、これまで無言を通して来た凶相の男は、眼下に濃い隈のある目を開き、室内を視線でひとなぎ。

「エルフは人族にとり、本質的に敵だ。それを前提に対応を考えるべきだろう」

その理由を語りはしない。しかし、その声音は確信に満ち、言いようのない説得力があった。

反対の声が上がらないのを見て、辺境伯はハンドルヒゲに問う。

「捕らえたエルフは今、どうしている？」

「大分弱っているようです。しかし治療魔法とポーションを与えておりますので、じきに回復するでしょう」

領く辺境伯。

「一番上のポーションを使用してもよい。出来うる限り早く、尋問を行なえ」

まずは本国へ第一報。第二報は証言による裏づけを得てからだが、あまり間を空けたくない。

ハンドルヒゲに指示していると、ローズヒップ伯から声を掛けられた。

「その件ですが」

身を乗り出し、目を輝かせる大男。

「是非自分に、任せていただけませんでしょうか」

情熱のこもった声音で申し出る。理由を尋ねると、少し照れた様子で顎をなでながら答えた。

「恥ずかしながら、エルフの経験はまだありませんでな。せっかくの敗戦姦、一度試させていただけないかと」

その姿を見つめつつ、片眉を曲げた辺境伯は思考を巡らす。

（我らの騎士と緑白の騎士は、大穴で戦闘を行なっている）

視線をローズヒップ伯の期待で満ちた顔へ戻し、考えをその先へ。

（帝国として、敗戦姦の権利はあるだろう。しかし優先権を持つのは、死神卿だ）

ちらりと死神に目線を移す。目の下に濃い隈のある頬のこけた男は、腕を組んだまま再度目を閉じていた。

「死神卿のお気持ち次第ですな」

その言葉に、静かに目を開く死神。まずは辺境伯、次にローズヒップ伯へと視線を移す。

「……お譲りしましょう」

「おお！」

あからさまに喜色を浮かべるローズヒップ伯。辺境伯は表情を変えず、平坦な口調で白髪短髪の壮年の男に告げる。

「いいだろう、しかし最優先は情報の入手。そこを取り違えないように」

「お言葉、我が薔薇に命じます」

その後辺境伯は、一瞬だけハンドルヒゲと目を合わせた。彼も同じ思いのようである。

（これも我が陣営に、ローズヒップ伯をつなぎとめておくためよ）

時には、褒美を与えなくてはならない。

そしてこの手の褒美は、ローズヒップ伯にはとくに効く。逆に与えなければ、大きな不満を持つだろう。

頷き合う辺境伯主従であった。

舞台はランドバーンから、大きく北北東へ移動する。

そこは王国北部の地方都市。ここは王都から北へ街道沿いに真っ直ぐ進み、山岳地帯を抜けた先にある。

俺は老嬢《オールドレディ》と共に先ほど到着、今は市庁舎の会議室にいた。

「冬将軍ですか」

机に広げられた地図を見ながら、それなりに肥えた中年男性に問う俺。

なぜここにいるのかというと、仕事である。商人ギルド騎士の操縦士としての魔獣退治だ。

(本当は、もう少し遊んでいたかったんだけどなあ)

この間の頂上決戦から三日。俺は毎日ジェイアンヌに通い、教導軽巡先生の技とやさしさに溺れていた。

何せ、半年以上のお預けを喰らっていたのである。そう簡単に落ち着けるものではない。

(そうは言うものの、ちょっとはまり過ぎだったからな。仕事があって、かえってよかったか)

大切なのは、ワークとライフのバランスであろう。

エルフの騎士が現れようとも、教導軽巡先生が解禁になろうとも、それとは別に時間は流れ生活は続くのだ。

そう思い直し、それなりに肥えた中年男性である市長の説明に耳を傾ける。

「ええ、毎年来るものではあるのですが、今年はいささか早過ぎまして」

冬将軍はアンデッドと言われているが、正確な正体はつかめていない。鎧をまとった骸骨の姿で、同じく骨だけの馬に乗っている。

「この時季に近寄られると、果樹園の樹がやられてしまうのです。そのため商人ギルドへ、出動を要請致しました」

聞けば、直接的な悪さはしない。この町の北に広がる寒風吹きすさぶ平原を、眷属の群れを引き連れ回遊するだけなのだそうだ。

(草食整備士から聞いた話と同じだな)

説明を受けつつ、事前に受けたレクチャーを思い出す。

冬将軍達は平原から南へ出たりはしないものの、群れ全体が氷属性を所有。そのため付近を通過するだけで、街の気温は大きく下がるという。

その効果は強烈で、真昼でも水溜りが凍り始めるらしい。

「ここは北国ですからしょうがないのですが、さすがに今はちょっと」

困った表情を作る市長。冬支度が済んでいない状態で来訪を受ければ、農作物への被害は甚大だという。

「冬将軍を倒せばいいわけですね」

「ええ、率いる者を失えば、群れは北へ引き返すでしょう。いずれ復活し、またやって来ますが、その時には対処が出来ています」

打ち合わせを終えた俺は、広場に片膝を突く老嬢《オールドレディ》へ。

周囲を衛兵が囲み、さらにその外側を住民達が取り巻いている。やはりどこでも、騎士というものは人気のようだ。

『出発します、道を開けて下さい』

外部音声で告げると、衛兵達が住民を誘導。俺はゆっくりと老嬢《オールドレディ》を歩かせ、門に向かう。

途中、通りの両側から手を振る人々に、老嬢《オールドレディ》の手を振り返すのも忘れない。

『商人ギルド騎士、老嬢《オールドレディ》。出撃します！』

街の外に出た俺は、商人ギルドをアピールすべく外部音声で叫ぶ。そしてそのまま、北へ進んだのだった。

老嬢《オールドレディ》を大股で歩かせる事しばし、北風を防ぐ防風林が切れた。

前に広がるのは、寒々とした平地。そして横殴りに雪が舞っている。

（あれか？）

光学補正魔法陣を、老嬢《オールドレディ》の眼前に展開させる。遠くに見える群れを拡大すれば、それはスケルトンの大集団だった。

（……あの骸骨共、氷で出来ているのじゃないのか？）

骨にしては、妙に青白い。雪が押し固まって氷になると、あんな感じだったように思う。

極寒の雪原で生まれ、季節と共に南下。そしてまた戻って行く存在なのかも知れない。

（アンデッドって言っていたけれど、氷の精霊みたいなものかもな）

一人頷く俺。ここがファンタジー世界である事を、改めて実感した。

（しかしなんて数だ。千とかいるんじゃないか？）

冬将軍を探すべく視線を動かす。やがて雪風で霞む奥に、大きな影が浮かび上がる。

確かに骸骨の馬に跨り、青白い鎧をまとったスケルトン。だが大きい、本体だけで他のスケルトンの三倍はあった。

眷属達が人と同じ大きさならば、冬将軍の背丈は五メートル。しかもそれが馬に乗っているのだ。

(確かにこれは、騎士じゃなきゃ無理だな)

納得し、老嬢《オールドレディ》を後退させる。

防風林の外れ、まばらになった木々の間に伏せ、杖《ライフル》を構えた。

(てっ!)

狙い違わず、胸に直撃する光の矢《マジックミサイル》。だが硬い、砕け破片を飛ばすも、まだ形を保っている。

ワンランク上げ、Eランクの魔法を準備。その時視界の中に、変化があった。

(再生するのか、こういうところはアンデッドっぽい)

舞い散る雪煙を吸収し、形を取り戻して行く冬将軍。そしてこちらに顔を向けると、猛然と走り出した。

雪と氷で出来た眷属のスケルトンの群れも、ゆっくりとだがそれに続く。

短時間で群れを飛び出し、単騎でこちらへ向かって来る冬将軍。ズームアップされた視界の中で急速に大きくなる骸骨人馬の姿は、逃げ出したくなるほどの迫力だ。

(だが一直線、いい的だ)

しかし間にある距離と、それが与えてくれる時間的余裕のおかげで、俺に動揺はない。落ち着いて放たれたEランクの光の矢《マジックミサイル》は、氷の馬の首を貫通し、冬将軍の腹へ衝突する。

(よおし)

威力は充分。骸骨の人と馬を粉砕するに留まらず、後方へ突き抜けて行く。

そして群れの中央を走った光の線は、軸線上のすべてを破壊した。

(どうだ？)

これで復活するようなら、ちょっとまずい。そう考えながら注視する。

盛大に上がった雪煙に、巻いて集まるような様子はなく、強い風に流され消えて行く。それに合わせて青白い骸骨の大集団は、のろのろ向きを変え北へ帰り始めた。

(何とかなったか)

やろうと思えば、群れ全部を倒す事も可能だろう。だがそれをすると、後で手痛いしっぺ返しを受けそうな気がする。

(自然現象みたいな感じだもんな)

今回はお引取り願い、時季を改めてまた来てもらおう。姿が見えなくなるまで見送った後、俺は北の街へと戻ったのだった。


街へ戻り、広場の中央へ老嬢《オールドレディ》を進ませる。

石畳に片膝を突いた鎧姿のゴーレムから降りる俺を、市長が満面の笑顔で出迎えてくれた。

「いやいや、B級一騎でこのお手並み。お噂は聞いておりましたが、さすがでございますな」

短時間で冬将軍を屠《ほふ》ったため、眷属達が押し寄せる事もない。当然、果樹園の被害もゼロである。

気持ち、周囲の気温も上がったように感じられた。

「ささやかながら、今夜は宴を用意させていただいております」

市庁舎へ入りながら、市長が言う。

勿論断ったりなどしない。せっかく遠くまで来たのである、地元の幸を味わわせてもらうつもりだ。

(この街、美人が多いからな)

広場で見掛けた女性達を思い出す。色白で透明感のある金髪、目鼻立ちがハッキリした感じだった。

だがまずは腹ごしらえ。饗されたのは、燻製肉を中心とした料理と強い酒。

酔い過ぎないよう注意しつつ、食事と会話を楽しむ。

「この地に伝わる舞踊でございます」

隣に座る市長の手招きと共に、現れたのはエプロンの重ね着のような民族衣装の美女達。

余興なのだろう、横一列になって長い脚を高く上げ踊る。実に素晴らしい。

「二次会もご用意しております」

「これはこれは、お気遣い痛み入ります」

下品に笑い合う俺達。食事を終えた後、いそいそと北の街一番の娼館に向かう。

「さあどうぞ、ご自由にお選び下さいタウロ様」

笑顔で雛壇に目を向けた俺は、そこで言葉を失った。

(……アザラシ?)

確かに金髪、整いくっきりとした目鼻立ち。美女の要素はあるものの、明らかに太り過ぎだ。

固まる俺の背中で、市長は言葉を続ける。

「私のお薦めは、一番右ですかね。乗ってよし、乗られてよしのナンバーワンです」

長く美しいプラチナブロンドの髪を、片手で掻き上げる顎のないアザラシ。微笑みながら片目を閉じ、投げキッスを送って来た。

（街で見掛けたお嬢さん達は、どこへ行ったのだ？　あるいは夕食の席で、ダンスを披露してくれた彼女達は）

雛壇は北の海の岸辺と化し、大海獣達が日向ぼっこをしている。

俺は市長を振り返り、恐る恐る質問をした。

「はあ、あの踊子達ですか？」

最初、きょとんとした顔をし、次に渋い表情で頭を左右に振る市長。

「申し訳ありませんが、彼女達は若過ぎます。もう五年はお待ちいただかないと」

「え？」

俺の見立てでは、十代後半。若くはあるが、過ぎるというほどでもない。

理解出来ず、さらに問いを重ねる。困惑する市長と問答を重ねた結果、重大な事実が判明した。

（ここの女性達は、大人びて見えるのか）

踊子達の年齢は、見た目より最低でも五歳は下。

（じゃあ、この人達も）

雛壇に座る方々を見やる。太った中年おばさんだと思っていたが、よく観察すれば肌が綺麗だ。

市長にこっそり尋ねると、二十から二十五歳くらいとの事。

「脂が乗っておいしいですよ。まさに旬でございますな」

自信を持って腕を伸ばし、片方の手のひらで指し示す。

「寒い夜には、彼女達と強い酒。暖かい事、この上ありません」

声が出ない。

「あの踊子の少女達も、もう少し待てば彼女達のように食べ頃になりますから、その時またおいで下さい」

光沢ある金髪に雪のような肌と、長く細い腕と脚。天使とも妖精とも見えた彼女達も、わずか数年でこのような海獣に変身してしまうのか。

その事実に、返す言葉を見つけられない。

(文化の違い)

そうそれは、食事の味付けから音楽、美醜の基準まで大きな影響を与えるもの。確かに食事は、脂っこいものが多かった。

俺は手を出さなかったが、『脂身に衣をつけて揚げた物』などという品もあったように思う。

「さあさあどうぞ。彼女達も英雄を待っているのですから、きっと猛烈なサービスをしてくれますよ」

まったく悪気のない、心の底から善意の市長。その申し出を断われるはずなどない。

(重そうだなあ)

覚悟を決め、雛壇を見つめる。

俺は異文化コミュニケーションの経験を積むべく、一番小柄な女性を選んだのだった。

ちなみに翌朝、俺は猛烈なサービスを受けた事による後遺症を発症。筋肉痛と腰痛の治療に、怪我治療魔法を使用したのである。

帝国南東部に位置する、地方都市ランドバーン。

最近完成したばかりの、真新しい騎士団詰め所。その一角に、三人の男がいた。

「エルフはプライドが高い、死神卿がそう言っておられた」

口にしたのは、操縦士の制服に身を包んだ大男。白髪頭の壮年の人物だが、その体は分厚い筋肉に鎧われている。

「まずその高い鼻を折らねば、問うても偽りしか言うまい」

腕を組み見下ろす先には、床に転がされたパジャマ姿の男性。両腕を後ろ手に縛られ、口には猿《さる》轡《ぐつわ》をかまされている。

目立つのは、鋭く尖った長い耳。細面の顔は鼻筋がとおり、街を歩けば女性の目をさぞかし集めただろう。

「ですから、口を封じているのですね」

納得した表情で答えたのは、薔薇騎士《ローズナイツ》団の徽章を胸にした三十絡みの男。やや背が低くがっちりした体格で、短い顎髭をはやしている。

「そうだ。嘘など耳にしても、惑わされるだけだからな」

ブーツの先で、エルフの顎を軽く突くローズヒップ伯。返されたのは、敵意のこもった強烈な視線だ。

(いい目をするではないか)

それを受けて、ズボン内部が硬度を増す。しかしエルフは、その事に気がついていない。

白髪の大男は顔の片側を歪めると、大きく息を吐き欲望を抑えつけた。

（自分だけ楽しむわけにはいかぬ。今日は部下に経験を積ませに来たのだ）

部下を育てるのも上司の務め、そのためには我慢もしよう。薔薇騎士団《ローズナイツ》の力は、騎士団長である自分の力でもあるのだから。

「さて、お前の薔薇はすでに一人前だ。誰に見せても恥ずかしくない」

「すべては、閣下のご指導によるものです」

答えた背の低い操縦士は、元は王国第二王子の護衛である。ランドバーン会戦で捕虜となり、敗戦姦を経て薔薇騎士団《ローズナイツ》の一員となっていた。

（さすがは元A級乗り、と言ったところか）

新参者だが、実力は他より頭一つ抜き出ているだろう。ローズヒップ伯が今、最も成長を期待している有望株である。

「しかし、薔薇と対になる剣はどうだ？　これまで、女子にしか振るった事がないのではないか？」

首肯し、恥じ入るように身を小さくする部下。

「それでは駄目だ。剣は、益荒男《ますらお》に向けてこそ鍛えられるもの。刃こぼれするほどの思いをしなければ、真の操縦士にはなれん」

白髪短髪の頭を左右へ大きく振った後、一歩踏み出し、正面から部下のズボンに手を当てる。

下から指先でなで上げつつ、口調を和らげ言葉を続けた。

「下を向く必要はないぞ。経験がないのなら、積めばいいだけの話だ。今日はその機会をやろう」

言いながら、肉厚の手を大きくグラインド。立てられた中指が後ろまで届く。

部下は呻き声をあげつつ顎を上げ、剣の準備を整えて行った。

「よし、椅子に座れ。エルフはわしが運んでやる」

ベルトを緩め、下をすべて脱ぎ去った部下。自前の剣を期待に震わせつつ、椅子に腰を下ろす。

両手剣を好む彼らしく、サイズはなかなかのもの。拳二つ分はゆうにあるだろう。

隣ではローズヒップ伯がエルフのズボンの裾をつかみ、下着ごと引き脱がしていた。

「位置の調整はお前がしろ」

駅で弁当を売る時に使う、立ち売り箱。ローズヒップ伯はそのような形で、エルフを正面から抱きかかえている。

目の前に浮かぶエルフの痩せた尻を見て、部下はその両脇をつかみ誘導。

「この位置です」

ドッキングポイントを定めた彼は、上司に告げた。

「よし」

静かに荷物を下ろして行くローズヒップ伯。最後に抵抗が増えると、壁に画鋲を押し込むように力を込める。

「っ～！」

猿轡の奥から鋭く漏れる、エルフ男の悲鳴。

それは部下の心をたかぶらせ、剣の硬度を上昇させる。結果として切れ味を増す事になり、合体をより容易にした。

「いいか、少し角度を変えるぞ」

ローズヒップ伯は、もがき体をねじるエルフ男の体を、力ずくで後ろに傾ける。

「この辺か……。よし、ここだな」

グリグリと左右へ回しながら押し込む、笑顔のローズヒップ伯。注視する先は、エルフの股間。

そこにはあるのは、まるで嘘をついたピノキオの鼻である。胴回りはさほどないが、人族ではあり得ない長さだ。

「っ?」

なぜだ！　エルフはそう言いたいのだろう。信じられないような表情で、自らの腹下へ眼を動かしている。

理由は背後の部下。

彼の剣が押してはいけない部分をえぐったため、意志とは無関係に鼻が伸びたのである。

「安心しろ、折るとは言うたが、そのようなもったない事はせん」

熱い視線を注ぎつつ、独り言ちる。

「最近、杭ばかりだったのでな。たまには薔薇も使わぬと、錆が浮くというものよ」

笑いながらローズヒップ伯はエルフ男に、でかくて筋肉質の汚い尻を向けた。

「では、いただくとするか。……ぬうんっ！」

気合いと共に、ピノキオの鼻を呑み込む。三分の一ほど埋まった時点で、ローズヒップ伯の動きが一旦止まった。

「一息で半分も行かぬとは。エルフよ、誇ってよいぞ」

額に汗を浮かべつつ、荒い息を吐くローズヒップ伯。その様はまるで、イボ痔のおっさんが便所で気合いを入れているかのようである。

「ムオオッ！」

そして次の瞬間、嘘をつき続け限界まで伸び切ったピノキオの鼻を、一気に根元まで呑み込んだ。

「……くっ、タイミングを合わせるぞ」

眉から珠の汗を滴らせつつ振り返るローズヒップ伯と、恍惚の表情のまま頷く部下。

そして二人はローズヒップ伯の掛け声に合わせ、上下前後に動き出したのである。

「ワッセ！　ワッセ！」

すでに、間に挟まるエルフは白眼を剥いていた。

しかし二人は止まらない。完全に満足しきるまで、その動きは続いたのである。

「少々細身ではあるが、エルフというのも、なかなかだな」

いい汗かいた、という雰囲気のローズヒップ伯。今は立ち上がり、額をタオルで拭いている。

筋肉の詰まった重量感のあるタイプこそ、彼の好みだ。床でくの字に倒れているエルフは、その点では外れであろう。

だがそれでも、あの長さは新鮮だった。

「自分も、いい経験をさせていただきました」

そのタオルを差し出したのは、部下。

これまでは壁役《タンク》ばかり。しかし今回の件で、アタッカーとしても一歩を踏み出せた気がしたのである。

「うむ。薔薇騎士団《ローズナイツ》は攻めも守りも、共にこなさなくてはならん。お前には期待している。剣を磨けよ」

顔を輝かせ頷く、元A級乗りの部下。

(すでに薔薇は申し分ない。剣が上達すれば一流になれる)

壁に掲げられた、薔薇騎士団《ローズナイツ》の旗を振り返る。そこには大輪の薔薇と大剣が、見事な刺繍で描き出されていた。


翌日、尋問の結果について報告を受ける辺境伯。

目の前に立つローズヒップ伯は、いく分、申し訳なさそうな表情をしている。

「それがですな、どうも魔法的なもので、心に鍵を掛けられておるようなのです」

目ぼしい情報は、得られなかったらしい。

小柄でガッチリとした部下と共に、部屋を辞するローズヒップ伯。扉が完全に閉じるのを待って、辺境伯は隣のハンドルヒゲへと目を向ける。

「今の話、本当であろうか?」

声音は、やや疑わしい。

ローズヒップ伯が、荒技で捕虜の心を破壊したのではないか。そのような疑問を持っていたのである。

「魔術師の見立てでも、同じ結果が出ております。今回は、信用してよろしいのではないかと」

ハンドルヒゲは、あまり深入りしたくない様子。辺境伯は、肩をすくめ頷いたのだった。

舞台はランドバーンから東へ、王都の歓楽街に建つ超高級娼館へと移動する。

店の名はジェイアンヌ。今その玄関前に、ゴーレム馬車から降り立つ二人の男の姿があった。

「私はあまり、このようなところは好まないのですが」

大きく曲がった口から困惑した声を絞り出す、痩せた中年の男。その様子に一緒に降り立ったロマンスグレーの紳士は、笑みを浮かべその背を軽く叩く。

「いいじゃないか。今日はエリクサー製造成功のお祝いだよ。ゴタゴタでなかなか出来なかったからね」

王立魔法学院でポーション学の教授を務めるテルマノと、学院長である。エリクサーの完成が引き起こした騒動は、時間と共に落ち着きつつあったのだ。

「ん？　それとも親子丼の方がよかったかね？」

そっちだったか、と妙に納得する学院長。テルマノはそれを見て、頭を左右に振りつつ大きく息を吐く。

「そんな顔をするな。君も彼女の心遣いを、無駄にしたくはないだろう？」

彼女というのは、テルマノに師事する学生の一人。アムブロシアをもたらし、共同でエリクサーを作り上げた仲間でもある。

また同時に、ジェイアンヌの頂点で働いてもいた。

「御三家のトップが、恩師にとっておきを推薦してくれるというのだ。こんな機会、人生でもなかなかないぞ？」

学院長の声は、いつになく弾んでいる。本当に楽しみなのだろう。

ちなみに爆発着底お姉様自身は、いまだ予約で埋まっているため相手を出来ない。

「玄関に突っ立っていたら、他の客の邪魔になる。とにかく店へ入ろうじゃないか」

待ち切れないとばかりに、両手のひらを自分へ向ける学院長。テルマノは背を押されるがまま、気乗りしない様子で中に足を踏み入れた。

(ほう)

店内を見回し、曲がった口から感心した声を漏らす中年男。

ロビーの調度品は、いずれも高級品。しかし華美に過ぎず、室内全体を上品にまとめ上げている。

(さすがは王都屈指の娼館だな)

周囲へさりげなく目を配りながら、毛足の長い柔らかな絨毯を踏む。ロビー中ほどまで来たところで、彼ら二人の前に威厳ある紳士が姿を現した。

「お待ちしておりました、どうぞこちらに」

コンシェルジュによって、ロビーではなく奥の応接室に通される。

何事かと周囲の客は目を丸くし、彼らを見つめた。

(いや、これは)

嫌な部分と自覚してはいるのだが、テルマノは特別扱いされるのが大好きである。自尊心と見栄が刺激され、非常に気持ちがいいのだ。

自然と背筋が伸び、胸が張られ顎も上がる。

「何、気遣いは無用ですよ」

さらにコンシェルジュへ、気取った口調で言ってしまう。

しかも声量は、いつもより大きめ。周囲に聞かせたいとうずく心が、そうさせたのである。

（我ながら成長しないな）

そうは思うのだが、何ともならない。

少々自己嫌悪に陥りつつ、学院長の背中で気づかれないよう溜息をつく。

「間もなく参りますので」

応接室に到着後、コンシェルジュは慇懃に頭を下げ姿を消す。

室内にあるのは、ロビーと同じように見事なソファーとテーブル。そして美術品のようなティーセットが、紅茶の香りを立ち上らせていた。

（どうも落ち着かない）

堂々と紅茶を味わう学院長を横目に、テルマノの貧乏揺すりは止まらない。神経質そうに数度頬をヒクつかせた後、ソファーから立ち上がる。

「ちょっと、手洗いへ行って参ります」

頷く学院長を後に、廊下へ出たのだった。


そして舞台はジェイアンヌ一階の応接室から、少し奥の従業員控え室へと移る。

応接室に比べれば大分質素なソファーに、冴えない三十路のおっさんが座っていた。

（クールさん、今日は遅いのかな）

俺は目の前に置いた菓子折りを見やりつつ、心に思う。待ってた理由は、お礼とお詫び。

お礼とは、『男女二人組による、謎の襲撃事件』の時、撃退に力を貸してもらった件。

そしてお詫びは、『教導軽巡先生との決戦』の折、せっかく応援してくれたのに負けてしまった事だ。

（これ結構名が知られているみたいだから、喜んでくれると思うのだが）

それは王国北部の地方都市にある、有名菓子店の焼き菓子。非常に人気が高く、王都で手に入れるのは難しい。

（男の俺でもうまいと思ったのだから、女性ならなおさらだよな）

気取ったパティシエ親父の顔を思い出す。

味見をした俺が褒めると、鼻をヒクつかせて『熟成フルーツパウンドケーキ』の説明を始めたものだ。

『強めの酒精の香りは、数ヶ月掛けて塗り重ねたものです。この寒い気候の地でなければ、作り得ない風味でしょうな』

確かに、口から鼻に抜けるアルコール臭はかなりのもの。大人な女性のクールさんなら、さぞかし似合うだろう。

（本当なら、お菓子より初物がいいのだろうけど）

死ぬ死ぬ団における怪人、『初物喰らい《ユニコーン》』でもあるクールさん。その名が示すように、彼女の好物は未経験者。

少年には新鮮さ、年配者には熟成した深みと渋み。老若美醜を意に介さず、初物としての味わいのみに価値を見出す彼女。

上級者にして、真の愛好者と言えるだろう。

（なかなかいないのだよなあ、これが）

俺とクールさんの知己や行動範囲は、被っている部分が多い。その範囲にいた初物は、軒並み彼女に狩り尽くされているのだ。

（……時間切れだ。言伝《ことづて》をして帰るか）

実はこの後、王国騎士団の筋肉青年こと親友のコーニールと、『魔法少女大戦』を行なう予定なのである。

『魔法少女』と来れば、場所は当然、御三家の一つ『シオーネ』。

幼さの強く残る容貌に、フリフリふわふわの衣装。膝上というより股下のミニスカートから突き出した、サイドライン勢の細い生脚が目に浮かぶ。

（だが今回は、現役魔法少女だけではない）

かつて魔法少女だった、母と姉も加わるのだ。

凄腕の歴代魔法少女達が相手となれば、いかなドクタースライムといえども単独では敗北必至。串刺し旋風の助力が必要だろう。

（それにきっと、コーニールさんの好みにも合うはず）

魔法少女の衣装に、無理やり身を押し込んだ人妻。その濃いめのメイクを想像し、俺は頷く。

（遅れるわけには行かないな）

誘った俺が遅刻したのでは、あまりにみっともない。仮に時間どおり開戦していたのなら、コーニールは潰されてしまうだろう。

席を立ち、見習いコンシェルジュに伝言を頼むと、俺は店を出たのだった。

視点は再度、口の曲がった中年男、テルマノへと戻る。

少し迷ったが、無事に小用を済ませた。

(やれやれ)

テルマノは傾いた口をさらに大きく曲げ、力なく息を吐く。

実は彼、女性経験はいまだにない。娼館に来た事はあるのだが、やった事はなかったのである。

最後の一歩がどうしても踏み出せず、女性と会話をして終わりだったのだ。

(今日はどうするか)

かなり気が重い。年齢を重ねるごとに、『初めてです』とカミングアウトするハードルが、自分の中で上がっている。

(む？　こちらではなかったか)

思い悩みながら歩いたせいか、どうやら迷ってしまったらしい。

違うとは思いつつも、近くにあった扉を開けてみる。

(似てはいるのだが)

ソファーにテーブルの応接セットはあるのだが、先ほどの部屋より大分質素なものだった。

(……ここで時間を潰すのも、よいかも知れんな)

あの様子からして、学院長は自分を待たずに遊ぶだろう。ならば自分は、その後戻り女性と遊んだ事にすればいい。

(そうするか)

端から見れば苦しい計画だが、テルマノはそれを採用する事にした。

無人の室内に踏み入り、ソファーに腰を下ろす。そこで、テーブルの上にある菓子折りに気づく。

(ほお、この箱の模様、これはあの店だな)

甘党を自負する彼は、この手の物には詳しい。

王国北部の地方都市にある、有名な菓子店。そこの商品は、王都ではなかなか手に入らないものだ。

興味に抗し切れず、つい蓋を取る。

(熟成ケーキか)

彼の好物の一つである。

個別包装された、方形《ほうけい》の菓子。黄色い生地に、ぎっしりとドライフルーツが内包されていた。

思わず喉が、ゴクリとなる。

(……ちょっと、味見させてもらおう)

咎められれば、謝罪しよう。金銭で償ってもよい。そのような事を考えつつ、一つを手に。

包装を剥いて一口食べると、口内に芳醇なブランデーの香りが、ドライフルーツ風味をまじえて広がって行く。

後味のバターも、適度な重みを舌上に残した。

(なるほど噂どおり、これはなかなか)

片頬を膨らませ、うっとりと目を細めるテルマノ。その時、斜め後方で扉が開き、ビクリと反応し振り返る。

(これは美しい)

戸口にあったのは、若い女性の立ち姿。整った美貌と均整のとれたプロポーションは、テルマノに女神の彫像を思い起こさせた。

ここで視点は、扉を開けたクールさんへと切り替わる。

(お客様?)

視界に入ったのはソファーに座り、食べ掛けの菓子を手にしている痩せた中年男性。

身につけている服は、地味だが仕立てがかなりよい。そう見るのが自然だろう。

(けど変ね。応接室ならともかく、ここは従業員控え室)

部外者が、立ち入れる場所ではないはずだ。立ったまま軽く首を傾げ、そこである事を思い出す。

(先ほど首領から、言伝《ことづて》をいただいていたのだわ)

見習いコンシェルジュから受け取った紙片を、鞄から取り出し開く。

『控え室にお土産を置いておきます。よかったら食べて下さい』

一読し、納得した。

怪人『初物喰らい《ユニコーン》』としての彼女の上司は、『死ぬ死ぬ団の首領、ドクタースライム』である。

歓楽街に名を轟《とどろ》かす首領は、ジェイアンヌのコンシェルジュと昵懇《じっこん》であり、ここへ通されても不思議はない。

(お土産? 食べて下さい?)

無言で室内を見回すと、鼻先に漂いつく熟成された芳醇な香気。

(あら、この香り)

スン、と鼻を鳴らし、鼻、喉、肺で深く味わう。そして理解した。

（……なるほど、さすがは首領。わかっていらっしゃいます）

自分はよい上司を持った、心からそう思う。そして無意識に、両目がスウッと細くなる。

（すばらしいお土産です。早速、頂戴致しましょう）

後ろ手に、扉の鍵を下ろす。ガチャリという音を耳にして、痩せた中年男は戸惑いの表情を浮かべた。

懸命にケーキを呑み込み、どもりながら謝罪の言葉を述べ始める。

「気になさる必要はありません。わかっておりますので」

わずかに舌を出し、上唇を舐めるクールさん。流れるような足運びで近づくと、テルマノをソファーへ押し倒す。

「なっ、何を？」

混乱する中年男には答えず、トップスはそのままにボトムスだけを脱がして行く。最後のインナーをずり下げた時、クールさんの無表情は崩れ去った。

そこに現れたのは、歓喜に歪む悪魔の顔。

（やはり）

厳重に包まれている。彼女でなければ、漏れ出す香気に気づき得なかったろう。

細心の注意を払い、やさしく丁寧に菓子の包装を剥き始めた。

「あああっ」

悲鳴にも似た情けない声を耳で楽しみながら、まずはひと口。

（……これは、何と表現したらいいのでしょうか）

口内に広がる芳醇な香り。それが喉を通り、呼吸と共に鼻から抜けて行く。

あまりの濃厚さに、脳が痺れるほどである。そのまま夢中で舌を動かし、すべてをこそぎ取り唾液と共に飲み下して行く。

「ひゃあああっ！」

しゃがれた大声が上がり、若葉のような香気がクールさんの口中を満たす。そのさわやかさは、彼女に理性を取り戻させた。

（私とした事が、つい我を忘れてしまいました）

おいしいものこそ、じっくりと味わわなければ。反省しつつ、名残惜しげに口を離し上体を起こす。

見上げれば、痩せた中年男の顔。斜めに傾いた口は大きく開けられ、浅い呼吸を繰り返していた。

（かわいらしい）

思わず微笑が浮かぶ。

腹上でこちらを見つめる美女を見て、テルマノは理解した。絶対的強者に食いつかれた、小動物の気持ちを。

こうして四十年以上にわたって風味豊かに熟成された一品は、初物喰らい《ユニコーン》によって骨の髄までしゃぶられたのである。

ジェイアンヌ。それは王都歓楽街の一等地に店を構える、娼館の名。

歴史と伝統のキャサベル、若きサイドラインが魅力のシオーネとともに、『王都御三家』の一角をなしている。

そのロビーでは壮年のコンシェルジュが、満足げに客達を眺めていた。

（来店されるお客様が増えている。やはり、ドクタースライムに勝利した事が大きいのだろう）

先日行なわれた、ドクタースライムと先生のプレイ。

『ドクタースライム、ジェイアンヌの姫に膝を屈す』

その知らせは、瞬く間に花柳界全体へと知れ渡った。

結果、ジェイアンヌの評価はさらに上がり、客足を大きく伸ばしている。

（しかし、ここで失望されれば、上がった以上に評判は下がる。気を引き締めねばな）

二度ほど頷き、雛壇へ目を移す。そこでコンシェルジュは意外なものを目にした。

視界の隅、奥へ続く廊下の入口で、一人の女性がこちらを窺っていたのである。その表情は、困惑しているようであった。

（何か、粗相でもあったのか？）

長いストレートヘアの、おっとりした雰囲気のグラマラスな女性。この時間彼女は、王立魔法学院の教授、テルマノの相手を務めているはずだった。

心に立ったさざなみを、表に出さぬよう注意しながら彼女のもとへ。この場にいる理由を問う。

「テルマノ様が、いらっしゃらない？」

答えを聞いて、一瞬声量が増える。

応接室でいくら待っても、テルマノは姿を見せなかったらしい。学院長はすでに別の女性と退室していたので、しかたなくロビーに戻って来たのだという。

（どちらに行かれたのだ？）

眉根を寄せ、顎に手をあて思いを巡らす。そこへ今度は、同じく廊下から見習いコンシェルジュが姿を現した。

「マスター、ちょっとよろしいでしょうか」

無言で頷き、少年に続きをうながす。店で働く女性から『控え室に鍵が掛けられている』との訴えを受け、確認へ行って来たらしい。

到着してみれば、確かに施錠されている。合鍵を使おうかとも思ったが、室内に人の気配が感じられたので、扉に耳を押し当ててみたのだそうだ。

「使用中？」

片眉を上げ、コンシェルジュは言葉を漏らす。

「はい、どなたかまではわかりませんが、間違いなくプレイを行なっておられました」

従業員控え室は、応接室の奥。同じ廊下の突き当たりだ。コンシェルジュの頭の中で、二つの事象が手をつなぐ。

「すぐに、出勤者全員の所在を確認してくれ」

元気よく返事をし、雛壇とサイドライン席を見て回る少年。最後にカウンターの帳面を確認すると、コンシェルジュのところへ早歩きで戻る。

不明なのは、一名だけだった。

(私とした事が、まさかテルマノ様がそうであったとは)

痛恨の出来事に、額から冷たい汗が噴き出す。

見習いコンシェルジュの少年が告げたのは、サイドライン屈指の実力者の名。しかし彼女は、初物以外の客を取らない。

(止める事は、もはや不可能。こうなれば運を天に任す他ない)

彼女のプレイは、己が欲望にのみ忠実。『相手の今後を考え、教え導く』ような事はしない。

いい方向に進むか、悪い方向に曲がるか、それは客側の受け取り方次第である。

「……控え室は貸切とする。女性達には、会議室を使ってもらえ」

声を絞り出すコンシェルジュであった。


二時間後の応接室。椅子に腰掛けた学院長は、正面に座るコンシェルジュへ機嫌よく笑う。

ちなみに室内にいるのは、学院長とコンシェルジュのみ。テルマノはまだ控え室である。

「いやあ、さすがはとっておきだね。素晴らしかったよ」

「お好みに合って、ほっとしております」

そう返すコンシェルジュであったが、自信はあった。

表向き、『学院長やテルマノ教授の教え子である、爆発着底お姉様の推薦』という事になっている。

しかし実際に選んだのは彼。

(学院長は、サイドラインしか指名した事がない。しかし私は、雛壇の彼女こそ最適と思う)

常々そう考えていたため、この機会に人選を任せてもらったのだ。

テルマノと違い、何度もジェイアンヌを訪れている学院長。その好みと実力を、コンシェルジュは正確に把握していたのである。

「差し支えなければ、お話をお聞かせ願えませんでしょうか」

申し出るコンシェルジュ。

プレイの情報は貴重だ。これをフィードバックする事で、さらに質を上げる事が出来るだろう。

「構わないよ。私も話したくて、うずうずしていたからね」

学院長は嬉しげに答え、勢いよく語り始めたのだった。


ここから始まるのは、学院長のプレイの回想。そのため時は二時間ほど遡り、語り手も学院長に。

「あんたが、王立魔法学院の学院長様かい？」

応接室の扉を開け、開口一番そう言ったのはミニスカート姿の女性。ワイルドなショートカットで、ボーイッシュな雰囲気だ。

「ああそうだが」

腕を組んだままではあるが、スタイルは悪くない。出るとこは出て、引っ込むところはそれなりに引っ込んでいる。

私が答えると彼女は目を細め、口の端を曲げて笑う。

「俺を選ぶたあ、怖いもの知らずだな」

驚きで、言葉が返せない。

紳士の嗜み程度には、娼館通いを行なって来た。しかし、初対面でこのように言われたのは初めてである。

「まあいい、悪いようにはしねえ。ついて来な」

そう言って彼女は背を向けると、スタスタと廊下を歩いて行く。呆気にとられつつも、私は後に続いた。

（何とも新鮮なプレイスタイルだな）

自分で選んだのなら、気分を害して交代を要求しただろう。だが彼女は、何と言っても教え子の推薦である。

『とっておき』と言うくらいなのだから、自信があるのだろう。そう考え任せてみる事にした。

「よっし、そろそろ始めるぜ」

飲み物を運んで来た少女が立ち去ると、ソファーから立ち上がるショートカットのボーイッシュな女性。釣られて私も立ち上がる。

そして唐突に、彼女は私を突き飛ばした。

「なっ？」

驚きの声を上げつつ、背中からベッドの上に落下。後を追うように膝でベッドに登った彼女は、私のズボンに手を伸ばす。

「いいから、任せときなって。おらよっ！」

鋭い音とともに引き抜かれ、鞭のように宙を打つベルト。そのままズボンと一緒に下着をずり下げ、私の短杖《ワンド》を露出させる。

「何だあ、ビビってんのかあ？」

思春期を、遥か昔に過ぎ去らせた私だ。近くに女性がいるだけで、短杖《ワンド》を振り上げるような事にはならない。

このような状況では、おとなしくなっているのも当然だった。

「しょうがねえか、俺は怖えからな」

その口調は、なぜか嬉しそうですらある。

彼女は服すら脱がず、そのまま短杖《ワンド》に指先を伸ばす。さすがは御三家、片手であるにもかかわらず、すぐに私を上段に構えさせた。

「さあて、どうすっかなあ」

からかうように言いながら、大きく口を開け歯を立てる真似をする彼女。

反射的に身を固くしたが、実際のひと口は非常にやさしく、そして丁寧だった。

(うっ、これは何とも)

思いやりさえ感じられる、その口ぶり。外見とこれまでの言動との落差から、心の隙間に入り込まれてしまう。

不覚にも、短時間で衝動が湧き上がった。

「何だ、もう終わりかよ。だらしねえなあ」

限界の近い私を見て、ショートカットを揺らしニヤニヤと笑う。しかし彼女は、私を終わりにはしなかった。少し手前でやめ、落ち着くのを待ってくれる。

(……この行動に、この雰囲気。これはもしかして、『先輩』というものなのか?)

口は悪くきつい冗談も言うが、傷つけるような事はしない。厳しくとも、常にこちらの事を考えていてくれている。

そんな彼女の行ないが、『面倒見のよい、頼りになる年上の人物』に感じられたのだ。たとえ自分の娘より若くとも。

「ようし、次行くぞ。気合い入れるからな」

ミニスカートの下から、下着だけを脱ぎ去った先輩。私の上に跨ると、ゆっくりと気合いを入れて行く。

そしてこちらを観察しながら、静かに腰を動かし始めた。

「ほら、まだだ。我慢しろって」

口調は厳しいが、私の中に波が来るたび、それを正確に把握し腰を止めてくれる。

その姿は、『足の遅い後輩が、追いついて来るのを待つ先輩』そのものであった。

やさしく導かれる事しばし、私は先輩と歩調を揃えて目的地へとたどり着く。

「なかなか頑張ったな。相手が俺じゃなきゃ、勝ってたかもなあ」

頬を紅潮させ、やや瞳を潤ませつつ労う先輩。私から降りると、飲み物を求めテーブルに向かう。

「……」

私はその後ろ姿に思う事があり、後を追ってベッドから立ち上がると、後ろから抱きしめた。

「ああ？　何だ一体」

答えず私は、後ろから先輩に侵入しようと、入口を求め腰を動かす。

先輩は、ちょっと慌てた様子だった。

「おい、ちょっと待て。少し休ませろよ」

だが私は答えない。待たないという意志を、侵入する事で示す。

「つく、待て、今は駄目だ」

たくし上げられたミニスカート姿で、ソファーの背もたれに上半身を預ける先輩。

私は腰の両側をつかむと、奥を探るように短杖《ワンド》を動かす。

「ちょっ、そこはよせ。やめろ！」

答えない。行動で示すのみ。

「やめろって！　この！　うっ、あっ」

とうとう床へとずり落ちる先輩。私はその豊かな尻をつかんだまま、何度も何度も短杖《ワンド》を叩きつける。

「きゃあああああ！」

次の瞬間、少女のような悲鳴とともに、先輩の体は盛大に跳ねた。

「……先輩、少し休んだら、もう一番お付き合い願います」

震える大尻を目で見つめながら、私は呼吸も荒く、そうつぶやいたのだった。


そして視点は再度コンシェルジュへ。時と場所も、プレイ後の応接室へと戻る。

「なるほど。頼りになる先輩が、二ラウンド目早々に屈服。そして三ラウンド目では、まるで少女のようになる。そのギャップがたまらなかったという事ですな」

学院長の話を聞き終え、深く頷く。概ね、私の予想どおりだ。

ショートカットのボーイッシュな彼女は、男勝りで口が悪い。見た目は強そうだが、実はツインテールと同じ敏感系だ。

（学院長も、お強い方ではない）

バランス的には、ちょうどよいだろう。だからこそ、接戦から逆転して大満足という形になれたのだ。

「それにしても、テルマノ君は遅いね」

話し終え満足した学院長は、壁の時計を見ながら言う。

何と答えたものかと考えていた私へ、学院長は言葉を重ねた。

「かなり気に入ったのだろう。邪魔するのもなんだし、私は一足先に帰らせてもらうよ」

応接室を後にする学院長。テルマノが廊下に姿を現したのは、それから一時間以上後の事であった。

「テルマノ様!」

声を掛けるも、反応は鈍い。振り返った顔は陶然とし、フラフラと左右に揺れている。

(これは、話が聞ける状態ではないな)

観念した私は、応接室で休ませるとゴーレム馬車を呼ぶ。そして見習いに命じ、学院まで送り届けさせたのだった。

「……君には、聞くだけ無駄か」

「何でしょうか」

直後にロビーへ姿を見せた、此度《こたび》の元凶。

その輝くばかりの肌艶と、表情を消してなお隠し切れぬ機嫌のよさを見て、私は大きく息を吐き出したのだった。


舞台は王都から東へ、東の国の司教座都市へと移動する。

都市の中央に鎮座する大教会。それは宗教国家である東の国の、信仰と政治の中心であった。

「ふむ、聖女は『罪と罰』を浄化出来なんだか」

椅子に座ったまま、二重顎を頷かせる大司教。

ここは執務室。部屋の中央で立ったまま報告を行なうのは、気弱そうなおっさんである。

彼は大司教の命を受け、王都へ聖女を連れ戻しに行っていたのだ。

(やはりあれは、悪魔憑きや洗脳などではない。趣味と嗜好の範疇《はんちゅう》だ)

聖女の失敗という形ではあるものの、予想の正しさが証明され一人頷く。

自らの力が通じなかった聖女は気落ちし、今は修道院の寮で閉じこもっているという。

「人生で初めての事だからな、大分ショックを受けているのだろう」

大きく息を吐き考える。

(対応は、修道院の院長や寮長に任せるしかあるまい)

十代半ばの少女の心。自分は大司教ではあるものの、その傷を癒せるような力はない。

(そういえば同行者がいたな)

聖女と共に向かった男女を思い出し、気弱そうなおっさんに尋ねる。答えはよろしくないものだった。

「王国商人ギルドに保護されておったのを、金銭と引き換えに受け取ったのか。……いやこれは、随分と掛かったな」

思わず呻き声が出るほどの額。しかし目の前の男を責めるつもりはない。

気弱そうな外見ながらも駆け引きに強く、多くの実績もある。王国商人ギルドの交渉人が、それ以上に凄腕だったという事だろう。

「それで、今はどうしている？」

はあ、と額の汗をハンカチで拭い、やや猫背のおっさんは答えた。

二人共大教会に収監され、事情聴取を受けているという。

「二人は『罪と罰』を嫌悪していたようだが、あくまで上の指示で動いたに過ぎぬ。罪には問えん。その事だけは間違えないように」

指示を受け退出する、気の弱そうなおっさん。大司教は愛用の机をなでつつ考えた。

（『罪と罰』か、もし荒行の末に見る幻に近いものなら、修業の一環に取り入れるのもよいかもな）

それに大司教自身、興味がある。立場が許すなら、自ら王都に行って試していただろう。

（招聘《しょうへい》して、披露してもらうというのはどうだろう？）

よさそうであれば『お雇い外国人』として、そのまま召抱えてもよい。

悪くない考えに思え、大司教は早速具体策を練り始めるのであった。


場所は大教会の一階、告解室へと移動する。

木の壁で仕切られた狭い室内で、二人の男女が舌長様と向かい合っていた。

「一瞬で倒されてしまいました。何が起きたのか、今でも理解出来ません」

暗い表情で頭を左右に振るのは、就活女子大生風の修道女。

新品の司教服を身にまとった舌長様は、困った表情で視線を横に動かす。就活女子大生の隣に座るのは、甘いマスクの毛深そうな男だった。

「私も同じです」

前司教の指示で、聖女とともに王都へ向かった二人。ドクタースライムの配下に敗れたらしいのだが、その詳細がわからない。

眉をひそめ、鼻の頭に皺を作る舌長様。それは優男が脇下から放出している、濃厚なフェロモンのせいだけではなかった。

（二名とも、世界ランキング百位台よ。それがランク外の者に一撃で？）

次の瞬間、驚愕に顔が歪む。心に浮かんだのは、王国から来た道場破りの姿。

返り討ちにしようとして果たせなかった舌長様は、逆に焼き切れるほどの甘い大電流を、神経に流されてしまったのである。

「どのような女でした？」

胸毛フェロモンに向き直り、厳しい口調で問う。

しかし戻って来た答えは、情報に乏しいものだった。

「跨られ腹の上で一回転、それで終わりでした。申し訳ありませんが、容姿をご説明出来るほどには覚えておりません」

残念な気持ちが湧きあがる中、ふと舌長様の脳裏に何かが閃く。

「回転ですか？」

王国の女、回転技、百位台を一ひねりで倒す。閃きは疑惑に代わり、大きな声で近くの修道士を呼ぶ。

「記録の書を持って来なさい。前回の聖都神前試合のものよ。そう、商売の神の神殿で行なわれたA級大会」

パタパタと走り、すぐに戻って来た修道士。手にしているのは一冊の本。

カラフルなその表紙には、『商売の神の神殿、神前試合特集号』と書かれていた。

「もしかして、この女ではないの？」

舌長様の指摘に、胸毛フェロモンは雑誌に目を走らす。そして大きく目を見開き、ガクガクと体を揺らし始めた。

知らなかったとはいえ、どれほど強大な存在に挑みかかっていたのか。強者のつもりでいた自分の愚かしさに、体の震えを止められなかったのである。

「……そ、そうです。しかしまさか、神前試合の総合優勝者だったなんて」

涼しげな表情で、審判員に片手を掲げられている女性。それは間違いなく、あの日王都で対面した相手であった。

「俺などでは、相手になれるはずがない」

卓越した高速回転技で、一度も窮地《きゅうち》に陥る事なく勝ち続けた優勝者。

苦戦をしなかったがゆえに、印象は薄い。しかしそれこそが、強さの証明であろう。

死神を破った女性は、派手な戦いぶりで耳目を集めはした。しかし結局、優勝出来ていない。

「どうして？　どうしてこのような高位者達が、ドクタースライムに従っているの？」

混乱し、左右に激しく頭を振る就活女子大生。

自分を粉砕した男の姿は、記録の書にはない。しかし間違いなく高位者であろう。

東の国の教えでは、花柳界の強者ほど神に近いとみなされる。だからこそ皆、必死になってランキング上位を目指す。

『A級大会を圧倒的強さで優勝する人物が、悪の化身に従っている』

そのような事など、とても受け入れられるものではなかった。

「考え方を変えなさい」

そこで舌長様が、やさしく諭す。

「間違っていたのは自分達、そうとは思えないかしら」

理解出来なかった就活女子大生は、目に涙を浮かべたまま舌長様を見る。舌長様は、静かに言葉を続けた。

「この女性は、神の教えを私達よりよく知っている。そして彼女の上位者たるドクタースライムも、また同じ」

『罪と罰』を広める行為。それが神のご意志にかなうなど、私にはどうしても信じられません！」

叫ぶ就活女子大生。隣では、胸毛フェロモンが険しい表情を作る。

口には出さないが、気持ちは就活女子大生と同じだろう。

「大司教様はね、『罪と罰』を悪と思ってらっしゃらないわ」

信じられない、その表情で動きを止める両名へ、慈愛に満ちた笑みを向ける舌長様。

「それどころか、心身を鍛え神に近づくための一助、それになるのではないかって」

「……そんな、まさか」

「でも、いや」

口を開けたまま、言葉をなくす二人。

これまで『罪と罰』には、嫌悪感しか抱いていなかった。そのため急激な物の見方の変化に付いて行けず、思考が止まってしまっている。

「いろいろな考え方があるという事よ。まずはゆっくり、体を休めながら考えてみなさいな」

そう締めくくる舌長様。二人は魂を抜かれたような様子で、告解室の椅子の背に体を預けた。

(頑張りなさい)

実力のある二人の事、いずれ葛藤を乗り越えるに違いない。努力次第では、東の国で『罪と罰』の第一人者になる可能性だってある。

そんな未来を想像しながら、舌長様は微笑むのだった。


帝国。それはオスト大陸西部を支配する、人族最大の国家である。

その歴史は長く、現存する国では最古と言っていいだろう。だがそれゆえに、組織の老化もまた進んでいた。

『沈み行く大国』

これは周辺諸国家からだけの評ではない。帝国の臣民達もまた、少なからずそう感じていた。

しかしそれも昔の事。

二十年ほど前に即位した今代の皇帝。彼は大貴族達から権力を奪い返し、強力な中央集権体制を確立。

鈍重な大国から、機敏な強大国に生まれ変わらせたのである。

「これより、円卓会議を始める」

中肉中背の壮年の皇帝が、帝都宮殿内の会議室で宣言。

円形の大テーブルを囲むのは、彼の側近達。この会議こそ、国の最高意思決定機関である。

「議題は、辺境伯からの報告についてだ。侯爵、頼む」

言葉を受けて立ち上がる、身嗜みと所作に隙のない紳士。書類を手に取ると、滑らかな口調で読み上げ始めた。

「ランドバーン南東の荒野において、巨大なすり鉢状の穴を発見。穴の内部には、おびただしい数のゴーレムが確認されました」

周囲から漏れるのは、ほほう、という声。

ゴーレムは脅威であるものの、鉱物資源にもなりうる。その質がよければ、帝国にとっては大きなプラスだ。

「詳細な調査のため、三騎の騎士を派遣。指揮は死神卿が執っておられますが、これはご本人の希望によるものとの事」

帝国最強と目される人物の出陣に、一瞬ざわめく室内。だが付け加えられた説明が、それを沈静化させる。

「しばらく戦場に出ておりませんでしたからな。ゴーレム相手に運動をしたかったのでしょう」

老齢の騎士団長のつぶやきが、皆の気持ちを代弁していた。

周囲を軽く一瞥すると、侯爵は続ける。

「到着した調査隊は、所属不明のB級騎士五騎と遭遇。当初はこちらに気がつかず、ゴーレムへ攻撃を始めたという事ですが……」

途切れた言葉に、怪訝な視線を向ける出席者達。失礼、と一言口にし、侯爵は続けた。

「魔法攻撃を多用するその戦いぶりは、幽霊騎士《ゴーストナイト》によく似ていたそうです」

各所で上がる、驚きの声。だが無理はない。

『幽霊騎士《ゴーストナイト》が五騎』

その情報は、あまりに衝撃的だったのだ。

呻き声とざわめきが室内を満たす中、侯爵は声量を上げ言葉を継ぐ。

「発見されたため、死神卿は戦闘へ突入。しかし連続する魔法攻撃に距離を詰め切れず、敗北寸前まで追い込まれたとの事」

苦悶の表情で聞き続ける、円卓会議の出席者達。平静なのは、先に報告書を読み終えている皇帝だけだ。

「ですがそこに、遠距離から攻撃魔法の援護があったそうです。これをきっかけに戦況は逆転、共同で四騎を撃破し、操縦士と思われる人物を捕らえました」

帝国にとって悪夢とも言える幽霊騎士《ゴーストナイト》。

それが五騎出現したものの、四騎が倒され操縦士が捕らえられる。ジェットコースターのような展開に、円卓周囲の興奮と私語が止まらない。

「静粛に！　御前である」

好き勝手に投げつけられる質問。それをすべて無視し、侯爵は鋭く声を発する。

冷静さと静かさが戻ったのを確認し、報告書をめくりつつ問いに答え始めた。

「幽霊騎士《ゴーストナイト》は鹵獲しておりません。その前にすべて、ゴーレムに食われたそうです」

その答えを聞いて、不満げに片頬を歪ませるエラの張った中年女。

貴重な幽霊騎士《ゴーストナイト》を入手出来なかった不手際に、我慢がならなかったのだろう。片手を上げ発言を求める。

だが彼女より先に、老齢の騎士団長が声を発した。

「死神卿のお力をもってしてなお、その余力がなかったのですな。まさに、ぎりぎりの戦いだったのでしょう」

言い終えた後、一人うんうんと頷いている。

この発言で頭が冷え、エラの張った中年女は不用意な発言をせずに済んだ。

「支援を行なった騎士の正体はわかりません。岩山の上から魔法攻撃を連続で放ち、姿を現さずその場を去ったそうです。当然ながら、これを追う余力も死神卿にはなかったでしょうな」

侯爵は、ちらりとだけエラの張った中年女を見る。

「捕らえた操縦士はエルフ。尋問は行ないましたが、魔法的な処置のため情報は得られなかったとの事です」

最後に大きな爆弾を残し、侯爵は口を閉じ腰を下ろした。

互いに視線を交わし合う出席者達。

上座を見やれば、中年皇帝は背もたれに体重を掛けたまま。何かを待つように、一歩引いている。

(陛下は、我らの発言を求めておいでだ)

円卓を囲む者達はそう理解し、口々に意見を述べ始める。

「幽霊騎士《ゴーストナイト》は、エルフの騎士だったという事ですか」

「いや、それはあるまい。エルフは騎士を持っておらん」

唸るような声音で絞り出された言葉に、別な席から即座に否定の声が上がる。

「なぜ断言出来る？　エルフ族は人数こそ少ないが、国力は大国に匹敵するぞ」

「技術力も高い。騎士を建造する事も不可能ではありますまい」

賛同する言葉の次には、さらなる問い掛け。

「ではなぜ、今まで誰も知らなかったのだ？」

円卓の周囲から意見や反論が発せられ、回り始める議論。

帝国魔法学院の学院長を務める痩せ細った老人も、細い顎をなでながら口を開く。

「種族として、魔法に優れた資質をもっております。操縦士の適性も、高いかも知れませんな」

「なるほど、言われてみれば確かに」

相槌を打つ老齢の騎士団長。

『幽霊騎士《ゴーストナイト》は、エルフの騎士』

次第にその見方が、会議室の大勢を占め始めた。満足そうに目を細め、背もたれから体を起こす皇帝。

「余も、そのように思う」

その発言で、円卓会議の判断が定まる。ここで老齢の騎士団長が、片手を上げ発言を求めた。

「王国はエルフ族を味方につけ、帝国に対抗しようとしている。そのような事になるのでしょうか？」

小さく左右に頭を振る皇帝。

「辺境伯はこの件について、『我が国は少々勝ち過ぎた』と述べておる。なかなかに考えさせられる意見だな」

しかし騎士団長の顔からは、疑問の色が消えない。それを見て侯爵が、隣の席から説明を加えた。

「幽霊騎士《ゴーストナイト》の妨害がなければ、遠征軍はアウォークを落としていたでしょう。そして今頃は王都をも包囲、もしかしたら陥落させていたかも知れません」

率いていたのは誰あろう、この侯爵である。

「王国が帝国の支配下に入れば、もはやオスト大陸に敵となる勢力はありません。これを嫌う者達がいた、という事だと思うのです」

その説明に、老武人の顔に理解の色が浮かぶ。

「なるほど、王国と手を組んだのではなく、帝国の拡大を阻止しようとした。そういう事ですな」

帝国とエルフ族は、貿易という名の交流がある。しかし、決して友好関係にあるわけではない。

帝国を筆頭として人族は、貴重な魔法資源たる精霊の森の共同管理を要求。エルフ族はそれを、頑なに拒否し続けているのだ。

「ですが、死神卿を支援した騎士は何者なのでしょう？　魔法攻撃を多用したとの事ですから、同じくエルフのように思われますが」

再度首を傾げる騎士団長。それを見て、逆側に座る操縦士服姿の熟女が口を開く。

きつめの化粧に、周囲に濃く漂う香水の香り。熟女子爵である。

「エルフも一枚岩ではない、という事ではないでしょうか」

席に座る面々は、その言葉に口を曲げるのみ。賛成も反対もしない。

軽く頭を振った侯爵は、肩をすくめ口を開く。

「それについては、情報が少な過ぎますね。私も、自分を納得させられる仮説を立てられません」

発言に価値を認められず、肩を落とす熟女子爵。北部諸国攻略で失敗した彼女は、とにかく発言し、いくらかでも立場を回復させたかったのだ。

そこに皇帝から、指示が下る。

「エルフ族を敵と見定める。国内にいるエルフの監視を強めろ」

場に緊張が走り、了解の唱和が響く。続けて皇帝は、熟女子爵へと目を向けた。

「卿の、幽霊騎士《ゴーストナイト》対策を採用する」

それは大盾を装備した壁役《タンク》の騎士と、高機動型の騎士の組み合わせ。攻撃に耐えつつ相手の所在を確認し、大量の高機動騎士で押し潰すというものである。

「はっ、ありがとうございます！」

跳ねるように立ち上がり、ハスキーボイスに興奮をにじませる熟女子爵。

北部諸国で王国商人ギルド騎士に敗れて以降、彼女なりに考えていたのだ。

(よかった、提案しておいて)

ちなみに熟女子爵は知らないが、大穴でローズヒップ伯が考えていたものと、ほぼ同じである。

「指揮を執るのは卿だ。騎士団長と相談し、好きなだけ連れて行くがよい。だが向かう先は、ランドバーンではないぞ？」

一瞬考えた後、緊張した表情で言葉を返す熟女子爵。

「帝国北部、精霊の森との国境沿いですね」

望みの返答を得、頷く皇帝。彼は、打てば響くタイプが好きだ。

ちなみに老齢の騎士団長は、そうではない。しかし彼には、絶対に裏切らないという美点がある。

「A級騎士を与える。狙撃を察知する能力を用い、エルフ族から国境を守れ」

熟女子爵は、男の視線を受けると子宮がうずく。老嬢《オールドレディ》の狙撃をある程度回避出来たのは、これのおかげと言ってよい。

望外の装備と人員を与えられ、紅潮した顔で直立したまま動けずにいる熟女子爵。その姿を見やりながら皇帝は思う。

（騎士という、他国へ侵入して攻撃を行ない得る手段。それを持たぬと思っていたがゆえに、北の守りは薄い）

ある光景を想像し、厳しくなる表情。

（帝都や主要都市にエルフの騎士が姿を現すなど、絶対にあってはならぬ）

熟女子爵の能力、皇帝はその詳細を知らない。しかし狙撃手に対して有利に働くならば、何だろうと使うつもりだった。

それだけ遠距離からの魔法攻撃は、やっかいだったのである。

熟女子爵へ羨む視線が集まる中、エラの張った中年女は一人考え込んでいた。

（幽霊騎士《ゴーストナイト》の操縦士はエルフ？　だとすると、今までの報告と辻褄が合わない）

彼女が統括するのは鍛冶ギルド。幽霊騎士《ゴーストナイト》を調べ、同等以上の騎士を建造する事が求められている。

（乗り手がエルフであるのなら、力の源は騎士ではなく操縦士に起因する事になる）

何らかの手段によって、操縦士の魔力量を増大させるなどだ。結果、精神が崩壊して同士討ちを始めるというのも、考えられない事ではない。

（しかし）

そこで思考が行き詰まる。

配下からは、ハードウエア面での発見と成果が続々と上がっていたのだ。これならば近いうちに帝国版幽霊騎士《ゴーストナイト》を建造出来る、そう思えるほどに。

（何かがおかしい、早急に調べてみなくては）

背筋に寒いものを感じつつ、唇を噛み締めるエラの張った中年女であった。

舞台は帝都から大きく東南東へ、王都東門近くの、商人ギルド騎士の格納庫に移動する。

ここは老嬢《オールドレディ》が保管され、点検や整備が行なわれる場所だ。

格納庫の事務室には、お茶を飲み菓子をつまむ二人の人影。俺と草食整備士である。

「妹さんが結婚されるんですか。おめでとうございます」

俺の言葉に、嬉しそうに頷く線の細い青年。

彼の妹は、好きになった男性のもとへ通い詰めていたらしい。そしてこの度、やっと口説き落としたのだという。

兄である草食整備士とは違い、情熱溢れる肉食系のようだ。

「それでですね、急で申し訳ないのですが」

遠慮がちに口を開く草食整備士。

「タウロさんにご出席いただけたらな、と思いまして」

予想してなかった誘いに、思わず無言。

正直なところ、前世と違い時間と金には余裕がある。それに、こちらの世界の結婚式を見てみたい気持ちもあった。

しかし、問題が一つ。

(兄の職場の人って、花嫁にとって完全に他人じゃないのか?)

何のつながりもないのである。

草食整備士のお誘いはありがたいが、行って場違いではよろしくない。

沈黙を続ける俺の様子に、説明が必要と感じたのだろう。草食整備士は、声を掛けた理由を正直に口にした。

「新郎側の出席予定者に、地位の高い人が多くいたのです」

直前の打ち合わせで判明したらしい。

『負けてられんな』

『そうね、最初に舐められたら終わりよ』

それを知った草食整備士の両親は、一気に気合いが入り、息子にもいいのを連れて来るよう厳命したそうである。

「操縦士であるタウロさんが来てくれれば、まず負けはありません」

(なるほど)

騎士の操縦士という職は社会的地位が高い上に、非常に外聞がいい。

たとえて言うなら、航空会社で国際線の機長を務めているようなものだ。天秤の片方に載せるウエイトしては、重い方だろう。

「そういう事でしたら、是非出席させて下さい」

いつもお世話になっている草食整備士。この程度で役に立てるのなら、俺としても嬉しいかぎりだ。

「ありがとうございます！」

心底ホッとした様子である。両親へ知らせたいので、一度家に帰るそうだ。

その姿を見ながら、俺は思う。

(しかし勝ちとか負けとか、最初に一発かますとか)

随分殺伐としたものである。

寸前になってわかったというが、相手側もぎりぎりまで隠していたのではなかろうか。つい、そんな邪推をしてしまう。

(まあ、俺は結婚した事がないからな)

何度か招待された披露宴。華やかさの裏ではこのような戦いが、日常的に繰り広げられていたのかも知れない。

部屋を出る草食整備士の背中を見ながら、そんな事を考える俺であった。


そして数日後。

披露宴の新婦側招待席に座る、操縦士礼装をまとった俺。

(前世と、それほど変わらないようだ)

周囲を見回し、そう感じる。

場所は、中央広場近くの大きなレストラン。各所に置かれた丸テーブルと、それを囲み座る出席者達。

　違うのは、男性の服装が黒スーツに白ネクタイではない事くらいだろう。もっと中世ヨーロッパ風である。

『それでは新郎新婦の入場です！』

　会場内に響く、騎士の外部音声で発したような声。続いて照明が落ち、四方の壁に描かれた魔法陣から、映画の始まりのような華やかな音楽が流れ出す。

　そして奥の大扉が、ゆっくりと開いて行った。

　扉の奥は強烈な逆光。そして白い霧が濃く立ち込めている。

（あれが妹さんか）

　光と煙の中から姿を現したのは、白で着飾った男女。

　線の細い草食整備士とは、あまり似ていない。適度にがっちりとしていて、逞しい印象を受ける。

　だが俺の注意はすぐ傍らを歩む、巨漢の新郎に向けられた。

（……熊？）

　獣人ではない、れっきとした人族である。しかし言い表すとすれば、その表現しか出て来ない。

　新郎新婦が席に着くと、司会者が紹介を始めた。

『新郎は娼館にお勤めで、雛壇になくてはならない存在となっております』

（ほう）

　意外である。

（もっさりした熊兄さんでも、雛段に座れるのか）

女性向け娼館へ行った事はないが、おしゃれな二枚目が揃っているのだと思っていた。

そんな俺の考えをよそに、司会者の話は続く。

『きっかけは、新婦が新郎を指名した事でした。そこですっかり愛の虜となった新婦は、通いに通い、ついに素敵な旦那様をものにされたのです！』

羨ましげな息が、新婦友人席の若い女性達から漏れる。

（羨ましいのか？）

そんな俺の疑問に答えるかのように、別のテーブルから会話が聞こえて来た。

「雛壇かあ、エリートだよな」

「でもさ、下級店って言わなかったか？」

ひそひそと話すのは、近くの若い男性達である。

「実力は折り紙つきで、中級店からもスカウトが来てるって噂だぞ」

「中級店かよ！　やるなあ」

耳にして思い出したのは、娼館で働く人々の社会的地位の高さ。女性が有名女優やキー局のアナウンサーに匹敵するのなら、当然男性もそうなのだろう。

納得し、一人頷く俺。新郎新婦の紹介が終わると、司会者は招待客の名を呼び始めた。

『王国商人ギルド騎士団、騎士団長。タウロ様』

席を立ち、周囲に軽く会釈。ほほお、という声が漏れたのは、操縦士という職業のおかげである。

表情を硬くする、新郎の親族席に座るおっさんおばさん達。反対に新婦の親族席の連中は、腕を組んで鼻の穴を広げていた。

（お役に立てたみたいだな）

着席しつつ、軽く肩をすくめる俺。その後宴は、乾杯、食事と進んで行く。

「旦那様について、教えて下さーい！」

余興なのだろうか、新婦の友人達から質問が飛ぶ。草食整備士の妹は、マイクのようなものを手に返事をした。

『熊みたいに力強く、蛇のようにしつこくて、しかもウサギかと思うほど絶倫です！』

女性陣から、キャーという大歓声。

対して男性陣から発せられたのは、敬意のこもったどよめきだ。

（男として、最高の褒め言葉じゃないか）

スライムにたとえられた俺とは、えらい違いである。

（結構傷つくよな。『初めて触られた瞬間は、気持ち悪かった』とか言われると）

あやかりたいと思いながら眺めていると、新婦友人席の会話が、耳に届く。

「ねえ、聞いた聞いた？　あの熊さん、娼館が休みの日はお店を手伝って、ゆくゆくは跡を継ぐらしいわよ」

そういえば草食整備士の家は、何か商売をやっていたはず。兄が騎士の整備士になってしまったので、妹が家を受け継ぐのだろう。

「何それ、羨ましーい。うちにも跡継ぎ欲しーい」

湧き立つ中、一人だけ暗い顔をする若い女性がいた。

「何であの子なのよ、私の方がいい女なのに」

隣の女性は、呆れた様子で口を開く。

「そんな愚痴こぼしてないで、食い物ででも男を釣って来なさいよ。あんたも肉屋なんだからさあ」

言われた女性は、深く眉間に皺を寄せる。そして獲物を探そうとでもいうのか、周囲をゆっくりと見回し始めた。

「！」

俺の方を見た時、ハッとした顔で動きを止める。

ちなみに彼女の視線は、俺の礼服にある『操縦士徽章』のみに注がれていた。

(地位だけが狙われている)

判断した俺は、気づかぬ風に目をそらす。だが獲物を見つけた彼女は、ギラギラとした視線を俺から離さない。

(やだなあ)

俺は草食整備士しか知り合いのいない会場を、肉屋の娘から逃げ回り続けたのだった。

エピローグ

王立魔法学院の一角にある研究室。そこでは口の曲がった中年男性が、厳しい表情でガラス製の丸底フラスコを見つめていた。

金属製のスタンドに留め具で首を握られ、宙に浮くフラスコ。中を満たすのは、白く濁った液体である。

「では始めるぞ」

王国最高の薬師とも言われる、ポーション学のテルマノ教授。彼はスポイトを手に取ると小瓶の液体を吸い上げ、それをフラスコの内へ数滴たらす。

一拍の間を置き、火に掛けてもいないのに煮立ち始める白く濁った液体。気泡が水面で割れるたび、白い煙がフラスコの首から立ち昇る。

「……」

言葉なく視線を注ぐ、研究室所属の学生達。

数分の後、泡立つのをやめたフラスコ内の液体は、森の霧が晴れるように白から光を放つ緑へと変わって行った。

「どうだ？」

曲がった口から漏れる押し殺された問いに、フラスコをスタンドから外し鑑定台へ載せるナイスバディの女子学生。

彼女が流し込んだ魔力を受けて、台に象嵌された魔法陣が色を変えつつ何度も輝く。やがて空中に鑑定結果が、ネオンサインのように描き出された。

「状態異常回復Cランク！　成功です」

爆発着底お姉様の答えに、歓声が爆発する研究室内。互いに肩を叩き合った学生達は、次にテルマノのもとへ駆け寄り手を取る。

「おめでとうございます教授！　やった、やりましたよ」

涙ぐみながら、中年男性の両手を上下に振り回す男子学生。厳しく気難しい事で有名な教授だが、この時だけは口の端が緩む。

『なぜここまで喜ぶのか』

確かにCランクのポーションは、現在王国で製造出来る最高位である。しかしそれこそテルマノの手によるものであり、今回が初めてではない。

その答えは、学生の身ながらジェイアンヌのサイドラインをもこなす、才色兼備の爆発着底お姉様が口にした。

「これまでの半分の工程ですね」

時間と労力の、大幅な低減を果たしたのである。

「君の力も大きい。優秀な助手を持てて、私は幸運だよ」

『君達』と言わないところが、テルマノらしいところだろう。真に貢献した相手しか褒めないのだ。

嫌われるところなのだが、ここの学生達は慣れてしまっている。

（ジェイアンヌに招待してくれていなければ、こうまで研究が進む事はなかったかも知れぬ）

恐縮して頭を下げる彼女を見下ろしつつ、テルマノは思う。

あの日彼は人生で初めて女性を知り、そして一皮をじっくりと剥かれたのだ。

以降、心の安定は自分でも驚くほど。研究で袋小路に入り込んでも、癇癪《かんしゃく》を起こさず来た道を戻り、よりよき道を落ち着いて探せるようになっている。

「お前達、腰を引いている場合ではないぞ。作業の過程を子細漏らさず記録に残すのだ」

学生達の醜態に気づき、眉間に深い縦皺を刻み叱責するテルマノ。

さきほど喜びのあまり、爆発着底お姉様が一人一人とハグしてしまったのだ。結果、全員が行動不能に陥っている。

(女性としての魅力があり過ぎるのも困ったものだ)

そう思うも、プラスになっている面も多い。

『テルマノ教授の下につくのはちょっと』

そう敬遠していた優秀な学生達が、希望するようになったのである。

『彼女と一緒に研究がしたい』

理由はそれだけであろうが、人材が集まるのは望ましい。

(変われるものだな。私も、周りも)

一つ息を吐くと、Cランクの状態異常回復薬で満たされたフラスコを見やり、曲がった口の端に明らかな笑みを浮かべたのだった。

せっかくチートを貰って異世界に転移したんだから、好きなように生きてみたい

GC NOVELS

せっかくチートを貰って異世界に転移したんだから、好きなように生きてみたい ⑦

2020年9月6日初版発行

著者 ムンムン

イラスト 水龍敬

発行人 武内静夫

編集 岩永翔太

装丁 森昌史

印刷所 株式会社平河工業社

発行 株式会社マイクロマガジン社
〒104-0041 東京都中央区新富1-3-7 ヨドコウビル
［販売部］TEL 03-3206-1641／FAX 03-3551-1208
［編集部］TEL 03-3551-9563／FAX 03-3297-0180
http://micromagazine.net/

ISBN978-4-86716-046-6 C0093

本書は18禁小説投稿サイト「ノクターンノベルズ」(http://noc.syosetu.com/)に掲載されていたものを、
加筆の上書籍化したものです。

ファンレター、作品のご感想をお待ちしています!

宛先 〒104-0041 東京都中央区新富1-3-7 ヨドコウビル
株式会社マイクロマガジン社 GCノベルズ編集部「ムンムン先生」係「水龍敬先生」係

特報
R18
ブッチャーU先生
描き下ろし
新作タペストリー発表!!
>> 詳細は特設サイトをチェック！
http://micromagazine.net/gcn/sekkache/

同級生《ポニテ》と制服征服――そしてエルフ完全攻略!!
せっかくチート
を貰って異世界に転移したんだから、
好きなよう たい
THE COMIC
4
漫画:ブッチャーU
原作:ムンムン キャラクター原案:水龍敬
RideComics
最新コミックス9月30日発売!!

7巻発売
おめでとう
ございます!